LES LIENS MORTIFÈRES

Sophie Lebarbier

LES LIENS MORTIFÈRES

ROMAN

Albin Michel

Pour Stéphane, infiniment.
À la mémoire de David.

« Les parents sont les fantômes du futur
de leurs enfants. »

Interstellar, Christopher et Jonathan Nolan

Prologue

Elle courait aussi vite que ses pieds nus le lui permettaient. Elle entendait les chiens haleter, excités par les cris de leurs maîtres. Une femme poursuivie par une meute d'hommes et de bêtes assoiffés de sang. Son cœur allait exploser dans sa poitrine. L'odeur de sa propre peur emplissait ses narines, fétide. Matériellement elle n'avait aucune chance de leur échapper, mais le monde pour Halaïde allait au-delà du matériel, il embrassait le champ infini des possibles.

Elle connaissait chacun de ses poursuivants pour avoir accouché leurs femmes, enlevé le mal du corps de leurs petits. Elle avait chanté pour leurs vieux en leur tenant la main quand l'heure était venue. Hommes et femmes, libres ou esclaves, ils faisaient appel à elle dans tout le pays, des plaines à blé jusqu'au pied des montagnes. Halaïde était née avec le don. Elle voyait par-delà le visible, au-dedans des corps. Elle voyait l'âme des hommes. Leur honnêteté ou leur malice. Elle voyait le cycle menstruel des femmes, la croissance des enfants. Les oiseaux du ciel lui disaient si les moissons seraient bonnes, les entrailles des lapins quel camp gagnerait une bataille. Aussi, quand les barbares venus du nord avaient commencé à brûler les champs et piller les maisons, les villageois étaient venus la supplier d'intervenir.

Halaïde n'aimait pas solliciter Mère-Terre dont elle n'était qu'une messagère, mais la cruauté de ces barbares était sans limite. Trop de femmes et d'enfants violés, trop de massacres perpétrés par ces envahisseurs aux cheveux jaunes et aux yeux froids. Halaïde avait cédé. Elle s'était astreinte au jeûne pendant une demi-lune et s'était enfoncée dans la forêt. Elle était restée trois jours assise devant l'arbre creux avant de se sentir autorisée à y entrer. Ce qu'il se passa à l'intérieur de la cavité, nul ne le sut jamais. Quand Halaïde en ressortit une semaine plus tard, hagarde et chancelante, les barbares furent décimés par un mal de boyaux foudroyant.

Les villageois auraient dû lui en être reconnaissants. Mais placés devant la preuve éclatante du pouvoir d'Halaïde, ils se laissèrent gagner par la peur. Et s'il prenait un jour à cette femme l'envie de se retourner contre eux ? Elle n'avait pas de mari pour la raisonner, pas d'enfant sur lequel on pouvait faire pression. D'abord diffuse, leur angoisse commença à se cristalliser sur des détails. Un enfant né pied bot, une vache qui meurt au moment du vêlage, n'était-ce pas Halaïde qui cherchait à rappeler l'étendue de sa puissance ? Les crues d'automne emportèrent ce qui restait de raison aux hommes. Les récoltes de l'été pourrirent dans les greniers inondés, signe inéluctable d'un hiver de faim et de mort. Il fallait un coupable à ce fléau.

Halaïde courait avec l'énergie du désespoir. Dans le sous-bois, ronces et branchages lui lacéraient les jambes. Si seulement elle pouvait atteindre l'arbre creux avant qu'ils la rattrapent. Affolée, elle se retourna pour évaluer le peu d'avance qui lui restait et ne vit pas la racine d'un châtaignier affleurant à la surface. Elle trébucha et s'effondra sur le sol. Au moment où les chiens allaient se jeter sur elle, elle empoigna une branche morte, se retourna et fouetta l'air, faisant reculer les bêtes juste assez longtemps pour se relever et reprendre sa course. Elle boitait maintenant, et les chiens avaient senti sa faiblesse. L'arbre creux était tout proche. Ses branches semblaient lui tendre les bras…

Dans un dernier effort elle se précipita vers son refuge, implorant Mère-Terre de l'accueillir. Elle se faufila entre les branches basses jusqu'à la cavité du tronc et s'y glissa. Elle entendit les chiens passer en trombe. Ils ne l'avaient pas sentie. Elle tenta de reprendre son souffle. Son corps éreinté par la fatigue et la peur se relâcha au contact de l'écorce. Elle n'était pas tirée d'affaire, les hommes seraient peut-être plus attentifs que leurs chiens… Halaïde se plaqua plus encore à l'intérieur de l'arbre et jeta un regard effrayé au-dehors. Trois hommes arrivaient sur elle aux cris de « femelle maudite » et « sorcière », des dizaines d'autres dans leur sillage. Halaïde ferma les yeux, prête à être violemment tirée hors de sa cachette et battue à mort. À moins qu'ils ne parviennent à se maîtriser le temps de construire un bûcher…

Une pression sur ses chevilles interrompit ses pensées. Elle tenta de bouger ses pieds, elle était bloquée. Elle comprit immédiatement. C'est donc ainsi que tout allait se terminer ? Mère-Terre la recueillait en son sein, lui permettait d'échapper à la folie meurtrière de ses poursuivants et Halaïde lui en était profondément reconnaissante. Mais à quel prix ? Déjà elle sentait les premières lianes pénétrer sa peau, ramper vers ses organes.

Les villageois s'étaient tus, blêmes soudain. Ce qu'ils avaient sous les yeux dépassait l'entendement. Une multitude de lianes jaillissaient des racines de l'arbre creux et grimpaient le long du corps de la sorcière, chacune l'arrimant plus solidement à l'intérieur de la cavité. L'arbre était en train d'avaler la femme. Si sec l'instant d'avant, il reprenait vie au contact de sa chair tendre et juteuse. Ses jambes et son torse disparurent sous le feuillage. Puis les lianes attaquèrent la poitrine, la perforant de part en part. Halaïde poussa un hurlement déchirant. Une dernière liane plongea dans sa bouche, ressortit par l'oreille droite et s'enroula autour de son visage, étouffant son cri, éteignant son regard à jamais.

Cette image hanta les trois témoins jusque dans leur tombe. Jamais ils ne racontèrent ce spectacle infernal à quiconque. Il se transmit pourtant dans la mémoire collective, incarnant pour les siècles et les siècles l'ambivalence de Mère-Terre et l'ingratitude des hommes.

1

Mercredi 3 avril

Folie-Méricourt, Paris 11e

Certaines journées valent plus que d'autres, un peu comme placer « xylophone » sur une case mot compte triple. On ne s'en rend pas compte sur le moment, c'est après quand on y repense, on se dit : « Si j'avais su… » Et si on avait su, alors quoi ? On aurait pris un bon petit déjeuner ? Mis d'autres fringues ? Appelé un avocat ?

Inconsciente de ce qui allait s'abattre sur elle, Léonie observait sa patiente. Elle sentit une vague d'empathie monter en elle. Après cinq années de pratique, elle était toujours aussi chamboulée par son métier. Elle s'attachait évidemment à garder la bonne distance avec ses patients, mais leurs angoisses, leurs névroses, leurs psychoses même parfois, la secouaient toujours autant à l'intérieur. La colère et la vulnérabilité qu'éprouvait la jeune femme en face d'elle étaient palpables, Léonie en avait le ventre noué.

De toute évidence, Marion Gardette ne comprenait pas ce qu'elle faisait là. Sa vie était en train de dérailler à cause d'un accident domestique. Un simple accident, et l'intervention d'un juge qui avait décidé de s'immiscer dans son intimité. Élève boursière, Marion incarnait à merveille ce que le XXe siècle avait appelé la méritocratie républicaine. Elle avait gravi un à un les barreaux de l'échelle sociale avec une détermination qui forçait le respect. En témoignaient son job de biologiste, son appartement du Haut Marais, son mari toujours amoureux après dix ans de vie commune, sans oublier ses jumeaux de cinq ans beaux à tourner dans une pub Évian. On ne construit pas un tel parcours en pleurnichant sous l'œil complaisant d'un psy. Alors non, clairement, sans l'injonction du juge, Marion ne serait pas en train de perdre son temps dans le cabinet de cette fille boulotte qui la fixait avec un insupportable sourire de bonne sœur.

Léonie se plongea dans le dossier de sa patiente. Elle le connaissait par cœur, mais sentait que Marion avait besoin d'un peu d'espace psychique pour la mépriser un bon coup. Défense classique. C'était leur cinquième séance de travail depuis les événements et Marion n'avait toujours pas prononcé le mot magique. Léonie tourna une page et reçut un coup de poing dans le plexus solaire. Encore une fois, elle se faisait happer par les photos de Romy et Achille. Leurs petits corps couverts de gaze stérile, leurs cheveux fondus. Six mois plus tôt, ils avaient failli mourir brûlés vifs dans l'incendie de leur appartement. Leur père était au restaurant pour un dîner d'affaires. Marion avait couché les enfants et s'était autorisé une cigarette, la seule de la journée. Fumée à la fenêtre de la cuisine à cause de l'odeur. Mal écrasée dans la poubelle, la cigarette avait embrasé les déchets plastique. Marion n'avait pris conscience de l'incendie qu'à l'arrivée des pompiers. Elle était ivre morte.

Sans qu'elle sache bien comment cela avait commencé, elle s'était mise à boire le soir. Seule, quand son mari et ses enfants dormaient. Sauf que l'incendie avait révélé son vilain petit secret au grand jour, brûlé sa respectabilité en même temps que son mobilier vintage. Depuis six mois maintenant le serpent se mordait la queue : tant que Marion refusait d'admettre son alcoolisme, le juge refusait de lui rendre ses enfants. Les petits avaient été confiés aux parents de son mari, et Marion aux bons soins de Léonie. Suivi psycho-judiciaire. On se lance rarement dans une psychothérapie de gaieté de cœur, alors quand la Justice vous l'ordonne…

Malgré l'hostilité visible de Marion, Léonie souriait, imperturbable. À ce petit jeu, c'est toujours le patient qui perd. Marion se tortilla sur son siège, croisa et décroisa ses jambes… et c'était parti.

– Les enfants sont en Normandie. Franck les a rejoints hier pour le week-end. Ils ont beau temps…

– Ça se passe comment pour eux ? demanda Léonie d'une voix douce.

– Bien… pourquoi ça n'irait pas ?

– Vous pensez que vous leur manquez ?

– Mirmont vous dirait que non.

– Le juge Mirmont n'est pas mon patient. Ici il n'y a que votre ressenti qui compte.

Marion baissa les yeux, sûrement pour s'empêcher de les lever au ciel. Léonie la relança.

– Donc vous étiez toute seule hier soir…

Le rouge monta tout de suite au front de sa patiente.

– J'ai rien bu si c'est ce que vous insinuez !

Léonie eut un flash. Ce ton passif-agressif, la force de ce déni. L'espace d'un instant elle se retrouva face à Ingrid. Sublime. En colère. Ingrid.

*Bonne-Nouvelle, Paris 2e*

– Quelle conne !

Victor coupa son téléphone violemment, il n'en revenait pas de l'indécence de la fille. C'était toujours la même histoire, depuis vingt ans qu'il bossait il aurait dû s'être habitué, mais non. Trop bon, trop con. Qui est-ce qui lui avait donné sa chance ? Qu'est-ce qu'elle avait écrit dans sa vie à part ses listes de courses avant qu'il la repère ? Son histoire était pas mal troussée pour une débutante. Les personnages avaient tous un petit quelque chose, on sentait le potentiel. Mais le potentiel, ça n'a jamais fait bouffer personne. OK, les auteurs racisés étaient à la mode chez les patrons de chaînes, mais si Victor n'avait pas été là pour l'aider à la développer sa série, cette fille serait encore en train de vendre des baskets à talons compensés dans un sous-sol des Halles. Il ne supportait pas cette manie des scénaristes de se sentir les seuls propriétaires de leur script. Merde, la dernière fois qu'il avait vérifié, la Fnac ne vendait toujours pas de scénarios dans ses rayons. Un scénar, c'est juste une étape, un putain de document de travail ! Cette fille n'était pas la première à essayer de la lui faire à l'envers. Entre les comédiens immatures qui comblaient leurs failles narcissiques sur les tournages, les réalisateurs qui se prenaient pour Scorsese mais qui passaient tous leurs caprices aux acteurs tellement ils en avaient peur, les chaînes de télé qui validaient les textes avec enthousiasme jusqu'à ce qu'un de leurs boss trouve ça « moyen, je sais pas trop pourquoi » et qui retournaient leur veste sans scrupule, Victor avait souvent l'impression d'être le seul adulte responsable de tout son secteur d'activité. Mais bon, c'est aussi lui qui encaissait les bénéfices de la boîte et rien n'est gratuit en ce bas monde, même pour les riches. Victor eut soudain envie d'une cigarette et s'en étonna :

abstinent depuis trois ans, il pensait que ce vice-là au moins était derrière lui. Il inspira pour se calmer. Il ne pouvait pas se laisser déstabiliser par ce genre de broutille. Il était meilleur que ça. Il était fort, discipliné. Il était Victor Sicard.

Un coup d'œil sur les murs de son bureau lui rappela qu'il avait de quoi être fier. Thrillers psychologiques, sagas de l'été sous les tropiques, drames familiaux, il produisait pour toutes les chaînes, de la plus snob à la plus généraliste. Il venait d'installer son équipe dans une ancienne imprimerie du Sentier. Trois cent cinquante mètres carrés au sol, quatre mètres de hauteur sous plafond, le minimum pour incuber tous les projets qu'il avait sur le feu. Pour son bureau, il s'était offert la même moquette que chez Dior. On s'enfonçait là-dedans, c'était comme marcher dans de la poudreuse. Inspirer. Expirer. Il fallait vraiment qu'il essaie cette histoire de méditation pleine conscience.

Dans son métier les premières impressions étaient aussi importantes que les compétences ou les relations. Victor n'était pas mauvais, il avait le bon réseau mais il était très conscient du malaise qu'il provoquait lors d'une première rencontre. Très grand, très mince, très blond. Il était beau et faisait moins que ses quarante-cinq ans, mais en le voyant on ne pouvait s'empêcher de l'imaginer dans un uniforme SS. Une raideur de la nuque l'obligeait en permanence à lever le menton, ce qui renforçait son air dédaigneux. Pour parfaire l'ensemble, il ne se déplaçait jamais sans un accessoire qu'on n'attendait pas chez un homme de son âge : une canne. Pas une béquille médicale ni un simple bâton de marche, mais une magnifique canne en loupe d'orme surmontée d'un pommeau en jade sculpté, une pure merveille Art déco. Car Victor boitait. Une claudication plus qu'un boitement, un léger déséquilibre dans la marche que d'aucuns auraient cherché à faire oublier. Victor avait choisi d'en faire une force, sa signature en quelque sorte. Maniant sa canne avec agilité, il se plaisait à croire que dans son dos on le surnomme le « dandy de l'audiovisuel ».

Il appela son comptable, seul employé à ne pas être soumis au régime de l'open space. On n'est jamais trop prudent avec l'argent.

– Didier, je viens d'avoir l'agent de la scénariste sur le projet *Bokassa*. Il veut faire monter les enchères. On a quoi comme marge de manœuvre ?

– Pourquoi ? On a un diffuseur sur *Bokassa* ?

– Oui, c'est tout chaud. France Télé a priori. Avec une participation des Belges.

– Génial !

– Ce sera génial quand on aura fait signer la fille...

– Attends, tu as vendu le projet sans avoir l'auteur sous option ?

– Tu sais comment c'est... Je ne voulais pas m'engager trop tôt avec elle, mais j'ai déjeuné avec Rampal hier. Il m'a demandé ce que j'avais en développement, je ne pensais pas qu'il sauterait sur le projet comme un mort de faim. J'ai saisi l'occasion.

– Je vois. Et maintenant l'agent de l'auteur fait pareil avec toi. Juridiquement on est un peu coincés. Qui est-ce qui te l'avait amenée, cette fille ?

Un silence, puis, d'un ton sinistre :

– Ingrid.

– Ah.

– C'est ça. Ah.

– Son cadeau de départ ? ironisa Didier.

– Si seulement elle m'en avait fait qu'un seul...

– Ouais... Bon donc ça veut dire qu'on ne peut pas l'envoyer chez sa copine pour plaider notre cause.

– Je ne compterais pas là-dessus à ta place.

– Je vais voir ce qu'on peut faire. À propos d'Ingrid, la banque a appelé. Ils veulent savoir s'ils doivent clôturer son compte pro, ça fait des mois qu'il y a plus d'activité dessus.

Victor réfléchit un instant. Son instinct lui dictait de couper tout ce qui pouvait encore l'être entre Ingrid et lui, mais il avait appris à s'en méfier. Avec les années, le stratège en lui avait réussi à dompter son cerveau reptilien.

– Dis-leur de le laisser ouvert. Et monte les plafonds de retrait de la carte au max.

– OK, répondit Didier d'une voix étonnée.

Il ne voyait pas bien l'intérêt d'augmenter leurs frais bancaires pour un compte inactif, mais il n'allait pas remettre en cause les ordres du boss. S'il avait compris une chose en dix ans de collaboration, c'est que Victor ne faisait jamais rien au hasard.

*Saint-Blaise, Paris 20e*

Léonie remontait la rue de Bagnolet, longue piste noire reliant son cabinet du 11e arrondissement à son domicile dans le 20e. Après le croisement avec la rue des Pyrénées, elle serait sur ses terres. Rue de la Cour-des-Noues, rue de l'Indre, rue des Balkans. Un îlot hétéroclite d'immeubles Louis-Philippe aux lignes austères et d'expérimentations architecturales plus ou moins heureuses des années 70, coincé entre la place Gambetta et la porte de Bagnolet. Pas de bar branché ni de concept-store avant-gardiste, aucun monument digne d'intérêt. La mairie d'arrondissement avait bien fait paver la rue Saint-Blaise dans les années 90 pour lui donner le cachet de l'ancien, mais ça s'était arrêté là. Le quartier n'avait rien de spécial, pourtant Léonie y était viscéralement attachée. C'est là qu'elle avait grandi, là qu'elle avait vécu heureuse jusqu'à la fin brutale de son enfance. Elle avait quatorze ans. Plus tard, dès qu'elle avait gagné assez d'argent pour louer un petit appartement, elle était retournée vivre dans l'entrelacs protecteur de ces rues anonymes. Chaque matin en partant travailler, son cœur sautillait au même rythme que les petites jambes des gamines qu'elle croisait sur le chemin de son ancienne école primaire.

Léonie avait baptisé son repaire « le pigeonnier ». Arrivée dans l'immeuble, elle leva un regard douloureux vers le vieil escalier, inspira un bon coup et entama l'ascension. Cinq étages sans ascenseur. En ouvrant la porte de son appartement, elle eut l'impression de pénétrer dans une serre tropicale. Une chaleur moite qui prenait à la gorge. La fenêtre du couloir était couverte de buée. Ses cheveux bouclés remontèrent instantanément de deux centimètres sur son crâne. Une voix masculine beuglait la chanson « Belle » de Daniel Lavoie à pleins poumons. Léonie sourit.

Elle prit le temps de retrouver son souffle et fit irruption dans la salle de bains en déclamant : « … glisser mes doigts dans les cheveux d'Esméralda ». Pris sur le fait, Benjamin sursauta.

– J'aurais tellement dû te filmer !

– Tu ne ferais pas ça…

– Ne me tente pas.

Léonie vint s'assoir sur le rebord de la baignoire. Ils s'embrassèrent.

– *Hello you*, murmura Benjamin. Tu as passé une bonne journée ?

– Pas autant que toi visiblement, répondit Léonie dans un sourire.

Longtemps Léonie avait pensé être incapable de vivre en couple. Ses histoires, qu'elles soient d'amour ou juste de cul, n'avaient jamais duré plus de trois mois. Elle ne concevait pas que son mètre cinquante-huit et ses soixante-dix-sept kilos puissent séduire. À l'adolescence, son ventre, ses fesses, ses bras, tout s'était mis à déborder chez elle. Léonie s'était résolue à jouer la carte de la fille sympa et rigolote, s'attribuant par défaut le statut de bonne copine. Avec les années, c'était devenu une seconde nature. Sans compter que ses rares épisodes de couple étaient aussi éprouvants que ses longues plages de solitude. Elle s'affamait pendant plusieurs semaines pour perdre cent grammes, rentrait son ventre dès que son mec du moment pouvait l'apercevoir de profil. Chaque histoire la laissait épuisée et elle accueillait le retour du célibat avec soulagement. Enfin pouvoir déboutonner son jean dès qu'elle rentrait chez elle, enfin assumer sa consommation massive de talc (le meilleur absorbeur de transpiration dans les plis cutanés). Comme la majorité des filles dans son cas, Léonie souffrait de dysmorphophobie : otarie, elle se voyait baleine et cette vision pachydermique d'elle-même occupait tout son espace mental. D'autant qu'elle était la seule fille de sa famille à n'être ni blonde ni mince. Sur les albums photos, ça virait presque à la caricature : sa mère et sa sœur d'un côté, déesses nordiques au regard bleu acier, son père et elle de l'autre, pauvres mortels qui respiraient certes l'intelligence mais faisaient pâle figure face à l'éclat des deux autres.

Depuis une quinzaine d'années maintenant, Léonie alternait fringales compulsives et reprises en main diététiques. Ce yoyo frénétique avait façonné une silhouette qui n'entrait dans aucune case. Pas assez grosse pour les boutiques spécialisées, elle explosait les tailles L de la fast-fashion. Elle avait logiquement fini par intégrer qu'elle n'était un enjeu ni pour l'industrie de la mode ni pour le marché de l'amour. Et puis, il y a cinq ans, Benjamin Alster était entré dans sa vie. La force et la sincérité de ses sentiments avaient obligé Léonie à négocier une sorte de trêve avec elle-même. Ce n'était pas encore complètement la paix, mais ce n'était plus tout à fait la guerre. Benjamin lorgna avec envie dans son décolleté et lui montra la baignoire d'un sourire désarmant :

– Tu me rejoins ?

– Hmmm, je vais plutôt lancer l'apéro à côté. Prends ton temps.

– J'arrive dans cinq minutes.

Un quart d'heure plus tard, elle finissait sa première bière sur le canapé du salon. Une chaleur douce se diffusait dans son corps, décontractait ses muscles, élargissait son sourire. Si elle avait été un chat, elle se serait mise à ronronner. Benjamin la rejoignit, tout fringuant dans son bas de jogging confort et son T-shirt blanc frôlant ses pectoraux. Il attrapa une bière et la rejoignit sur le canapé.

– Tu connais la différence entre un mariage juif traditionnel, orthodoxe et libéral ?

Léonie secoua la tête, évidemment.

– Dans un mariage traditionnel, c'est la mariée qui est enceinte, dans un mariage orthodoxe, c'est la mère de la mariée, et dans un mariage libéral, c'est la rabbine !

Elle éclata de rire avant de se pelotonner contre Ben, s'imprégnant goulûment de son odeur. Elle était bien.

– On mange quoi ?

– Dorade grillée, pommes vapeur. Et faut que je me bouge parce que ça va pas cuire tout seul.

Benjamin s'extirpa du canapé. En deux pas il était dans le coin cuisine. Il sortit les poissons du frigo, des assiettes du placard. Léonie ne fit même pas mine de l'aider, la cuisine était le domaine réservé de Benjamin. C'était une des nombreuses raisons qui le rendaient sexy à ses yeux. Comme son métier. Il était professeur des écoles. Son environnement professionnel était presque exclusivement féminin, ses élèves n'avaient jamais plus de dix ans, et pourtant en le voyant on ne pouvait pas s'empêcher de se dire : « Ça c'est un mec ! » Pas un macho évidemment, mais un *mensch*. Un homme intègre, courageux. Alors certes totalement névrosé, mais quelqu'un sur qui on pouvait compter. Et Léonie avait appris petit à petit à se reposer sur lui. Issu d'une famille juive survivante de la Shoah, Benjamin se sentait dépositaire d'un héritage plus grand que lui, maillon d'une chaîne qui remontait à l'Antiquité et qu'il se devait de poursuivre. Autant dire que tomber amoureux d'une goye ne faisait pas partie de ses plans, mais il paraît que la vie c'est ce qui arrive quand on avait prévu autre chose. Benjamin avait lutté contre cet amour, longtemps, et puis ses sentiments s'étaient avérés plus forts que ses scrupules. Il avait cédé. Pour apaiser sa conscience, il se racontait que Léonie était d'ascendance juive sans le savoir.

Depuis le canapé, Léonie souriait en le regardant préparer les dorades. Elle se leva à son tour, sortit une cigarette de son sac et alla se poster à la fenêtre, sa bière à la main. Un léger vertige : Léonie sentit qu'elle était grise. Elle repensa à sa patiente de l'après-midi qui devait rechercher la même détente, le même temps suspendu en fin de journée. Qu'est-ce qui faisait que Léonie pouvait enquiller les bières un soir et ne pas boire pendant des jours alors que Marion était enchaînée à sa bouteille ? L'addiction était-elle une maladie ou un signe de faiblesse coupable ? En dehors de l'alcool, Marion avait fait preuve toute sa vie d'une volonté inflexible. Mais c'est elle qui était jugée, c'est elle qui devait rendre des comptes…

Le bruit de son portable sortit Léonie de ses pensées. Elle écrasa sa cigarette dans le cendrier calé sur le rebord de la fenêtre et attrapa son téléphone sur la table basse. Un SMS d'un numéro non identifié. Léonie fronça les sourcils, fit apparaître le message et se figea. Incroyable… et en même temps, tellement typique. Du Ingrid tout craché ! Disparaître un an de la surface de la Terre et tout à coup vous convoquer le lendemain sans même demander si vous étiez dispo ! Léonie fixait l'écran de son téléphone, incrédule. Quand Benjamin l'appela pour passer à table, elle ne l'entendit pas.

Octobre 1997

C'était la pire rentrée de toute ma vie ! À tous les coups c'était la pire rentrée en sixième du monde ! Déjà mon collège, c'est pas que un collège, c'est un collège ET un lycée. Dans la cour, on est genre dix mille, la moitié des élèves fument. Les filles se maquillent. Les garçons, on dirait des hommes. Quand je pense que j'ai attendu ça tout l'été ! Je veux retourner dans mon ancienne école…

Je connais personne de chez personne ici. Par contre je me suis bien fait remarquer par tout le monde dès le premier jour, bravo moi !

Ce matin au petit déj, papa a proposé de m'emmener pour le premier jour. Maman l'a regardé avec son air qui veut dire : « Exagère pas, Jean-Marc », avec au moins quatre points d'exclamation derrière. Du coup j'ai dit que j'irais toute seule (je voulais pas qu'elle me prenne pour un bébé). Sauf que j'ai pris le 26 dans le mauvais sens. Quand je m'en suis rendu compte ça m'a tellement fait flipper que j'ai vomi. Je suis arrivée au collège pile au moment où on fermait les grilles. Dans la cour, j'étais la seule sixième qui était venue sans parent. La pauvre fille.

Notre prof principale c'est la prof de français. À un moment elle est sortie de la classe pour aller chercher des craies. Y a un garçon avec les cheveux teints en blond qui a dit que je puais comme une clocharde et les autres ont rigolé. La fille assise à côté de moi a dit que c'était vrai, que je sentais le vomi. Elle s'est levée pour changer de place et tout le monde l'a applaudie. J'ai rien dit.

En rentrant à la maison je me suis juré que ça se passerait pas comme ça pour Boubie.

Elle est en CE2 cette année. Elle va retrouver ses copines, c'est tranquille. J'ai calculé, quand elle rentrera au collège je serai en troisième. Si y en a un qui la regarde de travers, je le défonce. Obligé.

Jeudi 4 avril

Saint-Blaise, Paris 20e

Léonie bavait comme une bienheureuse sur son oreiller quand une sonnerie retentit. Benjamin était déjà parti. Elle tâtonna sur sa table de nuit pour attraper son portable, finit par décrocher et marmonna un « Allô » d'outre-tombe.

– Madame Damanne ?

– Ou… oui ?

– Nadia Kassem, greffière du juge Mirmont. Je ne vous réveille pas ?

– Du tout, non.

– C'est à propos de Marion Gardette.

Une alarme se mit à sonner dans la tête de Léonie, elle se redressa sur son lit.

– Quoi ? Qu'est-ce qui se passe ?

– Le juge a obtenu ses bilans sanguins sous contrainte, ils ont eu lieu hier soir. Elle a fait une tentative de suicide juste après.

Hôpital Saint-Antoine, Paris 12e

En prenant la ligne 2 à Père-Lachaise et en descendant à Reuilly-Diderot après un changement à Nation, Léonie gratta cinq bonnes minutes de trajet. Elle se fraya un chemin au rez-de-chaussée de l'hôpital, trouva le service psychiatrie, demanda à l'infirmière d'accueil le numéro de chambre de Marion… Soudain ses yeux se posèrent sur deux jeunes enfants désœuvrés dans le couloir.

Romy et Achille. Leur état s'était amélioré depuis les photos médico-légales. Leurs cheveux commençaient à repousser. Un fin duvet de poussin sur leur petit crâne. La peau de leur visage était couverte d'un corps gras protecteur mais ils n'avaient plus de pansements que sur les mains. En tout cas d'après ce que Léonie pouvait voir. Elle en ressentit un vif soulagement. À leurs côtés, un couple de sexagénaires très « gentlemen farmers ». Les beaux-parents de sa patiente. Clairement Marion s'était mariée au-dessus de sa condition sociale. Léonie se dirigea vers eux et se présenta. Mme Gardette mère leva un sourcil circonspect.

– C'est le juge qui vous envoie ?

– Non, madame, je suis là pour prendre des nouvelles de Marion.

– Je vois.

– Elle sait que ses enfants sont là ?

– Vous ne comptez pas leur interdire de voir leur mère dans un moment pareil ?

– Je n'en ai ni le droit ni l'intention. Marion serait très heureuse de les voir, j'en suis sûre. La question, Léonie baissa d'un ton, c'est : est-ce qu'eux sont en état de la voir dans cette… situation ?

– Franck est avec elle, c'est à lui de décider.

– Madame Gardette, je sais que c'est compliqué mais je vous assure que je ne suis pas l'ennemie de votre belle-fille.

– On ne peut pas dire que vous soyez son amie non plus. Elle allait très bien avant qu'on l'oblige à vous consulter…

Franck Gardette sortit de la chambre de sa femme à ce moment-là. Madame Mère détourna son attention vers lui :

– Alors ?

– Elle dort. (Il se tourna vers ses enfants.) On ne peut pas voir maman aujourd'hui, elle est très fatiguée. On reviendra demain, OK ?

La déception se lut sur le visage des jumeaux. Romy montra une feuille pliée en quatre et tenta de négocier.

– Je peux lui donner mon dessin ?

– Je t'ai dit qu'elle était fatiguée.

– Et toi ? Tu peux lui donner toi ?

– Ça suffit les caprices. Tu veux qu'elle guérisse ou pas ?

La fillette se mit à trembler. Après un regard vers son fils, la grand-mère la prit dans les bras et l'éloigna sans un mot. Pas de scandale en public. Franck Gardette leva les yeux au ciel, excédé. Puis son regard s'abattit froidement sur Léonie.

– Qu'est-ce que vous faites là ? Vous ne croyez pas que vous en avez assez fait ?

– Monsieur Gardette…

Franck la coupa, menaçant.

– Laissez-nous tranquilles ! Et laissez ma femme dormir !

Léonie recula, conciliante. Visiblement les Gardette avaient trouvé un meilleur coupable que l'alcool pour expliquer l'état de Marion ; un coupable qui permettait d'éviter les questions qui fâchent. Elle savait que leur colère n'était pas dirigée contre elle à titre personnel, mais elle comprit que la thérapie de Marion risquait de durer plus longtemps que prévu.

Hôtel Lutetia, Paris 6e

La rénovation de l'hôtel était une vraie réussite. Zoé n'y avait jamais mis les pieds avant les travaux, mais pour ce qu'elle pouvait en juger, le résultat était sublime. Elle n'aurait pas dû accepter qu'il l'installe ici. Dans une suite en plus. C'était bien trop pour elle. La chambre était immense, le mobilier du meilleur goût et la vue sur le Bon Marché renversante. Zoé aurait aimé savoir apprécier toutes ces belles choses, mais en vérité le luxe la mettait mal à l'aise. Elle ne savait jamais s'il fallait laisser un pourboire au portier, elle avait peur de paraître compassée en étant trop polie, ou mal élevée si elle ne l'était pas assez. Dans ce genre d'endroit, elle se faisait l'impression d'être une cousine de province qui ne sait pas avec quelle fourchette attaquer sa langouste. Elle n'était pas une bouseuse pourtant, loin de là, mais ce qui s'achète ne l'avait jamais intéressée.

Un peu de poudre compacte pour dissimuler sa pâleur. Une touche de blush pour souligner les pommettes. Pas de rouge à lèvres, la couleur trancherait trop avec son teint diaphane. Étrangement, avec la perte de poids, ses yeux étaient devenus plus grands dans son visage et captaient toute l'attention. De grands yeux verts mélancoliques qui évoquaient la surface trouble des lacs de montagne en été. Avec des gestes précis, Zoé ajusta sa perruque face au miroir de la coiffeuse. L'oncologue avait dit un an, dix-huit mois maximum. La perte de ses cheveux avait été un vrai traumatisme. Elle ne s'était jamais rendu compte de ce qu'ils représentaient avant ; il s'avérait que c'était peu ou prou toute sa féminité. Sa perruque s'était retrouvée investie du même pouvoir. Elle était son armure, son gilet pare-balles, elle était la preuve que Zoé restait une femme malgré la maladie.

Deux mois plus tôt, l'oncologue lui avait proposé d'arrêter la chimio et de passer aux soins palliatifs. Ils savaient tous deux ce que ça voulait dire et le médecin avait baissé les yeux, comme si l'échec du traitement était le sien. Mais Zoé avait accepté cela comme une libération. Depuis trois ans elle était hantée par la peur de la mort. Son alimentation, ses traitements, ses lectures, tous ses choix étaient guidés par le désir de maximiser ses chances de survie. Plus que la douleur, l'espoir l'avait épuisée. Ce temps-là était fini. Maintenant que le couperet était tombé, elle pouvait profiter du peu de vie qui lui restait. De toute façon, vieillir n'avait jamais fait partie de ses plans d'avenir.

Elle se détourna du miroir et contempla la salle de bains luxueuse. Le fait qu'il lui paie cette suite de princesse depuis plusieurs mois déséquilibrait leur relation. Il fallait qu'elle se trouve un endroit bien à elle, une sous-location ou un Airbnb. Elle le punissait depuis vingt ans, s'assurant de lui faire payer sa trahison au prix fort. Elle ne voulait pas qu'il imagine solder leurs comptes avec une facture d'hôtel, aussi élevée soit-elle. C'était trop facile !

Zoé soupira. Elle laissait encore ses vieux démons l'envahir. Il fallait qu'elle se reprenne, qu'elle reste concentrée sur son objectif. La perspective de sa mort prochaine lui avait ouvert les yeux sur le ridicule de sa rancœur. À l'approche de l'inévitable on se recentre sur l'essentiel, et l'essentiel, tout bien considéré, c'était lui. C'était eux deux.

Dès qu'elle avait pu lui faire une place dans sa vie, leur amour était devenu fusionnel. Elle lui avait donné tout ce qu'elle pouvait. Son temps, son argent, des trésors d'amour et de patience qu'elle ignorait posséder. Des proches lui avaient conseillé de se protéger, elle les avait rayés de sa vie. Des employeurs avaient exigé qu'elle choisisse entre eux et lui, elle leur avait tourné le dos sans regret, préférant tirer le diable par la queue quelques mois plutôt que de renoncer ne serait-ce qu'à une once de lui. Ensemble ils étaient le monde et n'avaient besoin de personne. Elle sourit amèrement en repensant à ces années. Leur amour était si précieux qu'elle avait tremblé de le perdre à chaque instant. Elle avait passé tellement de temps à anticiper l'endroit où la foudre allait s'abattre. Une vigilance de chaque instant… pour rien.

Le danger n'était pas venu de l'extérieur, mais de lui. Il avait tiré sans sommation, la dépossédant du seul et unique bien qu'elle se refusait à partager. Zoé n'avait jamais été femme à transiger. La mort dans l'âme, elle l'avait purement et simplement rayé de sa vie. Elle avait fermé son cœur pendant vingt ans. Mais l'imminence de sa mort avait tout changé. À l'instant où le diagnostic était tombé, Zoé sut qu'elle lui pardonnait. Non seulement elle lui accordait son pardon, mais elle voulait qu'il le sache. Plus rien d'autre n'avait la moindre importance : elle ne pouvait pas mourir sans le libérer de sa vindicte. Faire la paix avec Victor, c'est tout ce qu'elle attendait de la vie désormais.

Clichy-Batignolles, Paris 17e

Le SMS disait : « Beaucoup de changements. Je squatte chez un copain qui bosse à Londres. Rejoins-moi à 18 heures. Ingrid. » Suivait une adresse dans le quartier du nouveau palais de justice, que Léonie ne connaissait pas encore. Elle longeait le parc Martin-Luther-King, les yeux rivés sur l'appli GPS de son smartphone. Une enfilade d'immeubles neufs dans des rues à angles droits, des locaux commerciaux pour la plupart encore à louer. En combien de temps un nouveau quartier acquérait-il une âme ? Que fallait-il d'histoires d'amour, de naissances et de morts, de grands événements et de petits riens pour que cette âme imprègne les lieux ?

Elle leva la tête. D'après le GPS elle était arrivée. Juste au coin, à l'endroit où la rue faisait un coude. À quatre-vingt-dix degrés évidemment. Rue Bernard-Buffet… comment projeter une vie heureuse dans une rue qui portait le nom d'un peintre aussi glauque ? Léonie était toujours de mauvaise foi quand elle pensait à sa sœur. Pourquoi Ingrid lui avait-elle donné rendez-vous dans un appartement plutôt que dans un bar ? C'était pourtant l'heure de l'apéro. Qui était ce copain qui bossait à Londres ? Elle tapa le code de l'immeuble et entra.

Un hall vaste et dépouillé, l'odeur du neuf, et des appartements encore vides vu le silence sépulcral qui régnait dans les lieux. Personne en vue. Elle prit l'ascenseur, monta au troisième étage.

Sur le palier, les portes des appartements attendaient encore un bon coup de laque mate. L'immeuble semblait désert. Appartement du milieu. Elle sonna… rien. Elle sonna plus fermement la deuxième fois. Toujours rien. Elle toqua directement sur la porte, qui s'ouvrit d'elle-même, comme dans un mauvais polar. Ça commençait à faire beaucoup pour Léonie qui entra sans réfléchir en appelant d'un ton acerbe : « Ingrid ? » Seul l'écho de sa voix lui répondit.

Léonie ressentit une brusque montée de colère à la fois contre Ingrid et contre elle-même. À quoi s'attendait-elle en traversant Paris juste parce que sa sœur l'avait sifflée ? Un an sans nouvelles, une convocation par SMS sans même un « j'espère que tu vas bien » et elle accourait ventre à terre comme un petit chien. Des fois elle se donnerait des baffes ! Une larme de frustration cherchait le chemin de son canal lacrymal, elle la refoula. C'était toujours pareil avec Ingrid, on ne pouvait pas compter sur elle. En tout cas on ne pouvait plus depuis qu'elle avait quitté l'appartement familial avec fracas un an et demi après la mort de leur père. À treize ans, Léonie perdait son papa. Elle en avait quatorze quand sa sœur quittait la maison et la laissait seule avec leur mère. S'il était arrivé quoi que ce soit à Laurence, accident de voiture, AVC ou autres, elle se serait retrouvée seule au monde. Certes, Ingrid n'avait que dix-sept ans à l'époque, c'était elle-même une gamine et elle était viscéralement attachée à leur père. Certes, elle avait fait plusieurs tentatives pour essayer de renouer avec sa petite sœur depuis. Mais le sentiment d'abandon avait été tellement violent pour Léonie, tellement glaçant, qu'elle ne s'en était jamais remise. Elle se demandait même si elle n'était pas devenue psy pour percer cet abcès affectif.

Désœuvrée, Léonie parcourut l'appartement à la recherche de papier et d'un stylo. Elle allait laisser un petit mot à sa sœur ;

à dix contre un, Ingrid buvait des coups avec des potes et l'avait totalement oubliée… L'ameublement était minimaliste : un canapé scandinave, un écran plat et une table basse dans le salon, aucun objet personnel nulle part. Elle trouva des Post-it et un Bic au bouchon mâchouillé. Elle réfléchissait à trousser des phrases bien senties quand elle entendit un bruit. Quelque chose entre le miaulement de chaton et le grincement de placard. Elle leva la tête, étonnée et attentive. Elle ne pensait même pas à avoir peur. Le bruit reprit, plus fort. Ça tirait décidément vers le chaton. Si le copain de Londres avait confié Félix aux bons soins d'Ingrid, il n'allait pas être déçu…

Léonie partit en quête de l'origine du bruit. Rien dans le salon ni dans le couloir. Deux portes fermées face à elle. La salle de bains, monacale, était vide. Ouvrant la seconde, Léonie déboucha sur une chambre aux volets à moitié tirés. Elle appuya sur l'interrupteur. Un plafonnier jeta une lumière crue sur la pièce. Le couinement se transforma soudain en hurlement furieux. Le cœur de Léonie eut un raté, son pouls s'accéléra. Une main sur la poitrine, elle contourna le lit et se figea. À même le sol, calé dans un couffin en osier, un nourrisson vagissait comme un damné.

2

Le hameau

Affalé sur le sol du cimetière, le vieillard creusait la terre à mains nues. Ses chausses étaient souillées, son surcot à moitié déchiré. Concentré sur sa tâche, il ne sentait ni la sueur glacée dans son dos ni la douleur de ses ongles arrachés. Il n'avait pas rencontré âme qui vive en chemin. Personne n'habitait plus ici depuis longtemps. Ils étaient partis les uns après les autres, le laissant à la fois seigneur et vassal de lui-même, dernier survivant du hameau déserté. Seule la mort l'attendait encore, mais peut-être l'avait-elle oublié. Il lui arrivait parfois de prononcer son propre prénom à voix haute juste pour s'assurer qu'il était toujours vivant. Pierre… Le plus souvent il se taisait, douloureusement conscient d'être le fossoyeur de sa communauté. Il s'était résigné à cette fin de vie hors du monde et hors du temps. Mais un matin sans crier gare, *Elle* était revenue.

Elle était aussi belle que dans ses souvenirs. Aussi jeune aussi, et c'était sorcellerie. Ils avaient été jouvenceaux ensemble, or le temps n'avait pas imprimé la moindre marque sur elle. Aucune ride, aucune tache de vieillesse. Il restait à Pierre assez de raison pour comprendre qu'il aurait dû retrouver une matrone. Par quel sortilège avait-elle été épargnée ? Avec quelle force avait-elle pactisé ? Il ne pouvait s'empêcher de voir l'œuvre d'Halaïde derrière ce miracle. Comment mieux le punir, lui, le dernier des Trois, qu'en lui envoyant le double maléfique de sa femme ? Pouvait-il la serrer contre lui ou devait-il la fuir ? Il était déchiré entre la joie de la revoir et la terreur de la perdre à nouveau ; il ne savait plus quoi faire. Jusqu'à ce que la solution lui apparaisse. Effroyable… et tellement évidente.

Pierre creusait, indifférent au froid et à la fatigue. Ses mains heurtèrent une surface dure. Le cercueil. Dans un dernier effort il parvint à le hisser sur le sol. Il allait enfin savoir. Ne pas penser au sacrilège. Vite, attraper la bêche, l'insérer dans la fente. Vite, donner un coup de pied pour faire sauter les clous. Son cœur battait la chamade mais il fallait qu'il tienne, qu'il sache. Le couvercle céda dans un craquement sinistre. Une vapeur s'échappa du cercueil, il la vit très nettement et son cœur s'emballa. Il eut peur soudain, et n'était plus si sûr de vouloir savoir. Doucement, précautionneusement, il s'avança vers la petite boîte en bois. L'image s'imprima sur sa rétine, brûlante. Le squelette d'un enfant.

Comment avait-il pu ? Il s'était… fourvoyé ? Mais alors… Pierre s'affala sur le sol, manquant de glisser dans la tombe. Un rayon de lune caressa les ossements. Ils étaient si petits… L'estomac de Pierre se souleva. Il eut à peine le temps de tourner la tête et fut pris de hoquets. Ses yeux pleuraient, son nez coulait. Sa bouche régurgitait son maigre dîner. Un barrage avait cédé, son corps se purgeait. Et dans le vide ainsi créé un sentiment s'insinuait, comblant chaque anfractuosité de son être. Une vieille connaissance revenait le submerger avec la violence d'une tempête. La culpabilité.

Clichy-Batignolles, Paris 17e

Léonie avait déjà côtoyé des policiers en lien avec ses suivis psycho-judiciaires, mais jamais de spécimen comme la commandante Chantal Fennetaux de la BRDP, brigade de répression de la délinquance aux personnes, ainsi qu'elle venait de l'apprendre. Elle observait d'un œil étonné cette petite femme d'âge mûr qui berçait le nourrisson dans ses bras. Léonie ne lui donnait pas loin de la soixantaine et fut frappée par l'éclat de ses yeux noirs ronds comme des billes. Des yeux de manga, se dit-elle. La policière était arrivée dans l'appartement une demi-heure après l'appel de Léonie au 17, avec un biberon en verre et une boîte de lait maternisé. Sans poser la moindre question à Léonie, elle s'était appliquée à calmer l'enfant, qui venait de siffler tout un biberon. Le capitaine Sissoko, un grand Noir longiligne et taiseux, était parti recueillir les témoignages des voisins.

Repu, le nourrisson comatait sur l'épaule de Fennetaux qui tapotait son dos en lui parlant comme à un débile profond.

– Tu nous fais un petit rot, mon chaton ? Ben oui, tu verras, tu te sentiras mieux après. Allez mon ange, fais ton rot.

L'enfant se tortilla, son visage vira au rouge carmin et il émit un bruit de tuyauterie caractéristique. Une odeur de couche pleine confirma l'hypothèse de Léonie. Elle réprima un haut-le-cœur. Fennetaux semblait ravie du cadeau au contraire et cherchait déjà des yeux ce qui pourrait lui servir de plan à langer.

– C'est sorti par le bas, dis donc ! Bravo mon champion. Comme dirait l'autre : « Mieux vaut dehors que dedans ! » On va s'occuper de ça, t'inquiète pas.

Léonie commençait à se demander si on lui avait envoyé une vraie policière. Et Ingrid dans tout ça ? Comme si elle avait lu dans ses pensées, Fennetaux se tourna vers elle :

– Je gère cette petite urgence et je suis à vous.

– Y a une serviette sur le lit dans la chambre, je crois que c'est là que ma sœur le change, lâcha-t-elle l'air de rien.

Fennetaux y entraîna l'enfant mais se retourna vers Léonie qui attendait prudemment dans le salon.

– Vous venez ou quoi ? J'ai pas que ça à faire !

Léonie la suivit à regret. Rien ne lui serait épargné.

Dans la chambre, Fennetaux découvrit que le bébé était emmailloté à l'ancienne. Seul son visage émergeait d'un tissu rouge profond dans lequel il était ficelé comme un gigot à l'aide d'un ruban de la même couleur.

– Qu'est-ce que c'est que ça ? On dirait le petit Jésus dans la crèche. Tu es le petit Jésus, mon amour ? Je vais te débarrasser de tout ça, attends…

Jésus commençait à en avoir marre de macérer dans sa couche sale et le faisait savoir.

– C'est revenu à la mode d'emmailloter les petits comme autrefois ? s'étonna Fennetaux.

Elle ne reçut pour toute réponse qu'un regard vide de Léonie, qui n'en avait pas la moindre idée et à vrai dire s'en foutait royalement. Ça n'arrêta pas la flic.

– Je n'ai pas vu de biberon dans l'appartement, peut-être que votre sœur allaite. Ah… elle n'aime pas les couches jetables non plus on dirait. Attends bébé, ça y est, j'y suis presque… Vous savez s'il y a du coton dans l'appartement ?

– Dans la salle de bains, je crois.

– Parfait, vous pouvez m'en passer trois ou quatre sous l'eau tiède s'il vous plaît ? Même cinq allez, on ne va pas mégoter.

Léonie partit s'acquitter de sa mission, ravie de s'éloigner un instant de l'odeur de couche. Elle était dans la salle de bains quand elle entendit une exclamation depuis la chambre :

– Ben ça ! T'es pas le petit Jésus mon chat.

Fennetaux éclata de rire et cria à l'adresse de Léonie, comme si elle venait de mettre l'enfant au monde :

– C'est une fille !

Cinq minutes plus tard, la flic rejoignait Léonie dans le salon, la petite endormie dans ses bras maigres.

– Elle doit avoir un mois pas plus. Vous ne saviez pas que votre sœur avait accouché ?

– Je ne savais même pas qu'elle était enceinte.

– Donc le bébé n'est peut-être pas le sien…

Léonie sentit tout de suite le changement de ton. C'était subtil mais, en une phrase, la policière s'était mise en mode « chasse ».

– Je ne sais pas quoi vous dire… Elle ne m'a jamais parlé de grossesse mais on n'est pas très proches…

– C'est un euphémisme, commenta Fennetaux d'une voix acide avant de reprendre ses gazouillis à destination du bébé endormi, il ne faut vraiment pas être proche de sa sœurette pour lui cacher une merveille comme toi, hein…

Elle naviguait entre les registres de la flic incisive et de la mamie gâteau avec la fluidité d'une bilingue passant d'une langue à l'autre. Un instant, Léonie envisagea un trouble de la personnalité avant d'abandonner l'idée. Cette femme était juste très à l'aise avec les bébés. Léonie éprouva le besoin de se justifier.

– Écoutez, ce n'est pas la première fois qu'Ingrid me pose un lapin. Sans le bébé, je serais repartie et on n'en parlait plus mais là…

– Vous avez bien fait d'appeler. Il est quelle heure ? (Elle tendit d'autorité l'enfant à Léonie, qui le réceptionna comme elle put, et consulta son portable.) Dix-neuf heures trente, l'Aide à l'enfance ne devrait pas tarder.

Léonie désigna le bébé tout en le rendant aux bras experts de Fennetaux.

– Il va se passer quoi pour elle ?

– On va la placer en pouponnière, ne vous inquiétez pas. On s'occupera bien d'elle le temps qu'on localise votre sœur.

– Et si vous ne la trouvez pas ? Ça fait une heure que j'essaie de l'appeler, ça bascule direct sur la messagerie.

– Ce bébé n'aurait jamais dû être laissé seul, mais je n'ai pas vu de trace d'effraction sur la porte d'entrée, pas de signe de lutte dans l'appartement. Pour l'instant on n'a aucune raison d'imaginer qu'il soit arrivé quelque chose de grave à…

– Ingrid.

– C'est ça, Ingrid. Vous pensez qu'elle aurait pu, je ne sais pas, décider de vous confier la petite sans vous prévenir ? Ça pourrait être son genre ?

– Elle ne ferait jamais ça !

Léonie se surprit elle-même. Tant de véhémence pour défendre une lâcheuse notoire. Mais en même temps, un *bébé*… Non, sans comprendre d'où lui venait cette certitude, Léonie savait qu'Ingrid n'aurait jamais abandonné sa fille. Ce qui ouvrait la voie à des options peu réjouissantes. Elle tournait et retournait tout ça dans sa tête depuis qu'elle avait découvert le nourrisson une heure plus tôt. Si Ingrid avait eu un bébé, pourquoi ne lui en avait-elle pas parlé ? Qui était le père ? Et si ce n'était pas son bébé, d'où venait-il ? Et surtout, où était Ingrid ? Léonie réalisa alors que ce n'était peut-être pas sa sœur qui lui avait écrit ce SMS. Après tout, le message avait été envoyé d'un téléphone qu'elle ne connaissait pas et il ne comportait rien de personnel ; aucun surnom, rien qui prouve l'identité de l'émetteur. Et si tout ça était un piège ? Mais contre qui, et pourquoi ? Submergée par les questions sans réponses, Léonie sentit son angoisse monter en flèche. La voix de Fennetaux la fit redescendre un peu.

– Bien sûr, bien sûr, je demandais ça comme ça. Vous savez si Ingrid a quelqu'un dans sa vie ? Une relation sérieuse…

– Elle est mariée, admit Léonie.

– Vous avez l'air de l'adorer.

Léonie haussa les épaules. Fennetaux reprit son ton de chasseuse :

– Ça veut dire quoi, ça ?

– Rien. Il s'appelle Victor Sicard.

– Et ?

Léonie soupira, mal à l'aise.

– Je ne sais pas, je l'ai peut-être vu cinq fois en douze ans… C'est juste qu'avec Ingrid j'ai l'impression qu'ils ont une relation… compliquée. Intense en tout cas.

Fennetaux la fixa un instant.

– Intense comme dans « on aime bien se donner en spectacle en public », ou intense comme dans « femme battue » ?

Léonie fut tentée de mentir. Une accusation de violence domestique et a minima son beau-frère se faisait pourrir la soirée. Sauf qu'elle n'était pas comme ça. D'un autre côté, comment faire comprendre à la policière le malaise qu'elle éprouvait face à Victor Sicard ? Il était entré dans sa vie quand elle n'avait que dix-huit ans. Elle n'était pas psy alors, mais elle avait tout de suite senti que ce type était toxique. Évidemment Ingrid n'avait rien voulu entendre. Si seulement elle l'avait écoutée, pour une fois.

Boulevard de Belleville, Paris 20e

En l'apercevant à l'entrée de la terrasse, Victor esquissa un sourire sardonique. Costard-cravate, mocassins à glands et mallette en cuir pleine-fleur : son rendez-vous avait exactement la tête de son emploi, à savoir directeur administratif et financier d'un consortium industriel. En combo jean-baskets, Victor se fondait bien mieux dans le décor. Certes, le prix de ses baskets dépassait à lui seul le revenu mensuel des habitants du quartier, mais Victor se doutait que l'autre n'était pas expert en sneakers japonaises de collection. Il avait choisi exprès ce café comme lieu de rendez-vous, coincé entre la piscine Alfred-Nakache et la mosquée Omar. Il voulait que Rivière se sente mal à l'aise, habillé comme un pingouin, qu'il comprenne que seul Victor maîtrisait les codes.

Ce petit manège faisait partie d'une stratégie plus large initiée par Victor quand le groupe de Rivière avait montré des signes d'intérêt pour sa société de production. Il voulait bien que ce mastodonte rachète sa boîte, il le voulait même très fort, mais pas à n'importe quel prix. Un autre producteur aurait cherché à impressionner Rivière en l'invitant dans un bar d'hôtel chic. Pour Victor, ça ne servait à rien de montrer à ces types qu'on a de l'argent, s'ils peuvent racheter votre boîte c'est parce qu'ils en ont beaucoup, beaucoup plus que vous. Il savait que sa société représentait un bon investissement, mais il savait aussi qu'il y avait des dizaines de sociétés comme la sienne sur le marché. Si Rivière s'intéressait à lui, c'était pour pouvoir s'attribuer ce supplément d'âme, ce petit frisson de branchitude que la télé représentait à ses yeux. Et Victor était bien placé pour savoir que de moins en moins de gens trouvaient la télé branchée. L'âge moyen du public ne faisait qu'augmenter et personne n'avait trouvé comment empêcher l'hémorragie des jeunes qui fuyaient massivement le petit écran au profit des plateformes de streaming. Lui avait adoré la télé enfant, se gavant de séries peuplées de héros virils et courageux. Il avait grandi sans père. *MacGyver* ou les tarés de *L'Agence tous risques* étaient les modèles qu'il s'était choisis. Le schéma immuable des épisodes l'excitait et le rassurait en même temps : un méchant vient perturber l'ordre du monde, le héros n'hésite pas à risquer sa peau pour finalement remettre chaque chose dans l'ordre, chacun à sa place. Rien jamais ne détournait ces héros de leur destin. C'est comme ça qu'il avait décidé de voir la vie et c'est comme ça qu'il avait monté sa boîte. Jeune producteur inconnu au bataillon, il avait réussi à placer *Succube*, une série historico-érotique sur une chaîne cryptée qui aimait faire le buzz. Le carton avait été immense. Autres temps autres mœurs. Pour faire tourner sa boîte aujourd'hui, il était obligé de débiter des séries bien-pensantes et « lumineuses » à un rythme industriel, en s'assurant que les plus de soixante ans comprennent bien toute l'histoire.

Donc OK pour vendre, mais le plus cher possible, parce qu'il n'y aurait peut-être pas d'autre opportunité avant longtemps. Victor devait gonfler au maximum la valeur de sa société. Mais pas question de trafiquer ses comptes d'exploitation, Rivière disposait d'une armée d'experts-comptables. Victor avait opté pour un terrain qu'il maîtrisait à la perfection : celui de l'image. Il savait d'instinct qu'aux yeux d'un Rivière, une mauresque en terrasse à Belleville avait plus de valeur qu'une coupe de veuve-clicquot au bar du Ritz. Il l'imaginait déjà se pavaner devant sa femme en rentrant dans son duplex du Champ-de-Mars : « J'ai bu un verre pour le boulot ce soir avec un producteur de séries. Il m'a emmené dans un boui-boui, on se serait cru à la médina de Marrakech ! C'était très… pittoresque. Faudra qu'on y retourne, ça vaut le détour. »

En attendant, serrant sa mallette d'une main ferme, Rivière scannait les clients de la terrasse d'un œil un peu inquiet. Le pauvre n'avait jamais dû voir autant de Maghrébins de ce côté-ci de la Méditerranée. Victor prit appui sur le pommeau de sa canne, accrocha un grand sourire à sa face et agita un bras en l'air. Il allait tout donner pour séduire ce rond-de-cuir. Qui sait, peut-être que s'il arrivait à bien vendre, s'il était dégagé une fois pour toutes des soucis matériels, il parviendrait de nouveau à dormir sans cauchemar. Une nuit, une seule nuit sans se réveiller en sueur, les yeux exorbités de terreur. Derrière ses grands airs, il n'aspirait qu'à ça.

Clichy-Batignolles, Paris 17ᵉ

Léonie appela sa mère dès que Fennetaux l'autorisa à quitter l'appartement des Batignolles. Un pur réflexe pavlovien. Depuis toujours la voix ferme de Laurence produisait un effet anxiolytique sur ses nerfs. Elle lui rappelait qu'un adulte responsable restait dans les parages, qu'une grande personne était là pour prendre des coups s'ils venaient à pleuvoir. Étonnant comme à trente ans passés, Léonie avait encore besoin de ce filet de sécurité. Il ne lui serait pas venu à l'idée d'appeler Ben dans un moment pareil. Elle avait une confiance aveugle en son jugement, mais lui et elle étaient des partenaires et là elle avait besoin d'un parent.

– Tu peux répéter ? Je capte mal. Où est-ce que tu es ?

– Aux Batignolles, répéta Léonie. Je devais voir Ingrid mais elle m'a plantée.

– Et... ?

– J'ai dû appeler la police, maman. Il y avait un bébé dans l'appartement. Un tout petit bébé, je n'allais pas le laisser tout seul.

– Un bébé ? Il est à qui ce bébé ?

– On n'en sait rien. C'est peut-être celui d'Ingrid.

– Qu'est-ce que tu racontes ! Ta sœur est bien trop instable pour fonder une famille !

– N'empêche qu'il était là ce bébé.

– C'est sûrement celui d'une amie, qu'elle garde pour lui rendre service. Rappelle-toi cette portée de chiots qu'elle avait récupérée un été...

– Je ne sais pas.

– Tu ne sais pas quoi ? Chérie, tu ne veux pas être moins elliptique quand tu parles ?

– Je ne sais pas si c'est aussi fou que ça. Qu'Ingrid ait un bébé, je veux dire. C'est le genre de chose qu'elle pourrait faire, tu ne crois pas ? Elle a trente-quatre ans…

– Pas dans sa tête, si tu veux mon avis. Tu ne m'avais pas dit que vous deviez vous voir.

– Elle m'a envoyé un message hier soir. Enfin je crois que c'est elle…

– Quoi ? J'entends rien ! Tu es dehors, là ? Rappelle-moi quand tu es rentrée, d'accord ? Et ne te mets pas martel en tête, tu connais ta sœur, je suis sûre qu'elle va très bien.

Laurence avait raccroché. Elle avait dit mot pour mot ce que Léonie voulait entendre, réassigné à chacune de ses filles son statut au sein de la dynamique familiale. L'aînée irresponsable, la cadette valorisée, chacune à sa place dans sa petite boîte. Léonie aurait dû se sentir à la fois renarcissisée par la préférence tacite de sa mère pour elle et rassurée pour Ingrid grâce au rappel de ses précédentes incartades. Les paroles de sa mère pourtant n'eurent pas l'effet escompté. Sans bien savoir pourquoi, la jeune femme ne pouvait s'empêcher d'éprouver une angoisse diffuse. En regagnant la station Porte-de-Clichy, elle frissonnait malgré la douceur d'avril.

Dans son bureau de l'université Paris-I, Laurence Damanne fixait toujours son smartphone, blême. Une lourde chape de remords l'empêchait de se lever. Il fallait qu'elle se reprenne. Un amphi plein à craquer l'attendait. Son master *Histoire et anthropologie du monde médiéval* était le plus populaire de la fac. Elle devait le meilleur d'elle-même à ses étudiants. Ce que justement elle n'avait pu donner à ses filles.

Prince-Marmottan, Boulogne-Billancourt

Rien de tel qu'un Lagavulin bien tourbé pour enlever le goût du pastis. Dans son hôtel particulier de la banlieue ouest, Victor repensait au show qu'il venait de faire à Rivière. Le gars resté proche de ses racines, la tête chercheuse à l'écoute des signaux faibles d'une société en mouvement. De la pure mystification, mais l'autre avait tout gobé. Victor faisait tourner le whisky dans son verre pour en exhaler les arômes. Il était content de lui. Quand la sonnette retentit, son sourire s'élargit ; les sushis arrivaient pile à l'heure pour une fois. Attrapant sa canne, il traversa le salon de sa démarche chaloupée et ouvrit la porte-fenêtre de la cuisine, qui donnait sur le jardin. Il nota distraitement que la livreuse avait l'air plus tapée que d'habitude. Et pour cause.

– Commandante Fennetaux, police judiciaire. Vous êtes le mari d'Ingrid Sicard ?

Le sourire de Victor s'éteignit d'un coup.

– Oui…

– J'ai besoin de joindre votre femme.

– Qu'est-ce qui se passe ? dit-il en invitant la flic à entrer.

– Si je le savais… C'est votre fille ? demanda-t-elle de but en blanc en brandissant son portable sous le nez de Victor.

Victor mit un instant avant de répondre. Le temps que les informations « Ingrid » et « votre fille » s'agrègent dans son cerveau avec la photo de nourrisson qu'il avait sous les yeux.

– Hein ?!

– J'en déduis que non. Vous êtes en contact régulier avec votre épouse ?

– Quoi ? N… non. Excusez-moi mais…

Fennetaux le coupa, elle était lancée.

– Vous auriez une photo d'elle assez récente ? C'est pour l'enquête.

– L'enquête ? Quelle enquête ? Putain, vous voulez bien m'expliquer ce qui se passe ! éructa Victor.

Fennetaux le fixa de ses grands yeux sombres, le visage totalement inexpressif. Victor, qui la dominait de deux bonnes têtes, se sentit tout bête. Un coup de sonnette mit un terme à sa gêne. Les sushis.

– Excusez-moi, lâcha-t-il.

Et Fennetaux se demanda s'il parlait de son accès de rage ou du livreur Deliveroo. Il rouvrit la porte-fenêtre et récupéra sa commande avant de la poser sur le plan de travail. Après un soupir, il désigna le salon à l'intention de la policière.

– Je vous en prie, asseyez-vous.

Il la précéda vers le salon, lui laissant tout loisir d'observer sa démarche.

– Il vous est arrivé quoi à votre jambe ? s'enquit-elle d'une voix détachée en se laissant tomber sur un superbe canapé d'angle recouvert de lin beige.

– Accident de ski il y a longtemps. Whisky ? proposa-t-il en désignant la bouteille de Lagavulin.

Elle secoua la tête.

– Depuis combien de temps vous n'avez pas vu votre femme ?

– Presque un an. Dix mois exactement.

– Aucun contact depuis ?

– Aucun, confirma-t-il. Je ne sais pas du tout où elle vit, ce qu'elle fait, je n'ai plus du tout de nouvelles.

– OK.

Fennetaux prit un moment pour réfléchir. Elle n'était pas sûre que cette affaire en soit une, mais si ça devait le devenir elle savait que le mari était toujours, toujours le premier suspect. Et quasiment toujours le coupable (au choix : de coups et blessures, de viol ou même de meurtre). Elle fit le tri des infos qu'elle était prête à partager avec lui et entra dans le dur de ce qui n'était plus une discussion mais pas encore un interrogatoire.

– Je vous dis ce que je sais, et vous répondez à mes questions sans tortiller. Ça vous va ?

Victor acquiesça. Comme s'il avait le choix !

– Léonie Damanne a reçu un SMS de sa sœur hier soir, pour l'inviter dans l'appartement d'un ami qui vit à Londres. Cet ami, vous sauriez qui c'est ?

Il secoua la tête.

– Votre femme n'y était pas, à l'appartement, mais il y avait ce bébé. Redites-moi à quand remonte votre dernier contact ?

– Dix mois.

– Ça pourrait coller. Tout juste, mais ça pourrait.

– Aucune chance. À l'époque on n'était pas en meilleurs termes, si vous voyez ce que je veux dire.

– C'est pour ça que vous n'avez pas déclaré sa disparition à ce moment-là ?

– Excusez-moi madame, mais vous écoutez quand je vous parle ?

– Commandante.

– Hein ?

– Commandante, ou commandant si vous préférez, je ne suis pas une intégriste de la féminisation des titres. Pas « madame ». Mais je vous ai coupé allez-y, persiffla-t-elle avec une politesse mielleuse.

Perdu, Victor dut faire un effort pour reprendre le fil de ses idées.

– Ingrid n'a pas disparu, elle m'a quitté. Elle a fait une valise, elle m'a traité de tous les noms et elle est partie.

– Elle a quitté sa sœur aussi en même temps. C'était un gros gros ménage dans sa vie…

– Ingrid n'est pas vraiment du genre famille.

– Éclairez-moi. C'est quoi son genre ?

Victor inspira, il n'avait aucune raison de mentir à cette flic mais il ne voulait pas passer pour un salaud non plus. Il choisit ses mots avec précaution.

– La fille à problèmes. Prometteuse, mais qui tient pas la distance.

– C'est-à-dire ?

– On s'est connus sur un casting, elle postulait pour incarner l'héroïne de ma première série. Le rôle lui allait comme un gant mais elle n'a plus voulu tourner après. Ça aurait dû me mettre la puce à l'oreille maintenant que j'y repense, mais non. Après la série, elle a voulu être de l'autre côté de la caméra et faire passer les essais aux comédiens. Je lui ai confié des petites missions de casting pour commencer, mais ça lui allait pas non plus. Elle savait pas ce qu'elle voulait. Avec les gens c'était pareil : un coup je t'adore, un coup je veux plus te voir. C'était toujours tout l'un ou tout l'autre, y avait pas de milieu avec elle. Je trouvais ça… exaltant au début. J'étais très amoureux quand on s'est mariés. Mais elle était impossible à vivre en fait. Toujours dans le plan d'après, incapable d'être heureuse. Épuisante, quoi.

– Vous n'avez pas cherché à divorcer ?

– Honnêtement, j'étais tellement soulagé qu'elle s'en aille, j'y ai même pas pensé. Faudrait qu'on le fasse c'est sûr…

Dans ces points de suspension, Fennetaux sentit plus de réticences envers ce divorce que Victor ne devait s'en avouer. Cet homme à l'air si organisé n'avait entamé aucune démarche pour mettre un terme à son mariage. Intéressant, se dit-elle en stockant l'information dans un coin de sa tête. Elle se composa une mine préoccupée. D'instinct, elle se dit que ce genre d'homme devait catégoriser les femmes en fonction de l'usage qu'il pouvait en avoir : les baisables, les chieuses et les femmes en détresse. Elle avait dépassé la date de péremption de la première catégorie depuis longtemps, l'enjeu pour elle était d'éviter de tomber dans la deuxième.

– OK, elle est… fantasque. Ce n'est peut-être pas la peine de rameuter la cavalerie immédiatement. Mais je me retrouve avec un nourrisson sur les bras, moi, comment je vais faire ?

Elle leva vers lui un grand regard perdu. Le visage de Sicard se décrispa comme par magie.

– Si je peux vous aider, dites-moi, bien sûr.

Ça marchait vraiment à tous les coups.

– Il me faudrait une photo récente de votre femme, je vous l'ai dit. Et idéalement une brosse à dents ou une brosse à cheveux. On va comparer son ADN à celui du bébé pour voir si l'enfant est bien le sien. Évidemment, dès que j'en sais plus je vous tiens au courant.

– Je vais voir ce qu'elle a laissé dans la salle de bains.

L'extrémité ferrée de sa canne résonna sur les marches de l'escalier en marbre. Restée seule, Fennetaux étudia les lieux. Des antiquités africaines, quelques lithographies originales, beaucoup de livres. Pas de télé. Chez un producteur de séries, ce détail la fit sourire. Elle se demanda si la déco avait été confiée à un professionnel ou si elle s'était sédimentée au gré des coups de cœur des propriétaires. Et quelle part en revenait à Ingrid ? Fennetaux n'avait d'elle qu'une image parcellaire mais elle l'imaginait mal dans un intérieur aussi bourgeois. Peut-être que le mâle alpha avait fait redécorer après son départ… Au fil de ses enquêtes, elle avait noté tout ce qu'un logement peut dévoiler de ses habitants. Il lui était même arrivé de se demander, au cas où on retrouverait son cadavre quelque part, ce que ses collègues pourraient déduire de son petit deux-pièces. Son appartement faisait pâle figure à côté de cette maison de maître. Mais peut-être la valeur sociale d'un officier de police judiciaire était-elle très inférieure à celle d'un producteur de séries télé ? Chantal, lui murmura une petite voix qu'elle connaissait bien, la convoitise est un vice qui mène au péché plus sûrement qu'un ivrogne à la taverne… Fennetaux s'imposa trois Notre-Père comme on s'administre du Doliprane en automédication. Déjà, la canne de Victor Sicard résonnait dans les escaliers.

Février 2001

Elle était trop bien cette colo ! Au début quand j'ai compris qu'y avait que des mecs j'ai bien flippé. C'est pas que je m'entends mieux avec les filles, mais une semaine de ski à parler foot et PS2, « Oh ! My ! God ! » comme dirait Janice. J'ai failli pleurer sur le quai de la gare (mais plutôt mourir, j'aurais pas fait ce plaisir à la Reine-Mère, pour une fois qu'elle m'accompagnait quelque part).

Les mecs de la colo étaient vachement plus cool que ceux de mon lycée. Ou c'est parce que personne me connaissait donc j'avais pas de réputation, ou que je viens de me faire retirer mes bagues, j'en sais rien. Mais j'ai compris un truc cette semaine : les garçons, c'est pas compliqué. Suffit de les écouter et de rigoler à leurs vannes. Résultat, je suis sortie avec deux mecs différents ! Et je me fais peut-être des idées, mais même un des monos me regardait bizarre. Franchement une fois que t'as pigé comment ça marche, faudrait être débile pour pas s'en servir.

Demain je retourne au bahut, ils vont pas me reconnaître. J'ai testé des tenues ce soir à la maison. Boubie avait les yeux qui brillaient, elle a dit que je ressemblais à J-Lo. La Reine-Mère est sortie de son bureau pile à ce moment-là, elle m'a regardée comme une merde de chien sur un trottoir. Je m'en fous. J'ai qu'à penser à l'effet que je ferai demain dans la cour. Je vais leur faire manger la poussière, à tous ces connards qui m'appelaient « dégueuli » y a trois ans. Je me demande si ça peut marcher aussi avec le prof de maths...

Saint-Blaise, Paris 20e

Benjamin n'entendit pas Léonie rentrer tellement il était absorbé par l'ordinateur. Elle arriva derrière lui et l'embrassa dans le cou, juste sous l'oreille droite, là où sa mâchoire formait quasiment un angle droit.

– Salut amour, dit-elle d'une petite voix. Encore sur tes sites mormons ?

Il sursauta comme un ado qui se fait griller devant du porno, avant d'acquiescer.

– Tu bosses sur quelle branche, demanda-t-elle distraitement, maternelle ou paternelle ?

Comme il hésitait à répondre, Léonie se pencha vers l'écran et fronça les sourcils.

– Winckler, lut-elle avec étonnement, sa voix perdant près de vingt degrés Celsius. Tu m'expliques ?

Benjamin se racla la gorge.

– Léo, on ne va pas recommencer, tenta-t-il de plaider. C'est pas parce que tu t'en fous que je n'ai pas le droit de me renseigner. Je ne cherche pas à déterrer des secrets honteux, c'est des données en accès libre...

– Sur la famille de ma mère ! Tu espères quoi, que je descende de Maïmonide[1] ? Je suis désolée, vraiment désolée mais JE-NE-SUIS-PAS-JUIVE. Personne n'est parfait.

– Arrête, mais pourquoi tu t'énerves comme ça, qu'est-ce que tu as ?

Léonie aurait voulu lui renvoyer une réplique bien cinglante,

1. Maïmonide, célèbre rabbin du XIIe siècle à Cordoue.

mais elle ne réussit qu'à lui tourner le dos pour qu'il ne la voie pas fondre en larmes. Pathétique. Benjamin la prit dans ses bras.

– Viens-là toi. Je ne sais pas ce qui t'est arrivé, mais tu vas tout me raconter.

Vingt minutes plus tard, Benjamin avait éparpillé tout le tiroir à épices sur le plan de travail. La situation exigeait son poulet biryani, rien de moins. Léonie le regardait s'activer, les yeux rouges et les mains tremblant encore légèrement. Une chaude odeur d'épices commençait à se répandre dans l'appartement. Benjamin connaissait le mode d'emploi quand elle était dans cet état-là. Surtout, l'empêcher de s'isoler dans le silence. Il essayait d'entretenir la conversation, malheureusement Ingrid était un sujet hautement inflammable entre eux. En cinq ans, il ne l'avait rencontrée que deux fois. Léonie n'avait pas de mots assez durs pour qualifier la fuite de sa sœur après la mort de leur père, mais c'était un droit qu'elle n'accordait à personne d'autre qu'elle. Un jour Benjamin s'était risqué à formuler une remarque allant dans le même sens. Un truc soft, du genre : « Oui vraiment, elle a abusé de disparaître comme ça. » Il n'avait jamais recommencé. Autant dire qu'il marchait sur des œufs.

– Tu crois vraiment qu'elle aurait pu être enceinte sans te le dire ?

– Franchement, je ne sais plus quoi penser…

Un temps. *Vite Ben, relance la machine !*

– Et il va se passer quoi maintenant ? Je veux dire, c'est quoi la prochaine étape ?

Léonie lui lança un regard las.

– Si j'ai compris ce qu'a dit la flic, à cause du bébé ils vont ouvrir une enquête pour disparition. Une enquête administrative, pas judiciaire. Elle m'a expliqué la différence entre les deux mais je n'ai pas retenu. Une histoire de procureur je crois…

– Évidemment qu'ils vont ouvrir une enquête, qu'est-ce qu'ils feraient du bébé sinon ?

Léonie secoua la tête. Benjamin l'avait rarement vue aussi démunie.

– Elle en dit quoi ta mère ?

C'est bien ça. Toujours replacer Laurence dans le décor, ça marche à tous les coups.

Étonnamment, Léonie lui renvoya une moue dubitative.

– Pas grand-chose en fait, j'ai dû l'appeler au mauvais moment, parce qu'elle n'avait pas l'air inquiète.

Merde, si elle se met à douter de sa mère maintenant... Trouve autre chose mec, vas-y trouve autre chose...

Ce fut Léonie qui le relança.

– Pour une mère juive, on repassera.

Benjamin se demanda un instant si c'était du lard ou du cochon, puis il aperçut son petit sourire en coin. Il pouvait y aller. *Jackpot, là-dessus je peux tenir des heures en pilote automatique !*

– Eh ben détrompe-toi, justement. La plupart des gens se gourent complètement sur cette pauvre mère juive.

Elle lui lança un regard interrogatif. Il ne se fit pas prier.

– Ils confondent avec la mère méditerranéenne, mais aucun rapport. La mère méditerranéenne est angoissée ET aimante. Elle va dire à ses enfants : « Mets ton pull, j'ai froid. » Elle va trop les nourrir parce qu'elle ne mangeait pas à sa faim quand elle était petite. Ses enfants c'est des trésors, ils méritent ce qu'il y a de mieux. La mère juive, c'est autre chose. Elle est tellement angoissée qu'elle ne peut pas se payer le luxe d'être aimante. L'amour, c'est quelque chose qui te ralentit, qui te rend vulnérable, et quand tes ancêtres ont passé leur vie à fuir les pogroms, tu apprends d'instinct à voyager léger. La mère juive, c'est celle qui peut jeter son enfant par la fenêtre du train entre Budapest et Auschwitz dans l'espoir de le sauver. Sa responsabilité, c'est qu'il survive, avec ou sans elle.

Benjamin laissa planer la fin de sa phrase en l'air. Un coup d'œil à Léonie. *J'y suis peut-être allé un peu fort...*

– Et Mme Sarfati ?

– Mamie-boulettes, au troisième étage ?

Léonie acquiesça. Elle aimait beaucoup cette voisine, une veuve toujours adorable.

– Alors bien tenté, mais là tu me parles de séfarades. Des mères juives ET méditerranéennes. Ma théorie ne s'applique qu'aux ashkénazes. Cela dit, si ta mère est juive ça m'étonnerait que sa famille vienne du Maroc. Non, je t'assure, elle coche toutes les cases, Laurence.

Léonie ne put s'empêcher de sourire :

– Non mais la mauvaise foi du gars, j'hallucine !

Elle avait souri. Elle avait souri donc il avait gagné. Benjamin sentit ses intestins se tordre. Il l'aimait tellement que des fois ça lui faisait mal.

Vendredi 5 avril

Bastion, Paris 17ᵉ

Fennetaux arriva au service comme un croisé en Terre sainte, habitée par l'absolue nécessité de retrouver Ingrid Sicard. Elle était passée au foyer de l'Aide sociale à l'enfance prendre des nouvelles du bébé. La vision de cet être si dépendant lui avait serré le cœur. D'après les puéricultrices, la petite était en bonne santé. Elle ne présentait aucun signe de malnutrition ni de mauvais traitement. Dans ce genre d'établissement c'était déjà quelque chose... Il n'empêche, elle avait besoin de sa mère. Que ce soit par compassion chrétienne ou instinct de flic, l'absence d'Ingrid commençait à inquiéter Fennetaux sérieusement. C'est une chose de laisser son bébé seul une heure pour aller boire une bière, c'en est une autre de disparaître toute la nuit.

Une bombonne de café filtre plus tard, Sissoko et son groupe s'entassaient comme ils pouvaient dans le bureau de Fennetaux. Habitués à l'exiguïté des anciens locaux du quai des Orfèvres, ils préféraient partager leurs odeurs corporelles plutôt que s'éparpiller dans une salle de réunion d'un blanc clinique. Après avoir distribué du café à chacun, Fennetaux ouvrit les hostilités.

– Bon mes petits loups, vous me faites un point sur la procédure. On en est où ?

Sissoko se tourna vers un jeune homme qui paraissait à peine pubère, le lieutenant Thierry Ziegler, dit Tizi. Originaire de Colmar, il s'exprimait avec une pointe d'accent alsacien qu'on mettait un moment à identifier. Mais ce qu'il disait était toujours documenté, argumenté et parfaitement réfléchi. Sa voix fluette et son air juvénile poussaient les suspects à la faute, car derrière ces attributs inoffensifs se cachait un procédurier redoutable.

– J'ai fait inscrire Ingrid Sicard au fichier des personnes recherchées. Pour l'instant on a ouvert une enquête administrative.

– Très bien. On basculera en judiciaire si c'est nécessaire. Le porte-à-porte a donné quoi ?

La question s'adressait au capitaine Sissoko.

– Y avait quatre voisins en tout et pour tout dans l'immeuble. Un seul a croisé Ingrid Sicard, hier midi quand elle est arrivée. Le bébé était avec elle.

– Des bagages ?

Sissoko secoua la tête.

– Le voisin n'a pas remarqué, elle ne devait pas avoir grand-chose.

– Je vous le confirme, à part le lange que la petite avait sur elle, il n'y avait rien dans l'appart. Ça ne veut pas dire que Sicard néglige la petite. Peut-être qu'elle ne comptait pas rester sur place. Peut-être que Paris, ou cet appartement, c'était juste une étape avant d'aller ailleurs.

– Il est au nom de Romain Pastore, reprit Tizi. L'appart, je veux dire. C'est un décorateur qui bosse à Londres. On lui a laissé un message, on l'aura dans la journée.

– N'hésitez pas à insister avec lui. Il faut qu'on sache comment Ingrid le connaissait, si c'est lui qui lui a fait passer les clés. Il sait peut-être d'où elle venait, il sait peut-être plein de choses sur elle.

– C'est prévu, la rassura Sissoko.

Fennetaux sentait des fourmillements lui picoter le bout des doigts. Les débuts d'enquête étaient toujours un moment délicat à gérer. Il fallait s'inquiéter sans paniquer, envisager les hypothèses les plus larges sans gaspiller les ressources en hommes et en matériel. Poser les bons jalons avant de se lancer dans la traque. Mais Ingrid Sicard était-elle victime ou suspecte ? Pour Fennetaux, à ce stade la jeune femme pouvait tout aussi bien être une trafiquante d'enfants, une jeune mère irresponsable qui avait découché en oubliant sa fille, ou la proie innocente d'un malade qui au mieux la séquestrait quelque part, au pire s'était débarrassé de son cadavre. Fallait-il se méfier d'elle ou la plaindre ? Il fallait faire les deux, et c'était toute la difficulté de la chose.

– Quoi d'autre ? demanda-t-elle d'un ton ferme.

– Le portable qui a envoyé un SMS à Léonie Damanne correspond à un prépayé, dit Tizi. Désolé.

– Super… Et l'IJ, ils ont terminé sur place ?

Tizi acquiesça :

– Ils y ont passé une bonne partie de la nuit. L'appart est presque vide, mais comme on ne sait pas ce qui appartient à

Pastore et ce que Sicard a apporté, ils ont fait un max de prélèvements.

– Très bien. Et le bébé ?

– Aucune disparition de nouveau-né recensée, ni chez les collègues ni dans les maternités. En tout cas en France. On a élargi à Europol, pour l'instant ça ne donne rien. Par contre Ingrid Sicard n'a pas déclaré de naissance à l'état civil, donc si c'est sa fille ça vaudra le coup de se demander pourquoi.

– Bonne question, effectivement.

– Sinon on attend la comparaison ADN entre le bébé et Sicard. C'est pas une priorité pour le labo mais je vais les relancer.

– OK. Qu'est-ce que vous avez pu apprendre sur notre disparue ?

Une trentenaire plus lookée flic de terrain qu'un personnage d'Olivier Marchal intervint. Le lieutenant Océane Janvier était la dernière arrivée dans l'équipe. Ses origines modestes et son solide bon sens complétaient parfaitement les qualités de Tizi, de sorte qu'une fois appariés, Sissoko n'avait jamais voulu les séparer.

– C'est du rêve en barre notre cliente. Déjà, vous avez vu sa photo, c'est une bombe. En plus on est sur de la grande bourgeoisie. Papa avocat, maman historienne : c'est Laurence Damanne, elle passe sur les chaînes info des fois. Naissance et jeunesse à Paris. Pas d'études supérieures après le bac, mais si j'avais sa tête et son corps, moi non plus je me serais pas fatiguée. Surtout qu'elle s'est mariée à vingt et un ans. Avec le producteur qui venait de l'engager comme comédienne, la fille a vraiment tout compris à la vie. Ingrid Damanne est devenue Ingrid Sicard, elle a jamais fait parler d'elle. En tout cas on n'a rien au STIC. Pas de casier, pas de plainte déposée par elle ou contre elle, walou.

– Une fille qui s'est contentée d'être belle, conclut Fennetaux. Son mari dit qu'elle l'a quitté il y a un an. Vous avez une nouvelle adresse ? Et les impôts, ils disent quoi ?

– Pas de boulot, pas de revenus, pas d'impôts, précisa Tizi. Et pas d'adresse non plus. Depuis l'été dernier, elle a comme qui dirait disparu des radars. Ses cartes bancaires n'ont plus servi alors que ses comptes sont pleins. Son portable ne borne plus nulle part depuis des mois, j'ai vérifié. À part le SMS envoyé à sa sœur avant-hier depuis ce prépayé, c'est comme si elle avait disparu sans laisser de trace.

– Elle est jeune, elle est belle, pendant des années elle a fréquenté des tonnes de gens dans le milieu de la télé et, d'un coup, elle prend le voile et elle se retire au couvent ? Pourquoi elle aurait fait un truc pareil ? s'échauffa Fennetaux.

Sissoko et Tizi échangèrent un regard entendu, que leur commandante perçut.

– Quoi ?

– Tu t'y connais mieux en couvent que nous, fit Sissoko, mais j'avais dans l'idée qu'on n'y entrait pas pour fonder une famille.

Fennetaux allait répliquer quand une idée la frappa.

– Peut-être pas pour la *fonder*, mais pour la cacher c'est pas mal. C'était l'endroit préféré des bonnes familles pour envoyer leur fille pécheresse accoucher en secret. Vous me direz, aujourd'hui, a priori, quand on va au bout d'une grossesse c'est qu'on l'a bien voulu, mais justement…, réfléchit-elle, peut-être qu'Ingrid a coupé les ponts avec tout le monde pour protéger son bébé.

– De qui, du père ? demanda Janvier.

Fennetaux fit une mimique qui semblait vouloir dire « pourquoi pas ».

– Et si on va au bout de l'hypothèse, poursuivit-elle, elle s'est peut-être fait rattraper par le danger qu'elle essayait de fuir.

– Ça veut dire quoi ça ? insista Janvier.

– Ça veut dire que *peut-être* Ingrid Sicard n'aurait pas disparu malgré sa fille, mais à cause d'elle…

Sissoko comprit tout de suite ce que cette hypothèse impliquait et se tourna vers Tizi.

– Appelle la pouponnière. Faut quelqu'un en permanence avec la petite.

Marché d'Aligre, Paris 12e

Un sac de chouquettes dans une main, son portable dans l'autre, Léonie se confondait en excuses sur le répondeur d'un patient, un charmant septuagénaire qui avait la coupable manie de faucher dans les magasins. Rien de cher, rien dont il ait besoin non plus. C'était la beauté du geste qui l'attirait, le goût du risque. Léonie n'avait jamais suivi de kleptomane avant lui. Malheureusement ce monsieur avait un autre talent : il était incroyablement soporifique. Il suffisait qu'il s'installe face à Léonie pour que le sommeil la gagne. Elle avait tout essayé avec lui. Le recevoir le ventre vide ou alors le matin à la première heure, mais rien n'y faisait, dès qu'il commençait à parler elle était prise d'une furieuse envie de dormir. En théorie, la fatigue était un mécanisme de défense que son inconscient mettait en place pour la protéger de ce patient. Mais que pouvait-il y avoir de dangereux pour son psychisme dans l'énumération gourmande par un vieux monsieur de ses menus larcins ? Encore un mystère qu'elle ne percerait pas aujourd'hui. Ce matin, une décision s'était imposée à Léonie : il fallait qu'elle retrouve sa sœur. Elle s'interdit donc de culpabiliser et se concentra sur son objectif.

Elle avait tout de suite pensé à Saskia, la meilleure amie d'Ingrid. La seule en vérité. S'était-elle mariée ? Vivait-elle encore à Paris ? Aucune trace d'elle sur les réseaux sociaux. Sans autre moyen de la joindre, Léonie décida de partir du dernier endroit où elles s'étaient vues, le studio d'étudiante que Saskia louait près du marché d'Aligre. Elle reconnut l'immeuble en briques à l'angle de la rue de Prague. La librairie était toujours au rez-de-chaussée. Évidemment, il y avait un digicode. Léonie se préparait à une longue attente quand la porte de l'immeuble s'ouvrit pour laisser sortir une femme en tenue de yoga. Cheveux rouges teintés au henné, un grand cabas en lin à l'épaule : une version plus mûre de Saskia lui faisait face.

– Saskia ?

La femme se retourna, une expression de douce curiosité sur le visage.

– On se connaît ?

– On se connaissait, il y a quinze ans. Léonie…

– Léonie ! s'exclama joyeusement Saskia en dévisageant son interlocutrice avec avidité. Mais bien sûr ! T'as pas changé ! Comment tu vas ? C'est marrant de se croiser comme ça. J'allais à mon cours de pilates, là, mais t'as cinq minutes ? Tu veux monter boire un truc ? Je suis trop contente de te voir !

Léonie sourit. Elle se souvenait parfaitement de ce débit de mitraillette.

Et de son goût pour le lapsang souchong. Léonie avait accepté une tasse par politesse et supportait vaillamment les effluves du thé fumé. Pour elle ça sentait le poisson pourri. Assise à même le sol dans le studio de Saskia, elle regrettait amèrement d'avoir mis une robe courte ce matin. Impossible de s'asseoir en tailleur sans offrir un gros plan sur son entrejambe. Elle s'était assise sur le côté le plus dignement possible dans un équilibre instable de culbuto, et regardait à chaque balancement l'ourlet de sa robe s'enfoncer dans sa cuisse comme un fil dans du beurre mou. Vexée et mal à l'aise, Léonie se vengeait sur les chouquettes que Saskia avait poliment refusées (« Tu n'imagines pas comme je me sens mieux depuis que j'ai arrêté le gluten »). Le studio lui donnait l'impression qu'elle avait été téléportée quinze années plus tôt. Rien n'avait changé depuis sa dernière visite, des affiches de danse indienne aux murs, jusqu'aux dessous-de-plat en liège Ikea sur la mini table basse. En entendant parler du bébé, Saskia avait applaudi des deux mains.

– Enfin ! Ils ont tellement galéré pour l'avoir. Je suis contente pour eux. Enfin surtout pour Ingrid, tu sais ce que je pense de Victor… Elle aurait pu me dire qu'elle était enceinte quand même, il n'y a pas de raison que je ne partage que les mauvaises nouvelles…

– Tu ne savais pas ?

Saskia secoua la tête avec candeur.

– Ça va faire presque un an qu'on ne s'est pas parlé.

– Comme moi… mais elle ne m'avait pas dit qu'ils essayaient d'avoir un bébé.

Saskia lui lança un regard désolé.

– La dernière fois qu'on s'est vues, c'était en mai je crois. Je lui ai laissé plusieurs messages cet été, mais elle a dû changer de portable. Je ne me suis pas inquiétée, je la connais par cœur.

– Moi ça m'inquiète, reconnut Léonie. Elle allait comment en mai dernier ?

– Elle est venue squatter deux jours ici après une engueulade avec Victor. Elle était à cran, comme d'habitude… Si, maintenant que j'y pense, elle m'a fait un truc un peu bizarre…

– Quoi ?

– Une réaction par rapport à une chanson que j'écoutais, un vieux truc de quand j'étais petite. J'avoue que je n'ai pas compris. Elle est devenue super fébrile, comme si ça lui rappelait un mauvais souvenir. C'est l'impression que j'ai eue, mais elle n'a pas voulu m'en parler. Je n'ai pas insisté. Tu crois que j'aurais dû ?

– Je n'en sais rien. C'était quoi la chanson ?

Saskia attrapa son portable et lança YouTube. Elle pianota sur son clavier.

– Un truc des années 70 ou 80, ça s'appelle *La Marelle.*

Après cinq secondes de publicité pour des chips au fromage, le son aigrelet d'une flûte de pan retentit dans le studio. Puis une voix chaude de femme chantant en portugais. Léonie ne comprenait pas les paroles mais elle aima tout de suite la mélodie, entraînante et douce à la fois. Elle se laissait bercer par la voix aux sonorités exotiques quand un chœur d'enfants entama le refrain, en français cette fois :

Le jeu de la marelle va de la terre jusqu'au ciel,
Entre la chance et le puits tu reviens et c'est fini.
Petite, petite fille tu es là pour t'amuser,
Lance bien la pierre et prends garde où tu mets les pieds.

Léonie sentit un grand frisson le long de sa colonne, des cervicales jusqu'aux reins. Elle ne connaissait pas cette chanson, ne l'avait jamais entendue. Pourtant elle lui parlait. Intimement. La ritournelle dominée par la flûte. Et le chœur d'enfants surtout. Que cherchaient-ils à lui dire ?

Bastion, Paris 17e

Fennetaux se forçait à boire un verre d'eau tout en faisant défiler les pages sur son ordinateur. Pour un peu, elle aurait embrassé Mark Zuckerberg. Elle était plongée dans l'étude des comptes Facebook et Instagram d'Ingrid Sicard et commençait à se faire une image de la jeune femme. Ou plutôt une image de l'image qu'Ingrid voulait donner d'elle-même.

Entre vingt et un et trente-deux ans, il était clair qu'elle avait eu des *phases*. Pendant plusieurs mois elle alimentait les réseaux sociaux en photos et commentaires centrés sur un même sujet, puis elle passait à autre chose. Il y avait eu la phase « ma vie est un rêve » (d'après ce que Fennetaux savait, tout le monde commençait par vendre sa vie). Des photos posées d'Ingrid seule ou avec Victor, à la terrasse de restaurants, en vacances à Formentera ou à Courchevel. Des photos de groupes à quatre, à dix ou à trente-cinq, apparemment les gens qui ont une maison avec piscine apprécient la fréquentation de leurs semblables. Apparemment aussi, il y avait une certaine cohérence dans les cartes que vous offraient la vie : en plus d'être riches, les amis d'Ingrid étaient aussi jeunes, beaux et en bonne santé.

Ingrid était ensuite passée par une phase « je ne suis pas qu'un physique ». Ses comptes fourmillaient de critiques de romans ou de pièces de théâtre. Avait-elle cherché, passé vingt-cinq ans, à enrichir ses centres d'intérêt ou son carnet d'adresses ? Suivait une phase « développement personnel » (Ingrid en stage de yoga, Ingrid en retraite jeûne & randonnée). Fennetaux en conclut qu'Ingrid s'était surtout beaucoup cherchée. Trop de temps libre peut-être ? Au milieu de toutes ces phases, Fennetaux identifia deux constantes : Victor, jamais très loin, et la beauté d'Ingrid. Rayonnante, intemporelle. Quelle qu'ait pu être sa marotte du moment, Ingrid était toujours sublime.

Mais le plus intéressant pour Fennetaux était ailleurs et venait confirmer l'hypothèse qui lui trottait dans la tête depuis le matin. La jeune femme n'avait plus rien posté à partir du mois de juin l'année dernière. Soit elle était dans sa phase « les GAFA n'auront pas ma peau », soit il lui était arrivé quelque chose de suffisamment grave pour la faire taire d'un coup, ce qui ne s'était jamais produit en dix ans. Juin, c'était précisément le moment où elle avait quitté son mari. Or Fennetaux avait beau accoster les rives de la soixantaine, elle savait qu'une rupture était un moment propice à la mise en scène de soi sur les réseaux sociaux. Il fallait proclamer au monde qu'on n'avait même pas mal, qu'on allait mieux que son ex. Qu'est-ce qui avait pu empêcher Ingrid de le faire ? Qu'est-ce qui avait pu la maintenir hors du monde depuis bientôt un an ? Le mystère s'épaississait, se densifiait. Il ne s'agissait pas seulement de comprendre où la jeune femme avait disparu depuis la veille. Fennetaux en avait la conviction, il fallait aussi chercher où, avec qui et dans quelles conditions elle avait vécu depuis un an.

Un coup à sa porte la sortit de ses réflexions.

– Oui ?

– J'ai du nouveau.

Tizi la regardait avec une tête de collégien attendant que sa prof l'interroge. Fennetaux réprima un sourire de tendresse. D'un geste elle l'invita à entrer dans son bureau.

– J'ai eu Romain Pastore au téléphone, le proprio de l'appart aux Batignolles.

– Alors ?

Tizi retourna une chaise en face du bureau de sa chef et s'appuya au dossier en restant debout. Sa tactique du moment pour paraître plus grand.

– Ingrid et lui se connaissent depuis huit ans. Il était décorateur sur un tournage où elle devait recruter les petits rôles. Quand Pastore est parti tenter sa chance à Londres, ils ont continué à se voir régulièrement. Mais elle ne donnait plus de nouvelles depuis plus d'un an. Jusqu'à son dernier coup de fil.

– Ben tiens… Et c'était quand cet appel ?

– Y a trois jours. Elle savait qu'il avait cet appart à Paris, elle lui a demandé si elle pouvait l'emprunter quelques jours. Une semaine max, elle a dit. Il lui a expliqué où il laissait la clé et basta. Par contre il ne savait pas qu'elle avait un bébé.

– Comme la sœur, murmura Fennetaux.

Son visage s'assombrit. Pourquoi ce secret autour du bébé ? Plus elle y pensait, plus Fennetaux se disait que tout tournait autour de cet enfant. Les hypothèses les plus folles se bousculaient dans sa tête : Ingrid en mère porteuse refusant de remettre l'enfant aux parents-clients ; Ingrid impliquée dans un réseau illégal d'adoption en charge de livrer le nouveau-né à un couple d'acheteurs… Il fallait absolument savoir si la petite était sa fille biologique ou pas. C'était insupportable d'être bloqué dans une enquête à cause d'éléments matériels. Vingt ans de rediffusions des *Experts* ne l'avaient pas fait changer d'avis. La matière première de Fennetaux, c'était l'humain. Elle ne supportait pas de dépendre à ce point des blouses blanches et de leurs pipettes. Agacée, elle attrapa son téléphone et composa un numéro de mémoire.

– Vous appelez qui cheffe ? hasarda Tizi.

Elle le fusilla du regard avant de répondre.

– Le labo.

Marché d'Aligre, Paris 12e

Léonie sortait juste de chez Saskia quand son portable sonna. Numéro inconnu. Ingrid ? Elle décrocha le cœur battant.

– Allô ?

– Madame Damanne ? Commandante Fennetaux.

Le cerveau de Léonie se bloqua. Tout juste put-elle murmurer :

– Vous avez du nouveau ?

– Je préfère qu'on en parle de vive voix. J'ai déjà contacté votre mère. Vous pourriez venir dans nos locaux, rue du Bastion ? Disons dans trente minutes.

Elle franchit la porte du 36, rue du Bastion exactement trente-deux minutes et vingt-quatre euros de taxi plus tard. Laurence était assise le dos bien droit sur un des bancs en bois répartis dans le vaste hall d'accueil. Léonie courut vers elle.

– Maman… Tu sais ce qui se passe ? Ils n'ont rien voulu me dire au téléphone.

Laurence secoua la tête. Elle se leva et étreignit sa fille à sa manière, les bras fermes mais le regard au loin.

– À moi non plus. Ton beau-frère n'a pas été convoqué, nota-t-elle avec une pointe de perfidie.

– Tu crois qu'il a quelque chose à voir dans tout ça ?

Laurence n'eut pas le temps de répondre. Un policier en uniforme arriva jusqu'à elles.

– Laurence et Léonie Damanne ?

Elles se regardèrent avant d'acquiescer.

– La commandante Fennetaux vous attend dans son bureau. Troisième étage, gauche, droite et au bout du couloir.

Du menton, il leur désigna un ascenseur de l'autre côté du hall.

Fennetaux les accueillit sur le palier du troisième étage. Léonie lui trouva le teint plus pâle que la veille, mais peut-être était-ce une projection de sa propre angoisse.

– Merci d'être venues. Suivez-moi, ces bureaux sont un vrai dédale.

Les trois femmes progressèrent en silence le long de couloirs nus, puis Fennetaux s'arrêta devant une porte aussi anonyme que les autres et les fit entrer. Étroite et tout en longueur, la pièce sentait tellement le café que Léonie *entendit* son rythme cardiaque s'accélérer. Aucune photo de famille sur le bureau, pas la moindre touche personnelle. Fennetaux disposa deux chaises face à son bureau, pour Laurence et Léonie. Elle s'assit sur son fauteuil. Pour se donner une contenance (et peut-être gagner vingt secondes), elle remua nerveusement la souris de son ordinateur. Réanimé, l'écran projeta une lumière bleutée sur son visage fin, comme une aura froide. Léonie y vit un mauvais présage.

– Les comparaisons ADN entre Ingrid et le bébé sont tombées ce soir. Je peux vous confirmer à plus de quatre-vingt-dix-neuf pour cent que l'enfant est bien sa fille biologique.

Les pensées de Léonie se télescopaient dans le plus grand désordre. Elle était « tatie », mais peut-être choisirait-elle « tata ». Où était Ingrid ? Pourquoi n'était-elle pas avec sa fille ? Quel besoin avait-elle de squatter l'appartement d'un ami ? Léonie serait-elle obligée de faire une vraie place à Victor dans sa vie désormais ?

Comme si elle était connectée à son flux mental, Fennetaux enchaîna :

– Vous devez vous poser beaucoup de questions. Je m'en pose aussi. Et soyez sûres que je ne m'arrêterai pas avant d'y avoir répondu.

Laurence tiqua.

– Pourquoi vous dites ça ?

– L'ADN de la petite correspond à un autre individu dans nos bases de données. Un homme.

– Victor ? demanda Laurence d'une voix froide.

Et elle se retourna vers Léonie pour lui lancer un regard appuyé. Mais Fennetaux secoua la tête.

– Votre gendre ne figure pas dans nos fichiers, on a vérifié. D'après nos informations, le père de l'enfant est une personne… peu recommandable. Est-ce que le nom de Gantz, Enis Gantz, vous dit quelque chose ?

Sans se concerter, Laurence et Léonie secouèrent lentement la tête. Ce nom ne leur évoquait rien. Fennetaux soupira. On aurait pu croire que c'était de soulagement, mais le double pli qui barrait son front contredisait cette impression. Plus que perplexe, elle semblait sincèrement inquiète.

– C'est qui ? tenta de demander Léonie, mais sa voix resta

bloquée dans sa gorge et elle ne parvint à émettre qu'un gargouillis humide qui sonna comme « ssskihh ».

Après un nouveau soupir, la policière lâcha :

– Un vilain, un très vilain garçon.

3

Le hameau

Pierre et Jeanne balayaient les lieux d'un regard abattu. De mémoire d'homme, on n'avait jamais connu d'orage de grêle aussi dévastateur, ni aussi tôt dans la saison. Le soleil était revenu, insolent, et inondait la vigne ravagée de sa lumière crue. Pierre caressait doucement le haut des sarments meurtris. Chaque entaille faisait saigner son cœur. Ces vignes avaient tellement de signification pour lui, pour toute la mesnie[1]. Elles étaient le symbole de leur enracinement sur cette terre. Une de leurs premières victoires. Il se tourna vers Jeanne.

– Qu'est-ce que tu en penses ?

Elle réfléchit un instant avant de répondre.

– On a encore loin jusqu'à la Saint-Jean, on peut nettoyer et retailler.

– On peut tout faire. Ce n'est pas le travail qui m'inquiète.

– Qu'est-ce qui t'inquiète ?

---

1. Mesnie : terme usité au Moyen Âge pour désigner la maisonnée, l'ensemble des personnes vivant ensemble, qu'elles soient apparentées ou non ; en opposition au lignage.

– Les fléaux qui répondent aux fléaux. La grêle amène la vermine. Si la vermine s'attaque aux pieds de vigne dans cet état, elle va tout ravager. Tu peux faire quelque chose pour les fortifier ?

Jeanne s'accroupit et empoigna une motte de terre dans sa main droite. Elle l'écrasa, la transvasa dans sa main gauche.

– Pas beaucoup de vie là-dedans, se contenta-t-elle de répondre.

Elle se redressa et déposa la terre dans les mains de Pierre : aucun lombric effectivement, aucune trace de vie animale, si petite soit-elle.

– Mais je peux essayer… Pour toi je peux essayer, ajouta-t-elle dans un filet de voix.

Le visage de Pierre s'assombrit.

– Jeanne…

Elle détourna les yeux, ne supportant pas d'y lire sa gêne après lui avoir inspiré tant d'autres choses. Il la regarda s'éloigner en silence. Pierre était tout sauf idiot. Il savait qu'en sollicitant Jeanne directement il ferait vibrer une corde de son cœur qu'il était le seul à contrôler. Il savait qu'elle ne pouvait rien lui refuser. Il pouvait bien se rassurer en se disant qu'il n'en tirait aucun profit personnel, que ces vignes appartenaient et profitaient à toute la communauté. Il n'empêche, observant la jeune femme regagner le hameau, il ne pouvait se départir d'un arrière-goût rance dans le fond de sa gorge.

Au hameau, la potée mijotait dans les chaudrons et répandait son parfum réconfortant entre les masures. Il n'y aurait ni dîner ni veillée pour Jeanne ce soir-là, elle devait s'activer sans tarder. De la vie, il fallait réinsuffler de la vie dans ces vignes. Conjurer le sort qui s'était abattu sur elles et les forcer à croître et prospérer à nouveau. Il en va des vignes comme des humains. Montée de sève, montée de lait : la vie est une affaire de femmes. Sur combien de femmes allait-elle pouvoir compter ? Quatre ? Cinq tout au plus ? Il lui faudrait faire avec. Des gosses s'amusaient à courir après les poules. Jeanne les appela et leur ordonna d'aller trouver les personnes dont elle avait besoin. Dans sa réserve de simples, elle puisa toute la verveine séchée depuis l'été dernier, le meilleur tonique qu'elle connaissait, s'empara d'un grand pot en terre cuite et s'éloigna vers les bois. Elle connaissait le chemin les yeux fermés. Après une demi-lieue de marche, elle l'aperçut enfin : l'arbre d'Halaïde.

L'histoire de la mort de la sorcière s'était transmise malgré le silence des trois témoins. Elle avait imbibé leurs cauchemars et se racontait à la veillée, évoluant au gré des siècles et des conteurs. Les invariants du récit étaient restés (comment les hommes l'avaient trahie, comment l'arbre creux l'avait avalée vivante), mais de nouveaux pans s'étaient ajoutés avec le temps. Le pouvoir d'Halaïde s'était amplifié, et avec lui une soif de vengeance qui gonflait à chaque génération. Il était désormais admis de lui attribuer la responsabilité de tous les coups du sort.

L'enfance de Jeanne avait été bercée par ces récits, mais contrairement à ses semblables, elle éprouvait une profonde empathie pour Halaïde. Elle ne s'était jamais identifiée aux hommes qui l'avaient pourchassée. Elle ne se sentait pas concernée par leur sentiment de culpabilité. Au contraire. Depuis toujours elle recueillait les témoignages des uns et des autres sur la sorcière, collectionnait les mille et une variations de son histoire. En dernier recours, à chaque fois qu'elle devait affronter une difficulté, c'est vers Halaïde que Jeanne se tournait. Avec respect, elle déposa son baluchon au pied de l'arbre creux, s'inclina devant le tronc puis se releva et commença à tourner autour en caressant doucement l'écorce.

Jeanne terminait son sixième tour quand Alice la rejoignit, rapidement suivie par quatre autres femmes. Jeunes et vigoureuses, elles avaient toutes mis au monde un enfant dans l'année. Garçon ou fille, peu importait. C'est pour leur fertilité que Jeanne les avait convoquées, et il ne serait venu à l'idée d'aucune de s'y soustraire. Comme les hommes, elles avaient peur d'Halaïde et répugnaient à la solliciter, mais elles connaissaient l'étendue de ses pouvoirs. Surtout, elles faisaient confiance à Jeanne pour s'assurer ses bonnes grâces. Les femmes ôtèrent leurs sabots, se prirent par la main pour former un cercle autour de l'arbre et s'assirent. À l'intérieur du cercle, Jeanne fit circuler les feuilles séchées de manière à ce que chacune dispose d'une belle quantité entre ses genoux. La verveine était odorante et craquait sous les doigts avec un petit bruit sec, presque joyeux. Assise en tailleur au seuil de la cavité du tronc, le dos bien droit, Jeanne prit son inspiration et commença à fredonner. C'était le signal que les femmes attendaient. Chacune prit quelques feuilles de son tas, les broya entre ses mains et les porta à sa bouche. Elles se mirent à mastiquer les feuilles en silence, rythmées par le vent dans les branches de l'arbre-femme et la mélopée de Jeanne. C'était un travail fastidieux, long et éprouvant pour les muscles de la mâchoire. Les feuilles devaient être imbibées du plus de salive possible, transformées en pâte humide que chacune déposait dans le pot que Jeanne tendait le moment venu. Elles prenaient ensuite une autre poignée de feuilles et recommençaient leur rumination. Elles y passeraient toute la soirée et sans doute une partie de la nuit, imbibant patiemment la verveine séchée de leur salive pour la transformer en terreau fertile.

Bien après minuit, quand le grand pot en terre cuite fut rempli à ras bord, Jeanne retourna seule aux vignes. Elle examina patiemment chaque pied, sélectionnant ceux qui avaient le plus de chances de repartir. Puis elle commença à enduire les sarments blessés du précieux emplâtre. Il fallait agir vite, avant que la salive des femmes ne s'évapore. Mais avec précision toutefois, car la pâte devait épouser parfaitement brèches et entailles. Malgré toutes ses précautions, ses mains étaient en sang. Elle savait l'importance de sa mission et s'en acquitta avec conscience, heureuse de pouvoir aider la mesnie. C'est ce que sa tête se disait en tout cas. Son cœur, lui, savait qu'elle déployait tous ces efforts pour lui. Pour *Pierre*, puisque c'est ainsi désormais qu'il fallait qu'on l'appelle.

Bastion, Paris 17e

– Pourquoi je te filerais mes infos ?

Le divisionnaire Tramuset (tout le monde disait « Tramu ») toisait Fennetaux avec suspicion et un rien de condescendance. Le genre de regard qu'un grand fauve au retour de la chasse réserverait à un chaton domestique réclamant une part du butin : *Sérieusement ?* Elle avait pourtant fait attention à ne pas l'appeler « mon lapin », ni « ma puce » ni aucun autre nom d'animal. Le patron de la BRB freinait quand même des quatre fers. Et pour cause. Enis Gantz était un nouveau venu dans le collimateur de l'antigang, sa progression fulgurante dans le monde du crime en faisait une cible prioritaire de son service. Il ne voyait pas en quoi Gantz, champion des saucissonnages et des enlèvements contre rançon, pouvait intéresser Fennetaux et sa BRDP. Son cas relevait du crime organisé, pas de la délinquance aux personnes. Au nom de quoi devrait-il filer à cette petite bonne femme bientôt périmée le matos que ses hommes avaient accumulé au prix de compromissions avec leurs indics et de nuits sans sommeil ?

– Parce que… j'ai demandé gentiment ? hasarda Fennetaux.

L'autre ne se donna même pas la peine de répondre. Fennetaux aurait dû envoyer Sissoko à sa place. Certes il n'était que capitaine, mais il était pourvu d'un pénis et chaussait du 46, des qualités précieuses aux yeux de Tramu. Elle tenta une autre approche.

– Son nom vient de sortir dans une affaire de disparition inquiétante. Une femme de trente-quatre ans.

– C'est quoi le lien avec Gantz ? Ils ont été vus ensemble ?

– Elle t'intéresse un peu mon affaire alors, éluda Fennetaux.

– Ça va, je suis assez occupé avec les miennes. Ce que j'en dis, c'est que si Gantz a croisé ta cliente tu peux refiler le dossier à la Crim'. À tous les coups elle est morte.

– Il a des homicides à son actif ?

– T'as vu son casier.

– Son casier c'est le tableau de chasse de la maison, pas le sien. Il a dû faire pas mal de saloperies sans se faire choper. C'est ce qu'il n'y a pas dans le casier que je veux. Ses contacts, vos écoutes, les P-V de planques. Est-ce qu'il agit seul ou en bande organisée ? Qu'est-ce qu'on sait de sa vie privée ?

– Et moi je veux que mes cheveux repoussent, mais bon…

Il désigna son crâne dégarni d'un air fataliste. Seule une couronne de cheveux rares se maintenait en périphérie, en mode tonsure de moine. Il se rasait régulièrement le caillou pour se donner un air « badass ». Il souriait à présent, content de sa vanne.

Fennetaux l'avait coincé à la machine à café. Elle le cuisinait depuis cinq bonnes minutes et décida qu'elle avait assez joué la cruche. Elle grenouillait dans la maison depuis longtemps, elle trouverait bien un autre moyen d'obtenir ces infos.

– Laisse tomber, finit-elle par lâcher à un Tramu étonné. Moi non plus je n'aimerais pas qu'on vienne fouiner dans mes affaires.

– Attends tu me fais quoi, là ? Tu me prends pour un con ?

Fennetaux tourna les talons sans un mot, ce qui était une façon de répondre. En rejoignant son service un étage plus bas, elle l'entendait tonner d'une voix menaçante :

– Je te jure Fennetaux, si t'essaies de me la faire à l'envers…

Samedi 6 avril

Saint-Blaise, Paris 20ᵉ

Trois heures dix-sept. Léonie faisait la crêpe depuis deux heures dans son lit sans dormir. Excédée elle se leva, enfila un sweat et sortit de la chambre. Benjamin n'allait pas à l'école le samedi, elle ne voulait pas risquer de le réveiller. Sans compter que son ventre gargouillait aussi fort qu'une canalisation vétuste. Le dîner remontait à plus de six heures, autant dire qu'il y avait prescription. Après un scan rapide des munitions dans la cuisine, elle opta pour le classique « yaourt et mouillettes de baguette ». Simple mais rassasiant.

Elle était incapable de se sortir Ingrid de la tête. Incapable de savoir quoi en penser, quoi ressentir. Quand mamie-flic faisait une remarque de travers sur sa sœur, Léonie avait envie de lui sauter à la gorge. Même Benjamin, le pauvre, n'avait jamais rien le droit de dire sur Ingrid, elle s'en rendait bien compte. Elle se dressait sur ses ergots pour défendre l'honneur bafoué de sa frangine alors qu'au fond elle éprouvait toujours une sourde colère contre elle. La vérité, c'est que Léonie ne savait plus trop où elle en était. Quelque part entre *trop soûlée* et *très inquiète*. Elle attrapa son portable, brancha ses oreillettes et lança YouTube. C'était quoi déjà le nom de la chanteuse dont lui avait parlé Saskia ? Feireira ? Elle tenta plusieurs mots-clés avant de trouver ce qu'elle cherchait, *La Marelle* de Nazaré Pereira. Elle lança la chanson et s'enfonça dans le canapé.

D'abord elle ne sentit rien. Le vide sidéral. Après une clope à la fenêtre et une deuxième tournée de yaourt-baguette, elle relança la chanson. Sur l'écran de son portable, la pochette du quarante-cinq tours montrait la chanteuse entourée d'une dizaine de gamins dans une petite rue. Une marelle était dessinée à la craie sur la chaussée. Nazaré Pereira portait une fleur rouge dans ses longs cheveux bruns. Le look des gamins trahissait cette époque mouvante entre la fin des années 70 et le début des années 80. Les jeans pattes d'eph voisinaient avec les ourlets retroussés. L'aspect rétro de la pochette faisait penser que rien de grave n'avait pu arriver ni à ces enfants ni à la chanteuse. Léonie eut envie d'être vieille soudain, pour s'offrir le luxe de regarder sa vie rétrospectivement et se dire que ça s'était globalement « bien passé ». Elle soupira, ferma les yeux et laissa la chanson l'envahir. Elle imaginait les gamins de la photo lancer leur galet sur le bitume.

Le jeu de la marelle va de la terre jusqu'au ciel
Entre la chance et le puits, tu reviens et c'est fini.
Petite, petite fille tu es là pour t'amuser,
Lance bien la pierre et prends garde où tu mets les pieds.

À la cinquième écoute, l'image de sa sœur se modifia. L'adulte sublime redevint fillette. Une Ingrid qui n'avait pas huit ans et portait deux nattes blondes sur les épaules. Des années que Léonie n'avait pas convoqué cette image de sa sœur. Sixième écoute. Léonie sentit un malaise monter en elle. L'idée d'une chose indéfinissable mais mauvaise. Quelque chose de grave. Ingrid et quelque chose de mal. Une chose que sa sœur lui avait fait subir ? Est-ce qu'elles avaient joué ensemble à la marelle ? Léonie eut beau solliciter sa mémoire, rien ne vint corroborer ses sensations. Si un tel événement s'était jamais produit, elle en avait refoulé le souvenir.

Par esprit d'escalier, elle passa de sa propre enfance au désir de maternité de sa sœur. D'après Saskia, Ingrid voulait à tout prix un enfant avec Victor. Après tout, ils étaient mariés depuis douze ans et le moins qu'on puisse dire c'est qu'elle avait une relation mère-fille à réparer… Elle avait eu une fille. Qu'allait-il arriver au bébé si on ne retrouvait pas sa mère ? Léonie réalisa que, dans l'hypothèse atroce où Ingrid reste introuvable, elle devrait se positionner par rapport à l'enfant. Elle était sa tante. Un gouffre s'ouvrit sous ses pieds. Comment une chose pareille pouvait lui tomber dessus ? Pourquoi elle ? Pourquoi maintenant ? Elle commençait à peine à se sentir maîtresse d'elle-même. Bien dans son travail, bien dans son couple. Un bonheur tout neuf qui lui semblait très fragile. Malgré ses trente ans, Léonie ne s'était jamais projetée dans la maternité. Sans parler de Benjamin. Comment imposer un nourrisson à un homme qui n'était pas certain de vouloir faire sa vie avec elle ? Sans enfant, Benjamin s'inquiétait déjà de tout, tout le temps. Le dérèglement climatique, la montée des populismes, Léonie qui montait sur le scooter le cou à l'air. Alors un bébé par-dessus ?

La tête envahie par *La Marelle* et le ventre gonflé de baguette au yaourt, Léonie s'insurgeait sur son canapé. Merde, elle n'était pas toute seule dans cette galère, il y avait aussi Laurence. Un instant Léonie imagina sa mère prendre sa retraite pour se consacrer à temps plein à sa nouvelle petite-fille et ne put s'empêcher de pouffer. C'est ça ! Non, on allait forcément retrouver Ingrid. Il fallait la retrouver, parce que les autres options étaient tout simplement inenvisageables. On n'allait quand même pas laisser la petite à son père !

Son père… Comment Ingrid connaissait-elle ce mafieux ? Depuis quand ? Peut-être qu'elle ne le connaissait même pas, peut-être qu'elle avait été sa victime. Léonie soupira. Elle ne savait plus rien de la vie de sa sœur, elle était incapable de répondre à ces questions. Mais ça n'empêchait pas la parano de ramper le long de son échine. Et si l'enfant était le fruit d'un viol ? Et si c'était ce Gantz qu'Ingrid fuyait en squattant l'appartement des

Batignolles ? Si ça se trouve, elle avait contacté Léonie pour lui demander de l'aide… Et si Gantz l'avait retrouvée avant elle ? Et si…

Léonie arracha subitement ses oreillettes et jeta son portable sur le canapé. Elle avait besoin de Benjamin. De sa chaleur, du poids de son corps contre le sien. Sans un regard pour les pots de yaourt vides et les miettes sur la table basse, elle courut se réfugier dans ses bras.

Mai 2003

Ça fait pile un an aujourd'hui. Un an que Chirac a été réélu haut la main. Papa aura pas eu à voter avec des gants de vaisselle. Sauvé par le gong. Il y avait un vent ce jour-là… Boubie tremblait comme une feuille sur le parvis de Gustave-Roussy. Quand j'y pense, c'est le dernier souvenir que j'ai d'elle toute menue. On est arrivées à l'hôpital vers midi, papa était dans les vapes. À moitié mort déjà. Ou encore un peu vivant, ça dépend comment on voit les choses. La cheffe de service a dit que c'était la fin. Tout ce qu'on pouvait faire c'était attendre, alors on a attendu. Je tenais sa main quand il est parti. Je tenais sa main et j'ai senti quelque chose. Je sais que personne me croit mais c'est vrai, j'ai senti un… truc qui passait de sa main dans la mienne. Comme un courant électrique ou je sais pas. Et puis plus rien. Son front sentait encore fort son odeur. Je l'ai embrassé là, je voulais imprimer son odeur dans ma mémoire, la garder pour toujours. Cinquante-quatre ans putain ! Même moi je me rends compte que c'est trop jeune.

J'ai plus son odeur, elle est partie. J'ai encore un peu sa voix dans mon oreille, et y a les VHS de quand on était petites pour le voir bouger, mais après chaque projo je chiale toute la nuit… J'ai planqué le caméscope et les cassettes en haut du placard de l'entrée. Quand on l'ouvre on fait comme s'ils étaient pas là. On est fortiches pour ça. On fait aussi comme si on était encore une famille, sauf que personne y croit. Même Boubie a pigé. C'est pas tellement qu'il est plus là pour nous lever le matin ou qu'y a plus personne pour vérifier nos devoirs, c'est surtout que toutes les trois on partage plus rien. Même la douleur, on l'a vécue dans notre coin. Je m'en étais pas rendu compte, et hier au lycée Saskia m'a demandé comment allait la Reine-Mère, si c'était pas trop dur pour elle de porter notre deuil en plus du sien. Je l'ai regardée comme une con, ça m'a pris une bonne minute avant de comprendre ce qu'elle voulait dire. Qu'on était encore des enfants Boubie et moi. Et que même si elle avait perdu son mari, c'était notre mère et c'était son rôle de nous aider à traverser tout ça. Ça m'a sciée sur place. L'idée qu'elle aurait pu s'occuper de nous est tellement... bizarre.

La vérité c'est qu'on est plus une famille. Je sais jamais quand Sa Majesté va rentrer. Boubie a plus une seule fringue à sa taille depuis des mois. Je peux pas lui passer les miennes, on est pas foutues pareil. En ce moment elle s'achète un grec tous les soirs en rentrant du collège. C'est pas bon pour elle, mais si je lui dis quoi que ce soit je me fais azimuter. De toute façon quoi que je fasse, c'est pas de moi qu'elle a besoin. Elle a besoin de sa mère, bordel ! Tous les soirs faut que je lui dise que finalement elle va pas rentrer. Tous les soirs, c'est moi qui m'en prends plein la gueule. C'est dégueulasse... Boubie a pas mérité de se faire abandonner comme ça par le seul parent qui lui reste. Et moi non plus. Merde qu'est-ce qu'on lui a fait ?! Je la déteste. Je la déteste. Je la déteste je la déteste je la déteste.

Bastion, Paris 17ᵉ

L'enquête était ouverte depuis deux jours et Fennetaux sentait sa nervosité monter. Dans les affaires d'homicide, le temps aide parfois à délier les langues. Arrive un moment où même la pire des crapules a besoin de soulager sa conscience. Avec les disparitions, au contraire, pratiquement tout se joue dans les premières heures de la procédure. Si aucune avancée majeure n'était faite d'ici ce soir, elle savait que retrouver Ingrid Sicard relèverait du miracle.

Fennetaux entra dans son bureau et s'assit en fermant les yeux. Il n'était pas encore 8 heures du matin et le bouton de son pantalon appuyait déjà douloureusement sur son ventre gonflé. Elle n'avait pourtant rien avalé depuis la veille, ce qui est encore la meilleure façon de ne pas avoir à digérer. Elle sentait ses intestins se tordre, entité autonome et souffrante à l'intérieur d'elle-même. L'affaire Ingrid Sicard était typiquement le genre d'enquête susceptible de la faire somatiser. Une jeune femme disparue, un bébé orphelin, n'en jetez plus ! Évidemment ça n'avait pas loupé, depuis le temps qu'elle cohabitait avec sa maladie elle savait repérer les symptômes d'une poussée. Celle-ci s'annonçait carabinée. *Notre Père qui êtes aux cieux je vous en prie, je vous en supplie pas maintenant. Collez-moi toutes les poussées du monde mais laissez-moi retrouver cette fille d'abord. Pensez à son bébé, Seigneur, il a besoin de sa mère...* Elle répéta sa prière plusieurs fois mais son abdomen était toujours aussi sensible. Le mal l'avait frappée par surprise au milieu de la vingtaine, sonnant le glas de tous ses rêves. Deux longues années d'errance diagnostique avant que le corps médical identifie la cause de ses souffrances : la maladie de Crohn. Une maladie auto-immune du système digestif. Pour une raison qu'on ignorait, les parois de ses intestins se mettaient tantôt à mincir au point de provoquer des perforations, tantôt à épaissir jusqu'à former des abcès. La seule connaissance solide dont disposait le corps médical à l'époque était que le mal était incurable. Pas mortel, mais incurable. Effectivement le Crohn n'avait pas tué la jeune femme, il avait simplement détruit sa vie. Finies les expéditions ethnographiques aux quatre coins du globe, où une tenue de rechange et quelques pastilles de Micropur lui suffisaient pour s'acclimater partout. Du jour au lendemain, et sans qu'on ait pu lui donner d'explication plus satisfaisante que « la faute à pas de chance », son existence se réduisit à sa dimension la plus organique. Il lui fallait en permanence rester à proximité de toilettes propres. Réveillée jusqu'à vingt fois par nuit par des douleurs abdominales fulgurantes, elle s'imposa de dormir seule. Et impossible de garder la chambre de bonne avec toilettes communes au fond du couloir, qui lui servait de pied-à-terre entre une expédition dans les steppes mongoles et une enquête de terrain en pays massaï. Le métier pour lequel elle s'était formée pendant sept ans lui était désormais interdit. Interdite aussi la perspective de la moindre vie amoureuse. Son intestin se perçait tout seul, répandant son bol alimentaire dans ses entrailles. Chacun de ses passages aux toilettes laissait planer des odeurs pestilentielles. Qui pouvait vouloir vivre avec quelqu'un comme ça ? La pilule avait été amère, pénible à avaler. Malgré tout, Fennetaux avait conscience d'être une rescapée du malheur. Elle avait rencontré Dieu et la police nationale. Elle avait été sauvée. Ce qui, malheureusement, n'empêchait pas les mauvais jours.

La porte du bureau s'ouvrit violemment sur Tramu.

– Putain Fennetaux c'est quoi ton problème ?

Elle soupira, ouvrit péniblement les yeux.

– Pourquoi t'as fait ça ? Pourquoi t'as été voir Rub-un ?

– Quoi ? Tu me prends pour qui ?

– Fais pas ta mijaurée, il m'a demandé de te mettre au parfum sur Gantz ! Faut que je te file tout ce qu'on a !

– Je te jure que je ne lui ai rien demandé, et baisse d'un ton quand tu es dans mon bureau. J'ai fait état de notre… différend à Pic-un, c'est tout. Après, comment les chefs gèrent leurs affaires, c'est pas ma responsabilité. Et je ne crois pas que ce soit la tienne non plus, ajouta-t-elle avec une pointe de malice.

Les services de police judiciaire étaient tous affublés d'un nom de pierre précieuse en interne. Topaze pour la BRI, Rubis pour la BRB, Pictor pour la BRDP et ainsi de suite. Pour que chacun sache à qui il s'adressait, les officiers accolaient leur rang hiérarchique à cette pierre. Les grands patrons de chaque service étaient les numéros un. Rubis-un (ou Rub-un), Pictor-un (ou Pic-un). Au sein de la BRB, Tramu n'était que « Rub-deux ». Et il s'avérait que son supérieur préférait rendre service à un autre « un » qui lui renverrait l'ascenseur plutôt que suivre l'avis de son numéro deux dont la fidélité lui était acquise puisqu'il tenait son avancement entre ses mains. Fennetaux enfonça le clou.

– Si ton chef ne protège pas ses hommes, c'est pas ma faute.

Tramu se rembrunit. La maison finirait par crever à cause des magouilles politiques entre les huiles, il en était certain.

– Alors, le relança Fennetaux, tu me parlais d'un dossier je crois…

Elle eut du mal à s'empêcher de sourire. Tramu était blême.

– On a tout envoyé à ton capitaine. Je t'ai pas sorti les copies sur papier, tu m'en veux pas j'espère ?

– J'essaierai de faire avec.

Il tourna les talons et sortit.

La main sur la poignée de porte, il se retourna une dernière fois, menaçant.

– Je te préviens Fennetaux, t'as gagné le droit de mettre ton nez de fouine dans mon travail mais ça s'arrête là. Gantz est à nous. Ça fait six mois qu'on est dessus, tu bouges pas une oreille dans sa direction sans m'en parler. Tu prononces même pas son nom à voix haute sans me demander, c'est clair ?

Tramu claqua la porte sans attendre de réponse. La douleur se remit à vriller l'abdomen de Fennetaux avec la précision d'une fraise de dentiste. Mais déjà Sissoko arrivait. Il croisa Tramu dans le couloir.

– Monsieur le divisionnaire...

Depuis son bureau, Fennetaux perçut la joie qui illuminait le visage ébène de son capitaine.

Prince-Marmottan, Boulogne-Billancourt

Zoé s'était décidée sur un coup de tête. Elle aurait plus de chances de trouver Victor chez lui un samedi qu'en semaine et elle voulait revoir son hôtel particulier. Plus exactement, elle voulait revoir Victor chez lui, l'observer dans son biotope. Il ne l'avait invitée qu'une fois ici depuis leurs retrouvailles. Il la traitait peut-être comme une princesse, mais il prenait garde de la maintenir à distance de son château. Elle avait du mal à associer Victor à cette grosse baraque de riches. Leur vie à deux avait été pleine, mais frugale. Quand ils étaient ensemble, l'argent ne les avait jamais intéressés. Peut-être une question d'âge aussi. Pour Zoé, cette nouvelle facette de Victor était un mystère et elle se demandait ce qui avait pu le transformer en Rastignac de la télé. C'est comme cette canne richement sculptée. Une bagarre qui avait mal tourné à la sortie d'un bar, lui avait-il appris. Pourquoi souligner un si léger handicap avec autant d'ostentation ? Il avait tellement changé en vingt ans.

Zoé voulait arriver par surprise. Devant la grille du jardin, elle tenta une première combinaison de chiffres sur le digicode sans grand espoir et sans succès. Sa propre date de naissance n'était pas le sésame du royaume de Victor. Elle encaissa un petit pincement à l'ego, réfléchit et tenta le code postal de leur vie d'avant. Bingo ! Elle savait bien qu'il ne pouvait pas avoir tiré un trait définitif sur leur histoire. La grille s'ouvrit dans un tintement magnétique qui lui sembla assourdissant. Elle entra dans le jardin et referma doucement derrière elle. Une table en teck sur la terrasse portait les stigmates d'une soirée arrosée, probablement la veille, et un instant Zoé se demanda si elle ne ferait pas mieux de repartir. Et s'il n'était pas seul ? Elle pénétra malgré tout dans la maison silencieuse, déposa ses sacs de courses dans la cuisine et commença à les déballer. Œufs frais, fromage de chèvre, pain de châtaigne. Ses plats préférés d'autrefois, encore une tentative pour persuader Victor de sa sincérité. Il avait entendu son pardon et prétendait l'accepter, mais leur relation restait atrocement cordiale. Elle n'avait pas fait tout ce chemin pour rencontrer M. Sicard, c'est Victor qu'elle voulait retrouver, son Vic. Pas cet homme chaleureux mais distant. Le masque lisse qu'il présentait à Zoé depuis leurs retrouvailles lui prouvait qu'il se reprochait toujours sa trahison envers elle. Elle pouvait le comprendre : en venant lui accorder un pardon auquel il ne croyait plus, elle faisait remonter chez lui vingt années de culpabilité. Mais si Victor ne parvenait pas encore à baisser la garde, Zoé, elle, refusait de baisser les bras. Elle ne quitterait pas cette terre avant que Vic ait fait la paix avec lui-même.

Elle prenait possession de la cuisine le plus silencieusement possible, espérant surprendre Victor avec un brunch joliment dressé. En tendant l'oreille, elle entendit un sifflement qui semblait provenir du salon. Un son régulier, comme une vague qui s'échoue doucement sur les rochers. Intriguée, elle traversa le rez-de-chaussée. Quand ses yeux se posèrent sur Victor, elle dut presser les deux mains contre sa bouche pour réprimer un cri d'effroi.

Aéroport Charles-de-Gaulle, Roissy-en-France

La salle d'embarquement était pleine à craquer. Laurence attendait debout face à la vitre, elle observait l'avion qui allait l'emmener à Édimbourg. Elle était invitée à donner une conférence au centre d'études héraldiques et faisait l'aller-retour sur vingt-quatre heures. S'il y avait un pays qui s'intéressait aux drapeaux et à leur signification, c'était l'Écosse. Beaucoup de blasons claniques et familiaux dataient du Moyen Âge, et elle avait été conviée avec les honneurs.

Plusieurs familles attendaient d'embarquer, dont un couple de jeunes trentenaires avec leur fils de trois ans. Les parents s'activaient autour de l'enfant avec empressement. Avait-il faim ? Voulait-il une compote ? Ou peut-être un biscuit ? Non ? La tétine alors ? Harcelé de sollicitations, le garçon trépignait et geignait, on n'entendait que lui dans la salle d'embarquement. Deux rangées de sièges plus loin, une mère seule lisait un roman, ses trois jeunes enfants eux-mêmes plongés respectivement dans un magazine de jeux, une bande dessinée et le dernier volume de *Harry Potter*. Laurence secoua la tête, presque amusée par la différence entre les deux familles. Les parents du garçon ne voyaient-ils pas qu'ils l'angoissaient en lui tournant autour comme des mouches affamées ?

Inévitablement ces réflexions convoquèrent l'image d'Ingrid dans l'esprit de Laurence, plus pesante encore que d'habitude. Ingrid… Sa fille avait une fille. Sa propre fille avait été enceinte, elle avait accouché, s'était occupée de son bébé pendant un mois sans la mettre au courant. Et où était-elle maintenant ? Qui cherchait-elle à punir en disparaissant comme ça ? Sa mère encore ? À trente-quatre ans ? Laurence soupira. Elle ne se faisait pas d'illusions sur la mère qu'elle avait été pour ses filles. Ses souvenirs étaient encore vifs de soirées où, rentrant de l'université, elle se sentait assaillie par Ingrid et Léonie. Ingrid en particulier égrenait une liste sans fin d'attentes, de demandes. Elle réclamait, elle exigeait au point que Laurence avait l'impression qu'elle allait se faire dévorer, littéralement, et il fallait qu'elle quitte la maison pour retrouver un semblant de calme. Mais elle revenait toujours. Elle avait fait de son mieux. L'instinct maternel était une invention contemporaine, en tant qu'historienne elle était bien placée pour le savoir. Laurence avait très tôt compris qu'elle ne serait jamais une maman louve, elle avait choisi le père de ses futurs enfants en conséquence. Elle se devait de leur donner au moins un parent qui saurait les aimer et le leur dire. Jean-Marc avait été un père extraordinaire. Présent sans être étouffant, encourageant, curieux, toujours bienveillant. Était-ce sa faute à elle s'il était mort avant d'avoir fini le boulot ?

Une hôtesse lança le début de l'embarquement, appelant les personnes prioritaires à se présenter. Les parents trentenaires se précipitèrent vers le comptoir en brandissant leur fils comme Moïse les Tables de la Loi. Laurence ne put s'empêcher de lever les yeux au ciel. Aucun doute que ce garçon donnerait du fil à retordre à ses futurs enseignants… Derrière elle, la mère célibataire et ses trois enfants n'avaient pas bougé d'un pouce.

Prince-Marmottan, Boulogne Billancourt

Zoé restait figée devant le canapé, horrifiée. Des images sans queue ni tête se bousculaient dans son esprit. Recroquevillé en position fœtale, Victor dormait, le corps et le visage agités de tics nerveux. Faisait-il un cauchemar ? Sur la table basse couverte de livres d'art, le cadavre d'une bouteille de whisky et un seul verre. Victor portait un kimono en soie trop petit pour lui et des dessous féminins. L'absence de poitrine rendait le soutien-gorge obscène, comme porté par une gamine trop jeune essayant de faire son aguicheuse. Dans un mouvement réflexe, Zoé porta ses mains sur les prothèses qui remplaçaient maintenant ses seins. Lentement, elle baissa les yeux. À l'inverse du soutien-gorge, la culotte en soie portée par Victor menaçait de craquer, tendue par son sexe. Cette inversion des pleins et des creux était incongrue, sordide même. Dans son sommeil, il était agrippé à sa canne comme une entraîneuse à sa barre de pole dance. Mais le pire, c'était son visage. Il avait dompté les épis de ses cheveux mi-longs avec de la laque et tracé une raie franche au milieu du crâne. Le sommeil avait aggloméré ses mèches en un paquet informe. Il s'était outrageusement maquillé mais tout avait coulé sur le canapé. Le noir du mascara se mêlait au bleu de la poudre et au corail du rouge à lèvres. Il avait été jusqu'à s'appliquer du vernis sur les ongles des mains et des pieds. Il avait débordé. Le résultat évoquait une poupée Barbie martyrisée, torturée par un enfant sadique.

Cherchait-il le plaisir dans ce travestissement ? Il avait l'air tellement triste pourtant… Victor se calma dans son sommeil, ses traits se détendirent. Zoé l'observait, le cœur serré. Petit à petit sa stupeur céda la place à un malaise diffus, impalpable. Quelque chose clochait. Ou plutôt non, justement, et c'était bien le problème. La blondeur des cheveux, le bleu des yeux qu'on apercevait entre les paupières. Si on faisait abstraction du maquillage dégoulinant, il émanait une certaine harmonie de l'ensemble. Lui qui était tellement dans le contrôle d'habitude, le voir si paisible soudain, c'était comme si… comme si en se travestissant Victor s'était enfin… trouvé. Mais c'était impossible ! Zoé rejeta cette impression avec violence. Victor, *son Victor*, était un homme. Elle était mieux placée que quiconque pour le savoir. Elle était sa mère !

Saint-Sébastien, Paris 11e

Léonie perça l'œuf et regarda le jaune napper son toast. La coulée brillante et onctueuse progressait lentement sur le croque-madame, c'était hypnotique. Elle avait enchaîné trois séances ce matin avec des patients qui n'étaient pas disponibles en semaine, et profitait d'une pause déjeuner en solitaire. Déjeuner seule au resto sans se cacher derrière un livre était une victoire qu'elle avait remportée sur elle-même ces dernières années, et comme beaucoup d'autres elle la devait à Benjamin. Avant lui, elle était incapable de s'exposer seule en train de manger, persuadée que ses voisins de table évaluaient le nombre de calories de son assiette. Il n'y avait pas de présomption d'innocence pour les gros. Mais ça, c'était avant. Avant de constater l'effet que son corps produisait sur Benjamin. Quand ils faisaient l'amour, il ne cherchait à ignorer ni les plis dans son dos ni le volume de son ventre. Au contraire il pétrissait sa chair moelleuse avec gourmandise. Tout ce qu'elle s'échinait à cacher, il le savourait. Au quotidien il était rare qu'ils se croisent dans l'appartement sans que Benjamin n'enserre la taille de Léonie et enfouisse son beau visage dans son cou. Pour la première fois, elle se sentait aimée pour son corps et non en dépit de lui. Ses rondeurs comblaient Benjamin, apaisaient ses angoisses existentielles. Petit à petit, Léonie avait appris à se regarder à travers le regard amoureux de son compagnon et conquis une nouvelle indépendance. Le déjeuner solo du samedi en était la preuve. C'était même devenu un de ses rituels favoris, le quartier grouillant de restos arborant le macaron du Fooding (un gage de qualité). Elle consacrait le repas à se remémorer les temps forts des séances de la semaine. Comme un général qui passe ses troupes en revue avant une permission, elle mettait de l'ordre mentalement dans ses dossiers avant de fermer l'armoire « boulot » et de retrouver Benjamin pour le week-end.

Elle fit signe à la serveuse et commanda un café crème. Elle reprenait le cours de ses pensées quand elle vit Franck Gardette, le mari de sa patiente, entrer avec ses deux enfants. Sur les milliers de bistrots de Paris il avait choisi celui-là ! La coïncidence frappa Léonie, puis elle se souvint que Marion lui avait été adressée justement parce qu'elle habitait à proximité de son cabinet.

Tirés à quatre épingles, les jumeaux gardaient les yeux baissés au sol. Ils avaient sûrement été briefés par leur père, se dit Léonie, encore marquée par la dureté de Franck envers sa fille à l'hôpital. Il traversa le restaurant et s'installa à une table où attendait déjà une jeune femme d'environ vingt-cinq ans. Une très belle jeune femme… Qui était-elle pour lui ? Et pourquoi traînait-il ses enfants déjeuner avec elle au lieu de les emmener voir leur mère à l'hôpital ? Léonie s'exhorta à ne pas tirer de conclusion hâtive. C'était peut-être sa sœur, ou sa cousine, ou simplement une amie. Mais Romy et Achille semblaient mal à l'aise devant elle. Assis côte à côte sur la banquette, les enfants se tenaient par la main et refusaient de répondre à ses questions. Ils étaient trop loin pour que Léonie entende leur conversation, mais leur langage corporel était limpide. Sourire charmeur et buste penché en avant, Franck était dans une posture de séduction. En voyant la façon dont il désignait les petits à la jeune femme, Léonie pensa à un vendeur de voitures faisant l'article de ses plus beaux modèles. Prostrés et silencieux, les enfants n'avaient pas l'air d'accord pour jouer les têtes de gondole. Fallait-il voir dans leur attitude le signe d'un conflit de fidélité ? Se sentaient-ils tiraillés entre cette jolie dame et leur maman ?

Depuis sa première rencontre avec Marion, Léonie s'interrogeait sur Franck. Elle ne le sentait pas. Marion avait tendance à le valoriser et du même coup à se déprécier elle-même quand elle parlait de son couple, ce qui évoquait pour la psychologue l'hypothèse d'une relation sinon toxique, du moins problématique. Mais Léonie était trop honnête avec elle-même pour ne pas reconnaître qu'une partie de sa colère envers Franck lui permettait d'étouffer la culpabilité qui chatouillait sa conscience. Elle aurait dû en faire plus pour Marion. Elle aurait dû insister pour la voir, quoi qu'en pensent son mari et ses beaux-parents. Marion était sa patiente et Léonie avait manqué à son devoir de thérapeute envers elle. Son esprit avait été tellement accaparé par Ingrid ces derniers jours… En croquant l'amande enrobée de chocolat qui accompagnait son café, elle se promit de retourner à l'hôpital dès lundi matin et de faire le forcing jusqu'à ce qu'elle puisse voir Marion.

Bastion, Paris 17e

Fennetaux fixait avec gourmandise l'icône de la clé USB transférant les données dans le disque dur de son ordinateur. L'intégralité du dossier Gantz de la BRB. Enfin elle allait pouvoir avancer.

Soudain, le téléphone fixe de son bureau et son portable se mirent à sonner pile en même temps. Elle se figea. Ça ne pouvait vouloir dire qu'une chose. On avait retrouvé Ingrid Sicard. La seule inconnue de l'équation était : vivante ou morte ? L'image du bébé s'imposa dans son esprit. Le destin de cette petite fille emmaillotée allait se jouer dans la seconde. Fennetaux sentit un spasme tordre son côlon droit. Elle inspira profondément et décrocha son portable.

4

Le hameau

La jeune fille marchait depuis presque trois semaines, seule. Elle rêvait d'eau fraîche et de compagnie. Au dernier bourg, on lui avait dit qu'elle n'était plus très loin. On l'avait regardée de travers aussi, mais elle s'en fichait. Elle avait pris une décision et comptait bien s'y tenir.

Son nez l'alerta en premier. Une odeur âcre et sucrée en même temps, une odeur chaude. Les chèvres. Peu après, elle commença à entendre un brouhaha indistinct et joyeux. À mesure qu'elle avançait elle percevait des rires, une discussion animée. Le chemin était envahi de végétation mais après une dernière boucle elle sut qu'elle était arrivée à bon port. Six ou sept maisons à moitié effondrées, deux bâtiments plus grands qui avaient dû être des fermes, et une vingtaine de personnes affalées dans l'herbe. Hommes, femmes et enfants mélangés. Le hameau.

Il lui avait fallu trois mois pour se décider, trois semaines pour venir, mais elle y était. En mai 1968 elle n'était qu'une enfant. Maintenant, huit ans plus tard, elle tenait enfin la grande occasion de son émancipation. Elle aborda deux filles et un garçon dans la vingtaine, comme elle.

– Salut, je suis bien au hameau ?

– Tu y es, répondit une des filles avec un sourire doux. Moi c'est Jeanne. Tu veux boire quelque chose ? Tu as faim ?

– Soif surtout, répondit la jeune femme après un petit temps d'arrêt.

Elle était subjuguée par la beauté de ladite Jeanne. Au-delà de la grâce de ses traits, son visage dégageait un sentiment de puissance et de sérénité, une aura comme la jeune fille n'en avait jamais vu.

– Alice, se présenta l'autre fille du petit groupe, et lui c'est Antoine.

La jeune fille les salua de la tête.

– Vous êtes… ?

– Jumeaux, ouais, acquiesça Alice dans un sourire.

– Moi c'est…

– Attends ! cria Alice. Ne dis rien… (Elle se tourna vers ses amis.) Je trouve qu'elle a une tête de Mathilde… Mathilde ou Mahault, qu'est-ce que vous en dites ?

Les deux autres opinèrent. Alice se tourna vers la jeune femme.

– Tu préfères quoi ?

– Pardon ?

– C'est un autre monde ici. Nouveau monde, nouveau nom, c'est la règle. Alors, Mathilde ou Mahault ?

La jeune femme réfléchit un instant puis proposa timidement :

– Marguerite ?

Jeanne se leva d'un bond et la serra dans ses bras.

– Banco pour Marguerite. Viens, je vais te faire visiter.

Elle entraîna « Marguerite » vers une des maisons en pierre.

– Tu m'as l'air épuisée. Tu es là juste pour la nuit ou tu as prévu de rester ?

– Je ne sais pas encore. C'est un copain qui m'a parlé de

vous, il est resté six mois l'année dernière. Xavier, il fait une thèse en histoire…

– Il ne s'appelait pas Xavier ici, et on est beaucoup à avoir étudié l'histoire alors…

– Oui, je suis bête…

– Ça m'étonnerait, tu es là, répliqua Jeanne du tac au tac.

Sentit-elle à quel point Marguerite était perdue ? Elle la prit sous son aile ce soir-là, lui expliquant les rouages de la communauté sans lui mettre de pression. Jeanne était chaleureuse et sincère, on sentait qu'elle avait l'habitude d'accueillir les voyageurs de passage.

Trois ans plus tôt, en 1973, Jeanne et ses meilleurs amis avaient décidé de changer de vie. Ils avaient quitté Paris pour ce lieu-dit ardéchois, un coin perdu abandonné depuis la fin de la Seconde Guerre mondiale situé à proximité de la maison familiale des grands-parents de Jeanne. Ils étaient trois au début de l'aventure. Jeanne, Alice et Pierre. Trois universitaires qui refusaient de choisir entre le conformisme bourgeois de leurs parents et le conformisme gauchiste de leurs camarades. L'argent ne les intéressait pas, la politique les avait déçus. Ils rêvaient d'une société plus juste, une société où chacun s'épanouirait sans chercher à tirer la couverture à soi. Ils avaient lu Marx et Durkheim, Freud et Jung. Ils consommaient de l'herbe et des acides. Beaucoup de livres et beaucoup de drogues, quotidiennement. De ce mélange était née leur grande idée, leur conviction que la solution à tous les problèmes du monde consistait à « sortir de l'Histoire ». Et quel meilleur moyen pour ça que de revenir au moment où tout avait, selon eux, déconné ? Repartir en arrière et faire bifurquer l'aiguillage pour prendre le bon chemin. L'esprit de l'époque poussait à tout remettre en cause, alors pourquoi pas le cours du temps ?

Ils voulaient inventer une société sans bourgeoisie et fondèrent ensemble une communauté sans famille. Aux yeux de Jeanne, Pierre et Alice, la famille était une arme de destruction massive, un des mythes les plus puissants jamais créés par les bourgeois pour justifier leur cupidité. On passait sa vie à accumuler des richesses au détriment d'autrui en se racontant que c'était pour les transmettre à ses enfants. Cette bonne blague ! Qu'étaient donc les enfants sinon les premiers biens matériels de leurs parents ? Jusqu'aux environs du XIIe siècle les hommes avaient vécu en clans, en communautés. Mais au tournant du XIIIe, la croissance économique engendra le développement des villes, qui brisèrent toutes les solidarités traditionnelles. Et la ville inventa le bourgeois, car pour s'y installer il fallait lâcher sa communauté, envisager son avenir non plus à l'échelle du groupe mais à celle du noyau dur parents-enfants. Pour la première fois, l'individuel faisait valoir ses droits sur le collectif, le particulier sur le général. Le reste de l'Histoire n'était plus qu'une lente régression vers le chacun pour soi. À la famille, au lignage et aux liens du sang, les membres du hameau opposaient le modèle de la mesnie : la maisonnée au sens de communauté volontaire. Depuis trois ans ils expérimentaient un mélange d'idéalisme socialiste et de Moyen Âge fantasmé. Ils mangeaient dans un réfectoire, dormaient dans des dortoirs. Ils produisaient leur nourriture et leurs vêtements en respectant scrupuleusement les procédés de fabrication du XIIIe siècle. Ils vivaient ensemble, travaillaient ensemble, s'aimaient sans exclusive et élevaient collectivement les enfants du groupe. Ils étaient tout les uns pour les autres, tout sauf une famille. À eux trois, les membres fondateurs avaient déjà deux bébés quand l'aventure avait commencé, et c'est sur eux qu'ils avaient d'abord appliqué leurs théories. Depuis, d'autres enfants étaient nés, et de nouveaux venus les avaient rejoints avec leur marmaille. La communauté comptait à présent une vingtaine de membres. Le bouche-à-oreille des visiteurs de passage attirait continuellement des jeunes. La plupart repartaient, certains restaient. S'ils venaient au hameau plutôt qu'ailleurs c'était pour tirer un trait sur leur famille, solder leurs comptes avec des parents décevants. Ici il n'y avait plus de mère, plus de père, plus d'ascendants. Juste des compagnons qui se retroussaient les manches pour créer ensemble une société idéale.

Exactement ce que Marguerite était venue chercher. Elle écoutait Jeanne en silence et observait les lieux, un sourire hésitant aux lèvres. Quelle sorte de famille cherchait-elle à fuir ? Se pourrait-il qu'ici elle puisse lui tourner le dos et se réinventer ? Pendant sa longue marche solitaire elle s'était demandé comment elle réagirait en arrivant, et s'étonnait maintenant de se sentir en même temps si dépaysée et si bien. La tête commençait à lui tourner. La faim peut-être. Les prénoms que Jeanne égrenait se mélangeaient dans son esprit en un nuage floconneux. Jusqu'à ce qu'elles arrivent devant deux silhouettes qui attisaient le feu : Alice, que Marguerite avait déjà rencontrée, et un grand type.

– Te revoilà, la salua Alice dans un sourire. Ça y est, tu as fait le tour de la mesnie ? Je vois que Jeanne t'a gardé le meilleur pour la fin, dit-elle en désignant l'homme du menton, un sourire taquin aux lèvres.

– Le meilleur ? demanda Marguerite, et elle se sentit bête d'avoir mordu aussi facilement à ce qui de toute évidence était un énorme hameçon.

– Pierre, dit cérémonieusement Alice en lui présentant l'homme.

– Arrête ton char, intervint l'homme d'une voix étonnamment douce.

– Il paraît que moi c'est Marguerite, répondit cette dernière, une étrange chaleur se diffusant soudain dans son corps.

– Oui, ça fait bizarre au début mais tu vas t'habituer super vite. Le changement de nom c'est ce qu'il y a de plus radical au niveau du vécu de l'expérience. Ra-di-cal... Tiens, lui dit-il en guise de conclusion en lui tendant un énorme joint.

Marguerite prit le joint en souriant, suspendue au regard bienveillant de Pierre. Les sons arrivaient étouffés dans ses oreilles. Son champ de vision s'était réduit, focalisé sur les yeux doux de cet homme. Elle ne l'avait jamais vu avant, ça elle en était sûre. Et pourtant face à lui elle ressentait une forme de proximité. Plus qu'une proximité même, presque une intimité. Physiquement ils auraient pu être frère et sœur, mais c'était au-delà des ressemblances physiques. Pour Marguerite, c'était comme s'ils se rejoignaient après une trop longue absence. Rien de ce qu'elle avait pu vivre avant n'avait plus la moindre importance. Elle avait trouvé Pierre, ou l'avait retrouvé. D'instinct, elle comprit qu'elle était arrivée chez elle.

Forêt de Marly

Les rares fois où elle était dans la nature, Fennetaux prenait douloureusement conscience des réflexes qu'elle avait perdus. La soirée était douce et la forêt palpitait. C'étaient des bruits, des odeurs, une certaine vibrance de l'air. Jeune, elle aurait couru partout, arpenté les lieux de long en large. Aujourd'hui elle avançait à petits pas prudents pour éviter racines et insectes. Le Crohn lui avait coupé les ailes. Mais si son corps était amoindri, ses sens, eux, étaient en alerte maximale. Dès qu'elle était descendue de voiture, elle avait considéré le terrain en ethnologue. Tout questionner, ne rien considérer comme acquis. Une ethnologue dotée d'un putain d'instinct de flic. Elle embrassait les lieux d'un regard grave. La vie jaillissait de partout, exubérante et implacable. Un cycle inexorable tirant son suc de la mort elle-même. Si Fennetaux ne pouvait pas encore la voir, elle savait qu'Ingrid Sicard gisait non loin de là. Changeant de statut, la disparue était devenue victime. Le procureur de la République avait lancé une plainte contre X pour homicide. Un juge d'instruction serait nommé dans la soirée. C'est à lui (ou à elle) que Fennetaux devrait dès lors rendre des comptes.

Des techniciens de la police scientifique habillés en cosmonautes recueillaient des indices matériels. Tizi et Janvier partirent s'informer de leurs avancées. Adossée à une voiture de police, une femme en tenue de sport grelottait sous une couverture de survie. La joggeuse qui avait découvert le corps d'Ingrid. Elle avait déjà dû tout raconter au moins trois fois. Sissoko bifurqua vers elle sans un mot. Derrière les rubalises qui délimitaient la scène de crime, le légiste était accroupi, de dos. La commandante enfila sur-chaussures et gants en latex et le rejoignit. L'homme se releva et se retourna à son approche. C'était un trentenaire dégarni à l'air austère, qu'elle ne connaissait pas.

– Doc. Commandante Fennetaux, BRDP.

Il la salua d'un signe de tête.

– Je vous fais un topo ?

– Dans cinq minutes si ça ne vous ennuie pas.

Il acquiesça et retourna à sa tâche.

Fennetaux s'avança vers le corps d'Ingrid. L'image du bébé au foyer de l'ASE s'imposa dans son esprit, masquant pour une seconde le cadavre de sa mère. La commandante soupira. Elle s'accroupit et se prépara au tête-à-tête avec la mort.

À condition de rester fixé sur son visage, Ingrid était aussi belle que de son vivant. Ses yeux lagon restés ouverts scintillaient malgré leur fixité. Sa robe d'un rouge profond tranchait sur le tapis vert et brun du sous-bois. Elle reposait sur le flanc gauche contre les racines d'un chêne massif, contorsionnée en arc de cercle. Ses bras et ses chevilles étaient attachés derrière son dos, liés par une corde. La nature, implacable, avait commencé son œuvre de recyclage. Exposées à l'air libre, ses entrailles se répandaient en un tas sanguinolent. Les carnivores de la forêt s'en étaient donné à cœur joie. Fennetaux réprima un haut-le-cœur et détourna la tête. Machinalement elle se signa, avant de se tourner vers le légiste pour s'assurer qu'il ne l'avait pas vue. Elle toussota finalement pour attirer son attention. Il la rejoignit en silence.

– Je vous écoute, lâcha-t-elle de la voix la plus assurée possible.

– Vous connaissez la musique, tout ce que je vais vous dire maintenant devra être confirmé par l'autopsie et les analyses en laboratoire.

Fennetaux le rangea immédiatement dans la catégorie des pleutres. Elle se contenta d'un signe d'assentiment. Le légiste poursuivit.

– Pour l'instant j'estime que le décès remonte à quarante-huit heures au plus tard, mais ce sera à affiner.

– Cause de la mort ?

– J'ai relevé un trauma crânien au niveau de l'os occipital. À ce stade bien sûr je ne peux pas vous affirmer que c'est ce qui l'a tuée.

« Le contraire m'aurait étonné », pensa Fennetaux en son for intérieur. Puis elle réalisa, horrifiée, ce que cette remarque impliquait.

– Vous pensez qu'elle a pu se faire bouffer *vivante* ?

– Non, elle était déjà morte sinon il y aurait beaucoup plus de sang autour des morsures.

– Je ne vois pas de marques de défense…

– Effectivement. Ses ongles sont intacts, aucune blessure caractéristique sur les bras.

– Vous avez relevé des signes d'agression sexuelle ?

– Rien pour l'instant. Bien sûr, il faudra…

Fennetaux le coupa, agacée :

– Confirmer à l'autopsie, j'avais compris. Autre chose docteur ?

– Rien, répliqua-t-il sèchement, un peu vexé.

– Merci. Je vous préviens quand vous pourrez procéder à la levée du corps.

C'était une façon polie de lui demander de dégager et il le comprit parfaitement.

De nouveau seule avec la victime, Fennetaux s'accroupit au niveau de son visage et prit sur elle de lui fermer les yeux. Un peu de décence ne tuerait pas la procédure.

– Pas très discret, asséna une voix calme derrière elle.

Fennetaux haussa les épaules et faillit tomber à la renverse. La main puissante de Sissoko se plaqua sur son dos et la remit d'aplomb. Il s'accroupit à côté de sa supérieure. Elle le briefa sans quitter Ingrid des yeux.

– A priori elle était déjà morte quand sa sœur a signalé sa disparition. Impossible de dire si elle a été tuée sur place ou si on a juste déposé son corps ici. Ce qui est sûr c'est qu'il n'y a pas la moindre volonté de dissimuler le corps. Pas de marque de défense non plus, donc soit elle connaissait son meurtrier, soit elle a été attaquée par surprise et n'a pas eu le temps de réagir.

– Ça plaide pour la préméditation, non ?

– Difficile à dire. Il y a cette corde avec laquelle elle est attachée. Tout le monde ne se déplace pas avec une corde sur soi, c'est sûr. Mais si tu regardes bien, il n'y a pas de marques de contention sur ses chevilles et ses poignets, donc elle a été attachée post mortem.

– Quel intérêt ? s'étonna Sissoko.

– Je ne sais pas encore. Ça peut vouloir dire que le tueur a agi sur un coup de tête et s'est procuré la corde après coup. Le ou les tueurs d'ailleurs. La victime ne doit pas peser plus de cinquante kilos mais il a bien fallu la porter jusqu'ici. Je n'ai pas relevé de traces de pneus à proximité directe.

– Tizi et Janvier s'occupent des relevés.

Sissoko se redressa et tendit la main à Fennetaux pour l'aider.

– Et de ton côté ? s'enquit-elle en lançant un regard vers la joggeuse qui allait enfin pouvoir rentrer chez elle.

– Sportive régulière, elle fait le même parcours de dix kilomètres trois fois par semaine à la même heure. Elle n'a rien remarqué de suspect dans le périmètre, croisé personne. Elle a fait le 17 dès qu'elle est tombée sur le corps.

En d'autres termes, rien à se mettre sous la dent, se dit Fennetaux qui acquiesça néanmoins et se mit en route. Sissoko lui emboîta le pas.

– On va où ?

– Annoncer la bonne nouvelle, lâcha-t-elle d'une voix sombre.

Saint-Blaise, Paris 20e

Deux coups secs frappés sur la porte de l'appartement. Léonie s'apprêtait à faire défiler la page d'accueil de Netflix. Benjamin venait juste de sortir. Elle ne se sentait pas d'humeur sociable et il avait rejoint leurs amis sans elle. Elle avait dû insister pour qu'il accepte de la laisser. Elle se releva et se dirigea vers la porte.

– T'as oublié tes clés ? demanda-t-elle en ouvrant.

– Bonsoir. On peut entrer un moment ?

La commandante de police était sur le seuil avec son collègue taiseux. Léonie resta figée un instant avant de réagir.

– Bien sûr…

Ils entrèrent. L'angoisse s'abattit sur la jeune femme, l'ensevelit totalement. Elle chercha sa respiration, se maîtrisa et guida ses visiteurs dans le salon. Fennetaux observa la pièce d'un œil expert et remarqua doucement :

– C'est joli chez vous. C'est chaleureux. Vous êtes seule ?

– Oui. Non. Je veux dire, mon compagnon vient de sortir. J'avais pas envie de… Vous voulez boire quelque chose ? demanda-t-elle soudain pour reculer l'inéluctable.

– Je veux bien, accepta Fennetaux.

Léonie lui fut reconnaissante de ces quelques instants de répit et se glissa dans la cuisine ouverte.

– J'ai du rouge, de la bière et… et c'est tout, dit-elle en ouvrant et fermant les portes de placards plus que nécessaire.

– Je veux bien un verre de vin si vous avez une bouteille ouverte. (Elle consulta Sissoko du regard.) Mon collègue aussi.

Ils gardèrent le silence pendant que Léonie attrapait une bouteille de vin aux trois quarts pleine, trois verres à pied, et venait poser le tout sur la table basse. Les deux flics s'assirent sur le canapé, lui laissant le fauteuil en face. Aucune parole ne fut prononcée mais tout fut dit. Entre la sensibilité de la psy et l'expérience des flics, Léonie comprit qu'Ingrid était morte, Fennetaux et Sissoko comprirent qu'elle avait compris. Puis, parce qu'il fallait bien dire quelque chose, Fennetaux se lança.

– On a prévenu son mari, c'est la procédure.

Léonie acquiesça.

– On est passés chez votre mère aussi. Elle n'était pas chez elle. On n'a pas réussi à la joindre sur son portable non plus.

– Elle est en Écosse pour son travail, elle rentre demain.

Après un instant elle précisa :

– J'irai la chercher à l'aéroport. Je préfère lui annoncer…

Fennetaux hocha la tête.

– Comme vous voulez.

Léonie tendit la main pour prendre son verre et réalisa qu'elle tremblait. Elle coinça ses deux mains entre ses genoux. Son torse se mit à se balancer d'avant en arrière sur un rythme lent, inconsciemment elle se berçait pour encaisser le choc.

– Elle est morte comment ?

– C'est un homicide. Je suis sincèrement désolée. Il faudra que votre mère ou vous passiez à l'Institut médico-légal pour faire une reconnaissance officielle.

– J'irai, lâcha Léonie par réflexe.

Puis elle demanda après un nouveau silence :

– Et maintenant ? Je veux dire... comme elle est... comme elle est plus là...

– Je ne vais pas vous ennuyer avec les subtilités administratives de la police, mais en gros pour l'instant mon service reste en charge de l'enquête. Il faut qu'on détermine si son assassin la visait personnellement, et si c'est le cas comprendre pourquoi. Ça implique qu'on fouille dans la vie de votre sœur et pour ça on aura sûrement besoin de vous à un moment ou un autre. On va retrouver celui qui a fait ça.

– Ce... Gantz ?

– C'est une piste sérieuse, mais on doit tout envisager. Est-ce que votre sœur connaissait la forêt de Marly ?

– Pourquoi ? C'est là que... ?

– On y a retrouvé son corps, oui. Cet endroit représentait-il quelque chose en particulier pour elle ?

– Je ne sais pas... J'en sais rien...

Fennetaux opina gravement et laissa le silence s'installer quelques instants, avant de finalement le briser.

– Je fais ce travail depuis longtemps ma belle, et il faut que je vous prévienne. Une enquête pour meurtre, ça fait des vagues. On va devoir aller chercher la poussière sous les tapis, poser des questions désagréables. Ça secoue tout le monde autour.

– La poussière sous le tapis, je connais, répondit Léonie. Je suis psy.

La flic acquiesça.

– Il va falloir s'occuper des... de l'enterrement...

– Pas tout de suite malheureusement. On doit garder le corps de votre sœur pour les besoins de l'enquête. On va pratiquer une autopsie, il y aura des analyses, ça peut prendre du temps.

Léonie se berçait toujours. Elle garda le silence un moment. Aucun des deux policiers ne le rompit. Finalement elle demanda, d'une voix si faible que Fennetaux l'entendit à peine :

– Et le bébé ?

La commandante lui lança un regard doux, un regard qui se voulait conciliant, qui la conjurait de ne pas se mettre la pression.

– Il va bien. Elle va bien, je m'en suis assurée. Vu ce qu'on sait de son père biologique, il ne peut pas faire partie de l'équation. Aucun juge ne lui confierait la garde. D'un autre côté Ingrid était toujours mariée, légalement ça donne certains droits à son mari.

Léonie secoua la tête.

– Je ne vois pas Victor prendre en charge l'enfant d'un autre.

– Dans ce cas votre mère et vous devrez décider ce qui est mieux pour cet enfant, mais vous avez du temps. Et vous serez accompagnées par l'Aide à l'enfance.

Un long regard à Sissoko. Les deux policiers se levèrent.

– On va vous laisser, madame Damanne. Vous voulez qu'on appelle votre compagnon pour qu'il rentre ?

Léonie releva les yeux et cessa son balancement inconscient.

– Non. Merci je… je crois que je préfère rester seule pour l'instant.

Elle se leva à son tour et raccompagna les enquêteurs à la porte.

Quand elle revint dans le salon, hagarde, la bouche sèche, Léonie vit les trois verres de vin sur la table basse. Ils étaient pleins. Sur pilote automatique, elle les attrapa et les rapporta dans la cuisine. La bouteille était sur le comptoir. Le regard de Léonie passa des verres pleins à la bouteille à moitié vide. Si elle parvenait à remettre le vin dans la bouteille, est-ce qu'Ingrid pourrait ne plus être morte ?

Maussane-les-Alpilles, 2007

Ça y est, c'est pour demain. Ingrid Sicard...

On met combien de temps pour s'habituer à une nouvelle identité ?

On est descendus dans le Sud. Victor a loué un mas avec une piscine, un cuisinier. Il a l'air de trouver ça complètement naturel de se faire servir. J'avoue, ça me fait bizarre à moi... Quand je pense à toutes ces soirées avec Boubie où je faisais réchauffer des surgelés. Mais c'est fini cette vie. Terminé. De toute façon, Victor est pas du genre à ruminer le passé. Il parle jamais de sa famille, c'est parfait.

Avec lui je me sens plus jamais seule. Il est grand, beau et tellement sûr de lui. Il marche avec une canne à cause d'un accident de voiture quand il était petit, ça lui donne une classe folle. On dirait Joffrey de Peyrac dans Angélique, marquise des anges. *Un Joffrey blond. Il est plus vieux que moi. Je sais ce que les autres pensent, mais c'est pas du tout un père de substitution. Aucun rapport même. C'est comme s'il m'avait manqué toute ma vie sans que je le sache.*

Demain Victor sera mon mari et je serai sa femme.

Je l'ai connu sur la série Succube *y a deux ans. En général sur un tournage, quand une fille célibataire a le premier rôle féminin, ça lui permet de choisir entre le réalisateur et le producteur. Ça dure jamais très longtemps, souvent ça se termine quand on n'a plus de raisons de se voir tous les jours, mais ça fait partie des à-côtés sympas du métier. En tout cas c'est comme ça que je le vois. Tout ça pour dire que je m'attendais à tout sauf à tomber amoureuse. C'est drôle la vie des fois...*

J'aurais voulu que Boubie soit là, mais je la connais, elle aurait insisté pour que j'invite la Reine-Mère et c'est hors de question. Elle avait pas de place pour moi dans sa vie, y en aura pas pour elle dans la mienne. C'est moi qui ai toutes les cartes en main maintenant. Je vais lui montrer ce que c'est, une vraie famille.

Dimanche 7 avril

Les Olympiades, Paris 13e

Fennetaux se tenait debout devant les toilettes, attendant que la chasse d'eau finisse de se remplir pour la vider une nouvelle fois. Aucune matière organique ne devait stagner au fond de la cuvette, dût-elle actionner la chasse d'eau pendant dix minutes. Lavage de mains, application d'une crème norvégienne contre les crevasses sur les doigts, elle accomplissait ces gestes avec résignation. C'était la septième fois qu'elle se levait cette nuit. Il était près de 2 heures du matin, elle ne se rendormirait pas. Entre deux crises de spasmes abdominaux, sa courte nuit avait été hantée par le corps déchiqueté d'Ingrid. Qu'une jeune femme si belle puisse se figer dans sa mémoire sous la forme d'une charogne horrifiait la commandante. Elle voulait rendre son humanité à Ingrid, mais comment empêcher les images d'envahir son esprit ?

L'idée la frappa alors qu'elle passait devant son ordinateur portable. Évidemment ! Elle commença par faire bouillir de l'eau pour un thé et se connecta sur sa plateforme de VOD. En trois clics elle trouva ce qu'elle cherchait et accepta de débourser douze euros quatre-vingt-dix-neuf pour les six épisodes de la série *Succube*. Elle se servit son thé, emplit une bouillote pour son ventre avec le reste d'eau chaude et s'installa sur son petit canapé. L'interface de la plateforme VOD présentait brièvement la série en ces termes : « Dans un monde saturé de superstition, *Succube* retrace le parcours d'une femme trop désirable et trop ambitieuse pour ses contemporains. Concupiscence et obscurantisme se heurtent sans merci aux premières lueurs d'un esprit des Lumières qui ne dit pas encore son nom. La série est portée par le jeu d'une jeune comédienne inconnue qui ne devrait pas le rester longtemps. » Ingrid Damanne, car c'était elle dont il s'agissait, n'avait pas embrassé cette carrière d'actrice qu'on lui prédisait. Elle avait préféré épouser le producteur de la série. Qu'est-ce qui avait pu la pousser à faire un choix si anachronique ? Intriguée, Fennetaux lança le premier épisode.

Elle fut d'emblée plongée dans une esthétique historico-sensuelle qui lui rappela les clips de Mylène Farmer à la fin des années 80. Les costumes mélangeaient toges et corsets, les décors associaient des chaumières médiévales à des literies froufroutantes très Grand Siècle. Pourtant l'ensemble était cohérent dans la simplicité de sa proposition : tout était fait pour mettre en valeur le personnage incarné par Ingrid. Une jeune femme libre assoiffée de connaissances autant que de plaisirs sensuels. Son unique présence rendait tout le monde fou de désir, les femmes autant que les hommes, les clercs autant que les laïcs. En gros *Succube* dressait le portrait d'une sublime intello nymphomane au temps des châteaux-forts et de la peste noire. Fennetaux en était au dernier épisode quand les oiseaux sifflèrent l'approche de l'aube. Elle avait tout visionné avec un plaisir coupable. Pour tout dire, elle était même un peu émoustillée. Elle se demandait comment la série allait se finir. Ce qui apparut sur l'écran de son ordinateur portable presque déchargé lui glaça le sang. Et donna soudain une toute nouvelle perspective à son enquête.

Foyer des Récollets, Paris 10e

Benjamin était rentré vers 2 heures du matin. Léonie avait fait semblant de dormir. Elle n'avait pas eu le courage de lui annoncer la mort d'Ingrid. De sa sœur, il ne connaissait que le mal que Léonie lui en avait dit. Elle ne supportait pas l'idée de se faire réconforter par celui qui l'avait si souvent entendue se plaindre. Ce matin elle était partie en douce avant son réveil. Elle aurait été bien incapable de lui expliquer ce qu'elle allait faire, elle n'en était pas sûre elle-même.

Vingt minutes de trajet dans un métro désert (Gambetta-Gare de l'Est avec un changement à République) et elle était arrivée à destination. Elle suivait maintenant la directrice du foyer de l'Aide sociale à l'enfance en se demandant pourquoi elle était venue. Dans son esprit, « pouponnière » était l'appellation politiquement correcte d'« orphelinat ». Un cache-sexe sémantique qui ne pouvait empêcher les lieux de suinter la détresse. Elle se trompait. Une puéricultrice donnait le biberon à un bébé dans une salle de jeux éclatante de couleurs, plusieurs petits durs de dix-huit mois faisaient la course sur un parcours de motricité. Une agréable odeur de poulet rôti émanait des cuisines. On aurait pu se croire dans n'importe quelle crèche des beaux quartiers. À ceci près que les bébés ici ne rentraient pas chez eux le soir. Parce qu'ils n'avaient pas de parents, ou alors tellement déficients que la société avait jugé préférable de les en protéger. Le manque physique d'Ingrid frappa soudain Léonie par surprise. Elle était là parce que Ingrid était morte. Morte, pour toujours. Parce que Ingrid ne reviendrait jamais et ne pourrait donc pas élever sa fille.

– … soulagés que vous ayez appelé ce matin. Les bébés comprennent tout vous savez, et c'est toujours mieux si on peut compter sur des relais familiaux.

Léonie faillit entrer en collision avec la directrice.

– Pardon. Excusez-moi je…

La quinquagénaire, qui en avait vu d'autres, lui sourit avec indulgence et répéta doucement.

– Je vous disais que nous n'avions pas annoncé la triste nouvelle à votre nièce concernant sa maman et je me demandais si vous vouliez le faire vous-même. Dans tous les cas on s'adaptera à votre choix.

Léonie fut incapable de répondre.

– Vous pouvez décider sur le moment. Venez, sa chambre est juste là.

Les deux femmes arrivèrent au bout du couloir. La directrice ouvrit une porte et entra doucement. Après un instant d'hésitation, Léonie la suivit.

– Elle dort, murmura la directrice en lançant un sourire attendri vers le lit à barreaux.

Doucement, précautionneusement, Léonie s'approcha. L'enfant était emballée dans une espèce de sac de couchage en coton duveteux. Ses petits bras étaient relevés de part et d'autre de ses oreilles, comme si elle s'était endormie en jouant à « haut les mains ». Elle devait être en train de rêver car derrière ses paupières closes, ses pupilles dansaient la sarabande et sa bouche émettait des bruits de succion par intermittence. Le regard de Léonie passait du bébé endormi à la directrice au sourire doux et… oui c'est ça, *maternel*. Elle eut chaud soudain. L'air lui parut plus lourd. Elle prit une profonde inspiration et réalisa qu'elle ne voulait pas être ici. Toute cette situation était folle. Ingrid morte, ce bébé, elle au milieu de tout ça. Et sa mère en Écosse qui ne savait même pas qu'elle avait perdu sa fille aînée. Rien n'avait le moindre sens. Pourquoi était-elle venue ? Qu'est-ce qui l'avait poussée ? Le sens du devoir ou la curiosité ?

Son portable se mit à sonner. Léonie en profita pour sortir de la chambre en mimant à la directrice qu'elle s'éloignait à cause du bruit. Dans le couloir, mue par un sentiment de pure panique, elle tourna les talons et courut jusqu'à la sortie de l'établissement.

Sa vieille colère contre Ingrid refit brutalement surface. Une colère rance au goût de bile. Qui l'avait mise dans cette situation ? OK, elle était lâche, d'une lâcheté inqualifiable même, mais à cause de qui ? Léonie n'avait rien demandé à personne, pourquoi fallait-il qu'elle endosse le rôle de la méchante ? Elle ne voulait pas être cette fille-là. Elle ne voulait pas être ce monstre qui abandonne un bébé déjà orphelin. Putain Ingrid, c'est trop facile de mourir comme ça ! Hop t'es morte et tu laisses les autres gérer derrière toi ?!

Léonie se retrouva devant la gare de l'Est le cœur battant, en sueur. Elle s'efforça de dompter sa respiration pour retrouver son calme. Elle devait aller chercher sa mère à Roissy… Léonie prit son portable dans son sac pour vérifier l'heure et découvrit trois appels en absence d'un numéro inconnu. Il y avait un message, qu'elle écouta.

« Léonie, salut c'est Saskia. J'ai pas arrêté de penser à Ingrid et je… je suis pas sûre mais j'ai peut-être quelque chose à te montrer. Je sais pas si c'est important mais je… Écoute, je bouge pas de chez moi aujourd'hui, n'hésite pas si tu veux passer. »

Merde, Saskia non plus ne savait pas… L'avion de Laurence atterrissait dans deux heures. Léonie réfléchit un instant. Elle se sentait faible, frustrée, mais surtout elle avait conscience d'être complètement paumée. Malgré tout elle était vivante, ce qui n'était plus le cas de sa sœur. En dépit de ce qui les avait opposées, Léonie se dit qu'Ingrid méritait d'être pleurée par une amie. Elle chercha la bouche de métro la plus proche et s'enfonça dans les profondeurs.

Marché d'Aligre, Paris 12e

Saskia pleurait à grosses gouttes, le chagrin s'écoulait de son corps en mode geyser. Léonie lui en était reconnaissante, en quelque sorte ses larmes validaient l'existence d'Ingrid. Sa sœur l'avait lâchée au pire moment de leur histoire familiale, elle avait eu le culot de mourir comme une voleuse avant qu'elles se réconcilient, mais elle avait compté pour son amie. Bizarrement, le savoir mettait du baume sur le cœur sec et torturé de Léonie. Elle alla préparer une théière de cet affreux jus de poisson dans la cuisine et attendit dix minutes, laissant le thé infuser et Saskia dégorger. Quand elle revint dans le salon, Saskia était recroquevillée en boule à même le sol et répétait : « On ne s'est pas dit au revoir… On ne s'est pas dit au revoir… » Puis celle-ci réalisa à qui elle parlait et s'excusa, confuse.

– Pardon je suis trop conne, toi non plus t'as pas…

Léonie secoua la tête en lui souriant avec tristesse. Elle s'assit par terre à son tour, remerciant le ciel d'avoir mis un jean ce matin.

– Non, moi non plus. Toi au moins elle était sûre de votre amitié. Ça comptait beaucoup pour elle.

– Tu crois ? demanda Saskia avec avidité.

Et Léonie se rendit compte à quel point sa vie devait être solitaire. Elle en fut peinée, elle aimait bien Saskia.

– Je le sais.

Ce pieux mensonge (après tout qu'en savait-elle ?) arracha un dernier sanglot à Saskia. Elle hoqueta pendant un moment. Léonie la laissa se calmer avant de la relancer doucement.

– Tu disais que tu avais quelque chose pour moi ? Sur Ingrid…

– Oui. Attends je te montre.

Elle attrapa son ordinateur portable sur une étagère sans avoir à se lever tellement le studio était étroit, pianota sur le clavier et le tendit à Léonie.

– Ça te dit quelque chose ?

Léonie découvrit la page d'accueil d'un site Internet inconnu.

– C'est quoi ?

– Ça ne te dit rien ?

Léonie secoua la tête, perplexe.

– « Bâtir le futur aux sources du passé », lut elle, c'est vague comme expression, ça veut tout dire et rien dire. C'est quoi le rapport avec Ingrid ?

– Quand on s'est parlé l'autre jour, je me suis rappelé qu'elle avait pas mal traîné chez moi pendant que j'étais au boulot la dernière fois qu'on s'est vues, du coup je suis allée fouiller mon historique Internet. Je n'ai pas de mot de passe là-dessus, alors je me suis dit que ça valait le coup de vérifier. Je suis remontée jusqu'en juin et y a ce site. Si tu regardes, il a été consulté plusieurs fois le même jour, pile quand Ingrid était là. Tu es sûre que ça ne te dit rien ?

Léonie parcourut la page d'accueil en diagonale et secoua la tête.

– Un *chantier pédagogique* ? C'est quoi, une formation pour architectes ?

Saskia secoua la tête, elle n'en avait pas la moindre idée. Léonie ouvrit une autre page et lança « chantier pédagogique » sur Google. L'algorithme cracha dix-sept millions de réponses en moins d'une demi-seconde mais rien sur Wikipédia, aucune définition claire nulle part. Elle retourna sur le site. L'ergonomie était vieillotte, pas la moindre photo, et des rubriques aussi neutres que « nous contacter » avec une adresse mail et une adresse postale en Ardèche, « dates du prochain chantier » et « conditions d'admission » (plus ou moins toute personne majeure et motivée, mais par quoi ?). Un lien hypertexte renvoyait sur le secrétariat d'État à la Recherche. A priori le machin avait une caution scientifique, mais quant à savoir de quoi il retournait précisément… Léonie se demandait ce que sa sœur avait pu trouver d'assez intéressant là-dedans pour consulter le site plusieurs fois, quand elle ressentit une sensation désagréable dans la cuisse. Bizarre, elle n'avait pas ce genre de crampe en dehors de… Elle leva les yeux vers Saskia :

– On est quel jour ?

– Quoi ?

– Aujourd'hui, on est quel jour ?

– Dimanche, répondit Saskia avec circonspection.

– Ça je sais, mais la date ? On n'est pas le 7 ?

– Si, pourquoi ?

– Je… pour rien. Excuse-moi, je reviens.

Elle s'éclipsa dans la salle de bains, verrouilla la porte. Elle ne pouvait pas avoir une semaine d'avance. *Une semaine ?* Ses cycles étaient d'une régularité prussienne depuis sa puberté. Elle ouvrit son jean et constata que rien, absolument rien ne pouvait être considéré comme acquis dans ce bas monde. Peut-être le choc lié au décès d'Ingrid. Peut-être son corps avait-il mieux compris l'aspect irrémédiable de cette perte que son cerveau. Évidemment elle n'avait ni tampon ni serviette sur elle, et pourquoi en aurait-elle eu une semaine avant ses règles ? Le jean aux chevilles, elle sautilla vers le placard et l'ouvrit. Elle en scannait le contenu à la recherche de protections hygiéniques quand ses yeux tombèrent sur un stylo injecteur et une série de cartouches.

Merde, Saskia était malade ? Sur la cartouche médicale, le nom du produit contenait trop de syllabes pour être compréhensible. Léonie restait indécise, les fesses à l'air, quand une nouvelle crampe à la cuisse la rappela à l'ordre. « Bouge, ma fille », s'admonesta-t-elle. Il fallait qu'elle arrive à l'aéroport avant que sa mère ne saute dans un taxi. Sur une impulsion, Léonie attrapa son portable dans la poche de son jean, le mit sur silencieux et prit stylo et cartouches en photo.

Bastion, Paris 17ᵉ

Comme chaque dimanche, Fennetaux avait prévu d'assister à la messe de 8 heures mais son visionnage de *Succube* la laissait anxieuse et mal à l'aise. Voir Ingrid vivante l'avait bouleversée, sans compter que la fin de la série ouvrait une piste totalement inédite. Jour du Seigneur ou pas, elle avait convoqué le groupe de Sissoko à 10 heures. Pour dompter son impatience elle s'était replongée dans le dossier d'Enis Gantz.

Une série de photos judiciaires figurait en haut de la pile. Des portraits de face et de profil pris lors de ses interpellations à plusieurs années d'intervalle. Plus que la morgue affichée par le trentenaire, Fennetaux fut frappée par son magnétisme. Une attractivité puissante qui semblait s'exercer au corps défendant de Gantz. Visiblement, il n'avait aucune intention de séduire. La commandante tourna les pages du dossier. À mesure qu'elle en savait plus sur l'animal, elle comprenait la fébrilité de Tramu. Le pédigrée de Gantz aurait relancé la libido du plus blasé des flics. Opérant depuis peu sur le territoire français, il était dans les petits papiers d'Europol depuis près de dix ans. Il avait commencé dans le trafic de cigarettes de contrebande avant de se spécialiser en cybercriminalité. Dès 2011, il bloquait les réseaux informatiques d'hôpitaux contre rançon aux Pays-Bas, en Belgique et en Pologne. En 2015, il était en Turquie et vendait à prix d'or des gilets de sauvetage pourris aux migrants. Aujourd'hui il donnait dans le home-jacking, familles prises en otage à leur domicile. Il s'associait à des bandes différentes pour chaque affaire, avec une préférence pour les réseaux des Balkans, dont il était originaire. Il était tombé trois fois en dix ans, ce qui faisait peu comparé aux libertés qu'il prenait avec la loi partout où il passait. Tout cela parlait à Fennetaux d'un délinquant opportuniste, froid et solitaire. Et d'une montée en puissance continue dans la violence. À chaque étape, il allait un peu plus au contact de ses victimes. Mais ce qui intéressait le plus la commandante était l'aspect personnel de sa biographie.

Gantz entretenait une relation contrariée aux femmes. Trois d'entre elles avaient osé déposer plainte contre lui pour coups et blessures. Deux en Belgique et une en France, à Pézenas, cette année. À ce jour aucune plainte n'avait abouti. Les dossiers évoquaient tous un maniaque de la domination. Quand il jetait son dévolu sur une femme, Gantz ne souffrait aucune résistance, aucun frein à ses appétits. Gare à celle qui se rebellait.

Ingrid s'était-elle rebellée ? Fennetaux fixait leurs photos côte à côte sur son bureau. Ingrid et Gantz. Deux êtres à la beauté exceptionnelle, hors norme. La Belle et le Bad Boy. Était-ce cela qui les avait rapprochés ? Tous les choix de la jeune femme jusque-là avaient pourtant démontré qu'elle avait la tête fermement vissée sur les épaules. Mais elle avait porté l'enfant de Gantz, elle l'avait mise au monde et jusqu'à preuve du contraire elle semblait avoir eu l'intention de l'élever. Quelle relation ces deux-là avaient-ils bien pu entretenir ? Si leur histoire avait conduit Ingrid dans la forêt de Marly, cela impliquait que Gantz ait rencontré Ingrid au moins deux fois à dix mois d'intervalle : une première fois pour la baiser (qu'elle ait été consentante ou pas), la seconde fois pour la tuer. Étaient-ils restés en contact pendant ces dix mois ? Était-ce à cause de Gantz qu'Ingrid s'était volatilisée pendant la dernière année de sa vie ? Et si c'était le cas, avait-elle cherché à le suivre ou à lui échapper ?

Tizi la sortit de ses ruminations. Il apportait un gros sac de croissants. Sissoko arriva dans la foulée.

– On commence ? proposa Fennetaux. Ça fera venir Océane.

Les deux autres acquiescèrent.

– Procédons par ordre. Est-ce qu'on a les premières données de la scène de crime ?

Tizi vida son gobelet de café et se lança de sa voix fluette.

– Il est trop tôt pour savoir si la victime a été tuée à l'endroit où on a retrouvé son corps. Vivante ou morte, a priori elle a été amenée dans ce coin de forêt en voiture. La PTS a relevé plusieurs traces de pneus à moitié effacées donc plutôt anciennes et peu exploitables, mais on a un jeu d'empreintes prometteur.

Il avait apporté son ordinateur portable et tourna l'écran vers ses collègues pour qu'ils puissent voir la photo d'une trace de pneu bien visible dans la terre meuble de la forêt.

– La Scientifique a fait un moulage, et d'après leur base de données, la bande de roulement est spécifique à un vieux modèle Simca, la 1100. La marque en a produit plus de deux millions d'exemplaires, mais la bonne nouvelle c'est que la production s'est arrêtée en 1981, donc il ne doit plus rester beaucoup de véhicules en circulation.

– Un collectionneur ? hasarda Sissoko.

– En tout cas quelqu'un qui ne s'emmerde ni avec le contrôle technique, ni avec son assurance auto, parce que j'ai rien trouvé de ce côté-là. J'ai quand même lancé une recherche sur les propriétaires de ce modèle à partir du fichier des cartes grises, on verra si ça mord.

– Parfait, dit Fennetaux. C'est pas gagné mais c'est concret. Autre chose ?

– Pas encore non, je vous tiens au courant de toute façon.

Pile à cet instant, une Océane aux yeux brillants d'excitation fit son entrée dans le bureau.

– Désolée je suis en retard, je me suis laissé prendre par le rapport du labo sur l'appart des Batignolles. Quelqu'un l'a lu ?

– On l'a depuis hier matin, qu'est-ce qui te met dans cet état-là ? s'étonna Fennetaux.

– Ça, précisa Océane, et elle abattit deux pages imprimées sur le bureau. Le complément d'analyses qu'ils ont envoyé ce matin sur les affaires du bébé. On a dû attendre que la petite soit au foyer pour qu'on lui mette autre chose sur le dos avant d'envoyer ses frusques à la Scientifique. J'ai pu déposer ses affaires au labo que vendredi matin. C'est un truc de dingue, vous allez pas le croire…

Océane laissa planer un petit moment de suspense que Sissoko n'apprécia pas. On n'était pas à Koh-Lanta !

– Lieutenant, la rappela-t-il à l'ordre.

– OK. Ses affaires datent du Moyen Âge.

Absence totale de réaction en face.

– Hey, vous m'avez entendue ? La gosse était sapée comme dans *Les Visiteurs* !

– Elle n'avait aucun vêtement, se souvint Fennetaux, elle était ficelée dans un lange comme un gigot.

– Des fringues, des langes, on s'en fout. La petite était en total look médiéval.

– Attends, les langes *datent* du Moyen Âge ? demanda Tizi. Ils ont genre plus de mille ans ?

– Non. Les affaires sont, je cite le labo, « de confection contemporaine ». Mais les fibres de coton, la teinture, la façon dont les machins ont été cousus, tout a été fait exactement selon les modes de fabrication des Xe-XIIe siècles. Les gars avaient jamais vu ça, ils ont dû appeler un expert textile pour confirmer. D'après lui, c'est tellement éloigné des processus de production d'aujourd'hui que ça peut pas être un hasard. C'était forcément intentionnel.

– Une démarche écolo un peu radicale ? proposa Sissoko.

– Ça serait cohérent avec les couches lavables et l'allaitement, réfléchit Fennetaux.

– Bien radicale alors, la démarche. Les affaires sont pas passées dans une boutique ou un circuit commercial. Y avait pas d'apprêt sur les fibres, aucune trace de plastique d'emballage, c'est de la filière courte de chez courte. Direct du producteur au consommateur.

Chacun réfléchissait aux implications de cette découverte. Tizi dégaina le premier.

– Et une secte ? Des gars qui vivent comme si on était toujours au temps des châteaux forts…

– Ça expliquerait la disparition d'Ingrid depuis un an, acquiesça Sissoko.

– Attendez, je croyais que, quand on entend un bruit de sabots, fallait penser au cheval avant d'envisager un zèbre…

– C'est-à-dire ? demanda Fennetaux.

– Je sais pas, Ingrid Sicard, le Moyen Âge… Avant d'imaginer des tarés en cosplay, y a quand même un lien plus direct, non ?

– Lequel ?

– Ben, sa mère.

Fennetaux lui lança un regard perçant. Janvier venait de gagner un bon point.

– Tu crois que Laurence Damanne pourrait être liée au meurtre de sa fille ?

– À sa mort, j'en sais rien, mais c'est quand même gros que sa petite-fille soit emmaillotée à la mode médiévale alors qu'elle est genre LA spécialiste en France de cette période. Elle sait peut-être d'où viennent les langes. En tout cas ça vaut la peine de lui demander.

– OK, tu t'en occupes. On ne lui a rien dit encore, sa fille cadette préférait lui annoncer la nouvelle elle-même. Elle rentre d'Écosse vers midi, tu vérifies l'aéroport et tu la cueilles. Et, Océane…

Janvier se retourna vers sa cheffe.

– Tout en douceur, précisa cette dernière.

Vêtue de cuir des pieds à la tête, Océane lui renvoya un regard outré. Douter de sa sensibilité ? Elle préféra ne pas répondre et ouvrit la porte du bureau, quand Fennetaux la retint.

– Deux secondes, s'il te plaît. J'aimerais vous parler de quelque chose que j'ai vu cette nuit.

Trois paires d'yeux intrigués se braquèrent sur elle.

– J'ai regardé *Succube*, la série produite par Victor Sicard en 2006. Ingrid incarne le rôle principal, c'est comme ça qu'ils se sont rencontrés.

– La série de cul ? s'amusa Océane.

– Figure-toi que c'était très instructif, éluda sa cheffe. Surtout la fin.

– Pourquoi ?

– L'héroïne se réfugie dans une forêt pour fuir des hommes qu'elle a passé six épisodes à chauffer, soit dit en passant. Elle demande à l'esprit de la nature de la protéger. Les branches et les racines d'un grand chêne se mettent alors à bouger et se nouent autour de ses bras et de ses jambes. Une fois que la femme est immobilisée, elle se demande si la nature ne l'a pas piégée pour la livrer aux hommes à ses trousses, mais non. Des animaux sauvages débarquent et la dévorent vivante.

– *No way*, souffla Océane, médusée.

Le front plissé, Tizi tentait d'enregistrer ces nouvelles données.

– Ingrid a été tuée comme son personnage dans la série ? demanda-t-il.

– Je ne suis pas certaine pour le chêne qui bouge tout seul, mais la forêt, le corps entravé et les animaux carnivores, ça fait beaucoup de points communs dans la mise en scène.

– Le nom du scénariste ? demanda Sissoko.

Fennetaux lui sourit. Il mettait toujours dans le mille.

– C'est là que ça devient très intéressant. L'idée originale vient du producteur lui-même. Je suis allée rechercher les interviews au moment du lancement de la série et à chaque fois c'est lui qui revendique la paternité de l'histoire. Il aurait imaginé ça à partir d'une vieille légende de son enfance.

– Sympa la légende, ne put s'empêcher de relever Océane.

– Tu préfères Barbe-Bleue ? s'amusa Tizi.

– Ouais dans le genre, je sais pas... Mais du coup, c'est quoi l'idée ? Sicard zigouille sa femme exactement comme dans sa série ? C'est pas un peu incriminant comme façon de faire ?

– Dans mon souvenir c'est exactement comme ça que Sharon Stone s'en sort dans *Basic Instinct*, répliqua Tizi.

– Et je suis certaine que la juge d'instruction sera sensible à notre culture ciné. On a quoi de concret sur le mari ?

– Son alibi est confirmé, il a passé la soirée de mardi avec sa mère. Sur le plan légal, le type est parfaitement clean. Mais j'ai noté qu'il a fait valoriser sa boîte par deux gros cabinets comptables cette année. Ça peut vouloir dire…

– Qu'il cherche à vendre, enchaîna Fennetaux.

– Ce ne serait pas le premier à se débarrasser de sa femme pour éviter de lui laisser la moitié de ses avoirs. Surtout s'ils ne vivaient déjà plus ensemble, ça fait cher le divorce.

– On parle de combien ?

– C'est pas Jeff Bezos, mais c'est pas négligeable non plus. Ingrid est toujours officiellement employée de la société, même si j'ai l'impression qu'elle n'y a jamais vraiment bossé, mais surtout ils sont mariés sous le régime de la communauté. Si on estime que la plus grande partie de sa carrière à lui a été faite pendant leur mariage, elle aurait pu récupérer jusqu'à deux millions d'euros.

– Joli mobile, apprécia Fennetaux. Bravo chaton ! Tu continues à creuser dans cette direction.

Tizi baissa la tête avec humilité, mais pas assez vite. Elle l'aperçut rougir de plaisir jusqu'aux oreilles.

– Vas-y, lui c'est « chaton » pour deux pauvres infos sur le mari. Et moi ? geignit Océane mi-caustique mi-sérieuse.

– Toi tu es une punaise, répliqua Fennetaux. File à l'aéroport si tu ne veux pas louper Laurence Damanne.

Les missions étaient réparties. Tout le monde se leva. Océane et Tizi quittèrent le bureau. Fennetaux se tourna vers Sissoko, un sourire presque tendre sur les lèvres.

– C'est vraiment un bon groupe, le félicita-t-elle.

– Ils font leur boulot.

Et dans la bouche du capitaine, c'était déjà un énorme compliment.

Voyant qu'il s'attardait encore dans son bureau, Fennetaux leva vers lui un regard interrogatif.

– Il y a autre chose dont tu voulais parler ?

Parfaitement impassible, Sissoko lâcha :

– Je crois que je sais comment harponner Enis Gantz.

Roissy-en-France

Le RER B avait été rapide comme l'éclair et Léonie avait un petit quart d'heure à tuer avant que l'avion de sa mère n'atterrisse. Calée dans un fauteuil du hall des arrivées, elle tripotait son portable, nerveuse. Elle constata que Benjamin lui avait laissé quatre messages depuis son réveil. Ça commençait par : « T partie chercher le petit déj à la boulangerie ? » Suivaient : « T où amour ? » puis « Tu fais la gueule ? » pour finir par un « Je vais courir » lapidaire. Lâchement, Léonie n'avait répondu à aucun.

Ben était son soleil, l'astre autour duquel sa vie gravitait depuis cinq ans. Elle ne s'expliquait pas pourquoi elle lui infligeait ce silence depuis la veille. Il ne demandait qu'à l'aider, à l'aimer. Mais peut-être était-ce justement cet amour qu'elle devait mettre à distance. Elle sentait qu'elle devait s'envelopper d'une lourde armure pour affronter ce qui l'attendait. Des couches et des couches de protection psychique. Elle n'était pas encore dans la douleur du deuil, elle ne ressentait pas le chagrin de la perte mais elle anticipait les coups qui allaient forcément pleuvoir. Comme un boxeur sur le ring, elle contractait les abdominaux en voyant le poing de son adversaire se rapprocher de son ventre. Elle avait besoin de dureté, d'intransigeance, et Benjamin incarnait tout le contraire. Son amour pour elle était un mélange d'adoration, de bienveillance et d'inquiétude. Dans l'état où elle se trouvait actuellement, Léonie ne pouvait gérer aucun des trois.

D'un autre côté, elle se reprochait de ne pas être capable de prendre sur elle. Léonie détestait savoir que Benjamin s'angoissait à cause d'elle. A minima, elle lui devait une explication... Le problème quand on est psy c'est qu'on a beau comprendre avec discernement ce qui nous traverse, on n'est pas mieux armé que les autres pour gérer nos affects. On se sent juste minable avec plus de lucidité.

Pour se changer les idées, elle lança une recherche Internet sur les produits trouvés dans le placard de Saskia. Go-na-do-tro-phi-nes. Google lui apprit qu'il s'agissait d'hormones servant à stimuler l'ovulation des femmes dans le cadre d'une difficulté à concevoir. Saskia cherchait activement à faire un enfant. Évidemment, elle n'avait aucune raison de partager ce genre de projet avec la petite sœur de son amie d'enfance, mais Léonie trouva la coïncidence étrange. Ingrid assassinée laissant un nourrisson orphelin, et Saskia, célibataire de trente-cinq ans qui se gave d'hormones pour en avoir un bien à elle... Léonie sentit son rythme cardiaque s'accélérer. Saskia prétendait ne pas avoir revu sa sœur depuis le mois de juin, mais rien ne le prouvait. Et si ce désir d'enfant avait viré à l'obsession chez elle ? Et si Ingrid était venue exhiber sa jolie petite fille chez sa meilleure amie juste au moment où sa dernière FIV avait échoué ? Léonie se demanda si elle devait prévenir la policière en charge de l'enquête. Mais dénoncer Saskia...

*Hôtel Lutetia, Paris 6e*

Zoé reposa le téléphone fixe sur la commode en bois de rose. Victor était en train de monter dans sa suite. Elle allait devoir s'expliquer. Comment avait-il su ? Elle était certaine d'avoir effacé toutes les traces de son passage la veille. La main tremblante, elle se servit un grand verre d'eau plate et se força à le boire lentement.

Elle se tenait prête à lui ouvrir mais n'eut pas à le faire. Apparemment le fait de payer la suite donnait le droit d'en avoir une clé magnétique. Déconcertée, Zoé manqua de renverser son verre en le posant sur la table basse. Victor l'observa d'un air mauvais et elle se sentit obligée de se justifier.

– C'est de l'eau, lâcha-t-elle d'une voix faible.

Il haussa les épaules et attaqua bille en tête.

– Tu m'expliques ta petite opération commando d'hier ?

Elle tenta de nier.

– De quoi tu…

– Je t'ai vue, la coupa-t-il, furieux. Tu imagines quoi ? J'ai des caméras de surveillance partout chez moi. De quel droit tu t'es permis d'entrer ? De toucher à mes affaires, de… de me toucher… moi !

Zoé sentit une migraine monter et se massa les tempes de ses doigts maigres.

– Arrête, s'il te plaît arrête de crier. Je ne t'ai rien fait, je… je ne voulais pas qu'on puisse te voir… dans cet état.

– Qui ? Qui pouvait me voir à part une fouineuse comme toi ? C'est quoi ton plan, tu débarques après plus de vingt ans, dégoulinante de pardon, tu crois que ça te redonne le droit de contrôler ma vie ?

– Pas du tout…

Victor eut un petit rire sinistre.

– T'as apprécié le spectacle au moins ? Tu te demandes d'où ça vient, avoue. C'est peut-être ta faute après tout. Tu m'as élevé toute seule. Tu m'as gardé rien que pour toi. Tu disais que j'étais ton trésor. Ton trésor, mon cul ! Tu m'as foutu dehors ! À la première déception tu m'as rayé de ta vie. Y a de quoi détraquer un gosse, tu crois pas ?

Zoé sentait son cœur s'affoler et s'efforçait d'en ralentir les battements. Il fallait qu'elle reste concentrée sur son objectif. Se réconcilier avec lui avant de mourir. Le contraire serait insupportable, pas tant pour elle qui ne serait plus là pour en souffrir, mais pour lui. Derrière l'homme d'âge mûr éructant de rage, elle voyait le petit garçon, son petit garçon. Victor avait toujours été agressif quand il se sentait vulnérable. Il répondait à la peur par la colère. Et il savait frapper exactement là où ça faisait mal. D'une voix faible, elle tenta encore de s'expliquer.

– Tu étais ivre mort Victor. J'avais peur que tu vomisses et que tu t'étouffes. J'avais peur qu'il t'arrive quelque chose.

Une lumière mauvaise s'alluma dans les yeux de son fils.

– Oh mais il m'est arrivé quelque chose, figure-toi. J'ai reçu la visite des flics hier soir. Tiens-toi bien, tu vas adorer : ils ont retrouvé le corps de ma femme. Elle est morte. Ma femme a été tuée. Ça tombe plutôt pas mal. Tu reviens comme une fleur et à peine six mois plus tard je suis veuf. Le petit Vic tout disponible pour maman.

La détresse dans les yeux de son fils… Zoé porta doucement les mains sur son cœur. Une sensation de chaleur envahit sa poitrine. Son cœur battait vite, beaucoup trop vite, ou alors c'était son sang qui pulsait dans ses veines, elle ne savait plus. Ses yeux se révulsèrent, ne laissant apparaître que le blanc. La dernière chose qu'elle ressentit fut la douceur de la moquette quand son corps maigre s'écroula sans bruit.

Roissy-en-France

Laurence sortit parmi les premiers passagers du vol Édimbourg-Paris. Elle marchait à vive allure en traînant sa valise cabine à roulettes, le regard cherchant déjà la sortie des taxis. En la voyant si droite, si solide, Léonie sentit tout son être se ramollir. Soudain elle avait quatre ans, elle avait besoin d'un câlin.

Sans réfléchir elle se précipita vers sa mère et franchit la frontière tacite qui avait toujours existé entre elles. La frontière du corps. Laurence ignorait que sa fille était venue la chercher. Elle la vit surgir de nulle part et se jeter dans ses bras. Bouleversée, avide de tendresse, Léonie frottait son nez dans le cou maternel alors que les larmes qu'elle retenait depuis la veille sortaient enfin. Des larmes chaudes qui s'étalèrent sur le trench de Laurence, formant une tache sombre qui s'étendait, qui s'étendait.

Laurence se figea. Il lui fallut une seconde pour comprendre ce qui se passait. Que cette masse compacte venue se jeter sur elle était sa propre fille et qu'elle était bouleversée. Elle mobilisa toute sa volonté pour ne pas reculer. Elle se tint droite, stoïque, laissant Léonie pleurer et morver tout son soûl contre son épaule, mais l'enlacer était au-dessus de ses forces. Au beau milieu du hall des arrivées, les deux femmes formaient une étrange statue bicéphale, la petite ronde blottie contre la grande mince dont les bras restés ouverts semblaient implorer le ciel. Léonie hoquetait sans la moindre pudeur. Un jeune homme qui consultait son téléphone les heurta, offrant à Laurence l'occasion de mettre un terme à cette pénible étreinte. Elle recula d'un pas. Un tout petit pas, qui suffit à Léonie pour reprendre ses esprits. Du moins, c'est ce que crut Laurence.

En réalité elle venait de réaliser, choquée, que sa mère ne l'avait pas *touchée*. Elle en avait été physiquement incapable. Avait-elle déjà eu ce genre de blocage avant ? Léonie ne s'en souvenait pas. Mais en réfléchissant, elle ne se souvenait pas non plus d'embrassades ni de moments de tendresse avec Laurence. Comment se faisait-il qu'elle ne l'ait jamais remarqué ? Leur mère était-elle aussi distante avec Ingrid ? Ingrid… La pensée frappa Léonie comme une flèche en plein cœur. Elle n'avait jamais réalisé la frigidité affective de sa mère parce qu'elle n'en avait jamais souffert. Elle n'en avait jamais souffert parce que entre sa mère et elle, il y avait toujours eu quelqu'un pour faire tampon, pour absorber le choc. Elle se revit à sept ans la nuit, réveillée par un cauchemar. Elle sortait de son lit, tremblant de peur et de froid, et rejoignait la chambre de sa sœur. Machinalement elle se glissait sous la couette et venait coller son petit corps contre celui d'Ingrid. Tout aussi machinalement, Ingrid enlaçait Léonie dans un demi-sommeil et réchauffait entre ses mollets tout chauds les petits pieds glacés. Elles étaient toutes les deux conditionnées. Léonie à chercher chaleur et sécurité chez sa sœur, Ingrid à satisfaire ces besoins.

En une fraction de seconde, Léonie prit conscience d'une dimension fondamentale de sa propre enfance. Elle l'avait totalement occultée, et trois années de psychanalyse sans compter les kilos de bouquins qu'elle avait lus ne lui avaient même pas laissé entrevoir cette réalité… C'était pour ça, Léonie le comprit dans un éclair, que le départ d'Ingrid l'avait fait si cruellement souffrir. C'était pour ça qu'elle n'avait jamais pu lui pardonner sa fuite. En quittant la maison, Ingrid ne la privait pas seulement de sa sœur, elle lui enlevait aussi (et peut-être surtout) la chaleur maternelle dont elle avait tellement besoin pour grandir.

Léonie s'écarta de sa mère, bombardée par des sentiments contradictoires. Elle avait honte de s'être donnée en spectacle. Surtout, elle n'était plus certaine de comprendre ce qui la liait à Laurence. L'amour de sa mère qu'elle avait toujours tenu pour acquis n'était-il qu'une projection de son esprit ?

– Pardon, je… Excuse-moi, ne put-elle s'empêcher de bafouiller.
– Qu'est-ce qu'il t'arrive chérie ? Qu'est-ce que tu fais là ?
– C'est Ingrid.

Dix minutes plus tard, elles progressaient dans la file des taxis pour Paris. Léonie était parvenue à retenir ses larmes mais n'avait pu empêcher sa voix de monter dans les aigus. Laurence, quant à elle, était d'une impassibilité glaçante. Aucune veine n'avait palpité sur son visage, aucun muscle n'avait tressailli. Un bloc de marbre. Léonie ne pouvait s'empêcher de scruter sa mère, interprétant son attitude à l'aune de sa récente prise de conscience. Elle se rappela soudain qu'elle avait quelque chose à lui demander en rapport avec Ingrid.

– Tu te rappelles Saskia ?
– L'amie d'Ingrid ?
– Je l'ai revue. Je reviens de chez elle en fait. Elle m'a montré un site Internet. Apparemment Ingrid s'y intéressait mais on n'a pas compris ce que c'était. Un chantier pédagogique. Tu en as déjà entendu parler ?

Laurence fronçait les sourcils, quand une jeune femme qu'en son for intérieur elle qualifia de « mauvais genre » arriva à sa hauteur en courant.

– Putain de circulation de merde ! Laurence Damanne ?

Laurence leva un sourcil circonspect. La femme lui brandit une plaque de police sous le nez.

– Lieutenant Janvier, police judiciaire. Vous auriez un moment à m'accorder ?

Sans attendre de réponse, elle souleva la sangle balisant la file d'attente pour que Laurence puisse s'en extraire.

– On n'en aura pas pour longtemps, j'ai quelques questions à vous poser dans le cadre de l'enquête sur la mort de votre fille.

Je vous présente toutes mes condoléances d'ailleurs, précisa-t-elle sur un ton neutre qui contredisait ses propos.

Laurence la rejoignit. Léonie s'avança à son tour mais la flic rabattit prestement la sangle sur son nez.

– Seule. C'est la procédure, je suis sûre que vous comprenez.

Léonie resta pantoise, observant sa mère et la policière qui s'étaient isolées au coin d'une des grandes portes vitrées de l'aérogare. Leur échange avait l'air courtois. Elles auraient pu parler cuisine ou météo, aucune ne paraissait affectée par la discussion. Léonie, qui une heure plus tôt se reprochait sa propre insensibilité envers sa sœur, en eut le cœur serré. Des larmes lui brûlèrent les yeux. Elle détourna la tête, essayant de se maîtriser. Son portable se mit à vibrer dans sa poche. Elle vit le nom de Benjamin apparaître sur l'écran et sut que si elle décrochait, si elle entendait sa voix inquiète et aimante au bout du fil, elle serait incapable de contenir son chagrin. Merde, elle avait plus de trente ans. Elle était une psy qualifiée, elle était censée faire preuve de décence en public. Son visage se durcit. Elle coupa l'appel. Ses larmes refluèrent d'un coup.

Saint-Blaise, Paris 20ᵉ

Léonie montait les escaliers avec l'enthousiasme d'un condamné rejoignant l'échafaud. La conversation entre sa mère et le lieutenant s'était éternisée tandis que la queue pour les taxis diminuait et elle s'était retrouvée, presque à son corps défendant, à bord d'une vieille Mercedes où un désodorisant floral peinait à masquer les remugles de clope froide. Trois quarts d'heure des *Grandes Gueules du sport* plus tard, sa frustration s'était transformée en colère. Arrivée devant l'appartement, elle était d'une humeur de dogue. Elle avait à peine mis la clé dans la serrure que Benjamin ouvrait la porte, le regard halluciné. Il était blanc comme un bidet.

Il regarda l'iPhone calé contre son épaule comme s'il était apparu là tout seul, puis s'en empara et déclara à son interlocuteur :

– Laissez tomber, elle est là... Oui, elle vient de rentrer. Merci de votre aide.

Il raccrocha. Il raccrocha mais ne dit rien.

Léonie eut soudain l'impression d'être une ado rentrant d'une virée nocturne pour découvrir ses parents en deuil, persuadés que leur fille avait été éviscérée par un rôdeur. Sa colère disparut subitement, remplacée par un sentiment beaucoup moins confortable. Benjamin, son Benjamin d'amour était au bord de l'évanouissement et il trouvait encore le moyen d'être poli et aimable avec le policier ou l'agent hospitalier qu'il avait au bout du fil. Elle comprit qu'il avait passé la matinée au téléphone pour la chercher pendant qu'elle pestait contre sa prévenance « un peu envahissante ». Avec une clairvoyance insupportable, elle vit les pensées de Benjamin défiler dans son cerveau. Le soulagement, elle était vivante. L'incompréhension, pourquoi ne l'avait-elle pas appelé, elle devait bien se douter qu'il s'inquiéterait. La rage, putain il était vraiment trop con de s'être mis dans un état pareil pour rien.

Le silence s'éternisait entre eux. Leur premier silence de mort en cinq ans.

– L'hôpital ou la police ? demanda finalement Léonie en désignant le téléphone de Benjamin, d'une voix aussi calme que possible.

– C'était la morgue.

Un poignard glacé s'enfonça dans le sternum de Léonie. Sans un mot, Benjamin attrapa son perf, une paire de clés et claqua la porte. Elle avait merdé dans les grandes largeurs.

Il rentra pendant la pub qui permet de zapper entre « Soixante-six minutes » et « Sept à huit ». Une boîte de Xanax 0,50 et une bouteille de Desperados contenant quinze grammes de sucre étaient alignées sur la table basse. En pénitence, Léonie n'avait touché à rien. Elle n'avait rien mangé de la journée non plus. Elle éteignit la télé et attendit sa mise à mort. Benjamin se contenta de s'asseoir face à elle sur le fauteuil. Il avait meilleure mine.

– Tu m'expliques ?

– Ingrid est morte.

– Laurence m'a dit.

– Tu as appelé ma mère ?

– Vingt fois depuis ce matin. J'ai fini par l'avoir il y a une heure. J'ai l'impression qu'elle avait bu mais je me fais peut-être des idées.

– Pour ça, il faudrait qu'elle ait un cœur qui saigne d'avoir perdu sa fille.

– OK… Ta mère a perdu des points ?

Léonie soupira. Son cœur à elle débordait d'amour pour Benjamin. Elle se faisait violence pour s'empêcher de s'agripper à lui. Elle voulait caler son nez au creux de son cou, sniffer son odeur à s'en étourdir, mais s'il préférait parler, ils parleraient. Elle était prête à tout pour se faire pardonner.

– Tu le sais depuis quand ?

Nouveau coup de poignard.

– Hier soir, avoua-t-elle. Juste après ton départ. Les flics sont passés ici.

Il hocha la tête sans autre commentaire. Benjamin était un seigneur.

– Si seulement on connaissait une bonne psy pour nous débrouiller toute cette merde…, lâcha-t-il.

Elle eut un petit rire qui se coinça dans sa gorge.

– Les psys qui se regardent le nombril, c'est insupportable, plaida-t-elle.

– Je suis très, très résistant.

Elle soupira, tentant de mettre de l'ordre dans le lave-linge en mode essorage qu'était son cerveau depuis la veille.

– Je n'arrive pas à me sortir Ingrid de la tête, lâcha-t-elle enfin. Je pense à elle tout le temps. Des fois je la déteste, des fois je la plains, je passe de la colère au chagrin et surtout je me sens nulle. Genre, vraiment nulle.

Benjamin se contenta d'acquiescer, attendant la suite.

– Le truc c'est que, si on est honnête, tu ne la connaissais pas, enfin je veux dire, tout ce que tu sais d'elle c'est ce que je t'ai raconté et…

– Et tu culpabilises d'avoir dit du mal d'elle maintenant qu'elle est morte.

Léonie monta les mains au niveau de ses épaules, paumes vers le haut, symbole international du mot « voilà ».

– Je comprends que tu aies du mal à me parler en ce moment. Mais ça n'excuse pas la journée que tu viens de me faire passer.

– Je suis tellement déso…

– Je sais amour.

Léonie fondit sur le canapé. Il l'avait appelée « amour ».

– À côté de ce que tu traverses, je peux comprendre que mes petites angoisses du quotidien te passent au-dessus de la tête. Sérieusement, j'aurais pas dû te bombarder de messages toute la journée.

Léonie ouvrit la bouche pour répliquer. C'est elle qui avait déconné. Ce n'était pas à lui de s'excuser. Une ébauche de pensée coupa son élan et la laissa littéralement bouche bée. Benjamin lui lança un regard interrogatif. Instinctivement, elle baissa les yeux. Elle ne voulait pas le faire souffrir mais elle lui devait la vérité. Comment dire à l'homme qu'on aime que son amour vous affaiblit, qu'il émousse votre carapace quand vous avez besoin d'être aussi tranchante que la lame d'un couteau ?

S'armant de courage, Léonie ancra ses yeux dans ceux de Benjamin.

– Je ne sais pas si tu vas comprendre ça aussi, mais je crois que j'ai besoin d'un peu d'air, avoua-t-elle.

Lundi 8 avril

Bastion, Paris 17ᵉ

Huit heures du matin. Fennetaux et ses hommes avaient passé la journée du dimanche et une bonne partie de la nuit à mettre en place le dispositif. Il avait fallu obtenir les autorisations de la juge d'instruction et de la hiérarchie sans alerter Tramu, qui devait rester en dehors du coup. Dieu merci, c'était plus facile un dimanche… Fennetaux n'avait aucune intention d'impliquer la BRB dans sa traque. Gantz était son suspect principal, elle estimait qu'elle n'avait de comptes à rendre à personne d'autre que son divisionnaire et sa conscience.

Sissoko, béni soit son nom, avait repéré le nom d'une vieille connaissance en épluchant le dossier de Gantz. Au début des années 2000 Zlatan Brozovic avait été un des premiers proxénètes des Balkans à importer des filles de l'Est sur les trottoirs parisiens. Les trottoirs n'ayant pas été élargis pour lui faire de la place, il avait dû éliminer les réseaux concurrents afin d'imposer ses propres filles. Brozovic avait l'intelligence de ses intérêts et il avait vite compris le parti qu'il pouvait tirer d'une collaboration maîtrisée avec la maréchaussée. Autant déléguer le sale boulot aux flics.

Sissoko, jeune lieutenant à la Mondaine, était le bleu chargé d'exploiter les infos de Brozovic tout en lui donnant le moins possible en retour. C'était l'époque d'avant le Bureau central des sources, avant que les officiers de police judiciaire soient obligés de déclarer l'identité de leurs indics. Une époque où vos collègues n'avaient aucun moyen de connaître vos liens avec le milieu. Il n'existait de trace nulle part de la connexion entre Sissoko et Brozovic, il était donc hautement improbable que Tramu et ses hommes l'apprennent.

Et qui s'était retrouvé incarcéré à la maison d'arrêt de Carcassonne en 2017 en même temps que Gantz ? Alors certes, ils ne partageaient pas la même cellule, mais Sissoko maîtrisait assez bien les usages du milieu carcéral pour imaginer que deux détenus issus des Balkans avaient tout intérêt à se serrer les coudes.

Retrouver Brozovic avait demandé pas mal d'efforts à Tizi. Le convaincre de reprendre contact avec Gantz et de le balancer aux flics n'avait en revanche été qu'une formalité. Sissoko connaissait le logiciel du gars et savait parfaitement sur quels boutons appuyer pour obtenir sa coopération. Gantz avait peut-être aidé Brozovic à assurer sa sécurité en détention, mais cette solidarité ne dépassait pas les portes de la maison d'arrêt. Respecter sa parole envers son ancien codétenu ne pouvait plus rien lui rapporter aujourd'hui, alors qu'il pouvait le vendre à prix d'or...

Fennetaux raccrocha son téléphone fixe et hocha la tête en réponse à la question muette de Sissoko. Le divisionnaire venait de valider le marché qu'ils entendaient passer avec l'ancien proxénète. D'après son agent de probation, Brozovic respectait strictement les termes de sa conditionnelle. Il avait développé une nouvelle passion pour la brocante et vivait de transactions parfaitement légales avec plusieurs marchands des puces de Saint-Ouen. Malgré tout, il s'avérait qu'une de ses « cousines » était en délicatesse avec les autorités. Une Albanaise, la pauvre, à qui on demandait de justifier sa présence en France au-delà de l'expiration de son visa touristique et qui, en plus, se traînait un dossier substantiel pour racolage sur la voie publique. Ça voulait dire que deux administrations différentes étaient concernées, donc qu'à terme il faudrait renvoyer deux ascenseurs. Mais Fennetaux avait obtenu gain de cause auprès du divisionnaire.

Sissoko lança un rapide coup d'œil à sa montre.

– On a cinq heures.

– Tu es sûr de ton gars ?

– Je suis sûr que c'est une raclure.

Fennetaux ferma les yeux. Compromission, j'écris ton nom… Elle se signa mentalement trois fois et se promit de vérifier ce soir dans sa bible. En fouillant bien, elle trouverait sûrement une parabole sur la fin qui justifie les moyens. Dans l'Ancien Testament peut-être. Le Dieu vengeur des Hébreux avait ses avantages.

Gennevilliers

Sissoko toisait Brozovic sans cacher son mépris. Le temps n'avait pas été tendre avec le proxo. Il avait la cinquantaine à présent, et son ventre avait poussé à mesure que ses cheveux étaient tombés. Il entretenait le peu qui lui restait en longueurs filasses autour de ses oreilles et au-dessus de sa nuque, ça faisait comme un Francis Lalanne avec une grosse pelade. Ses yeux noirs lançaient des regards inquiets autour de lui.

– Tu me jures que c'est *safe* ?

– On a des hommes dans les chambres de chaque côté de la tienne et à toutes les entrées du bâtiment. Personne ne peut entrer sans qu'on le sache. Ni sortir, précisa Sissoko avec un regard menaçant.

Brozovic acquiesça sans paraître beaucoup plus rassuré.

– Tu dois beaucoup y tenir à ta cousine pour avoir accepté le marché.

– La famille, tu sais ce que c'est…

Sissoko leva les yeux au ciel mais ne dit rien. Les deux hommes venaient d'entrer dans un hôtel coincé entre un rond-point de l'A15 et la gare de Gennevilliers. Un endroit public, en pleine journée. C'est Gantz qui avait choisi le lieu du rendez-vous avec Brozovic, Fennetaux voulait qu'il se sente en confiance. Le taulier leur avait attribué cinq hommes, ce qui portait à neuf l'effectif de l'équipe. Ils n'avaient pas eu besoin de sonoriser les lieux. Tout ce qu'il fallait maintenant c'est que Gantz entre gentiment dans la souricière et se laisse serrer. Son codétenu l'avait attiré en lui parlant d'un nouveau fourgue susceptible de lui racheter le butin de ses saucissonnages à bon prix.

Sissoko ouvrit la porte d'une chambre au rez-de-chaussée et fit entrer Brozovic avant lui. Ce dernier restait dans l'entrée de la pièce, hésitant. Il leva les yeux vers Sissoko qui le dominait d'une bonne tête et demanda, le plus dignement qu'il put :

– Tu restes là ?

Sissoko fit un tour complet de la chambre sans répondre, puis entra dans la salle de bains dont il poussa la porte mais sans la refermer. Janvier était dans la chambre de droite avec un brigadier, Tizi dans celle de gauche avec un autre. Fennetaux était planquée derrière la réception. Il l'entendait soupirer dans son oreillette. Il sourit. Sa cheffe avait horreur d'attendre et ils avaient encore une bonne heure devant eux…

Un quart d'heure après l'horaire convenu du rendez-vous, Fennetaux était certaine qu'ils s'étaient fait enfler. Puis tout s'accéléra d'un coup. Elle reçut le message d'un OPJ en faction devant l'hôtel signalant « cible en vue ». Son corps se tendit instantanément, un chien de chasse juste avant l'hallali.

Un homme mince de taille légèrement plus haute que la moyenne entra dans l'hôtel, casquette vissée sur la tête. Sa tenue passe-partout dissimulait mal une démarche féline. Il avançait sans croiser le regard de personne, se retournant fréquemment pour s'assurer qu'il n'était pas suivi. Ce manège aurait rendu suspect n'importe qui d'autre, mais l'individu opérait avec la fluidité d'un prédateur certain de sa position dominante dans la chaîne alimentaire. Il maîtrisait son terrain. Fennetaux le perdit des yeux quand il bifurqua dans le couloir menant à la chambre du rendez-vous. Elle avertit Janvier et Tizi avec son micro.

– Tenez-vous prêts mes poulets, il arrive.

Instinctivement, elle avait porté sa main à son arme sur son flanc gauche et sortit discrètement du comptoir de la réception. Sur ses instructions, le hall de l'hôtel était maintenant totalement vide. Elle s'engageait dans le couloir vers la chambre quand elle entendit une détonation.

– Sissoko ? Sissoko !! hurla-t-elle dans son micro.

Pas de réponse.

Elle se rua vers la chambre, le cœur battant, juste à temps pour voir Janvier à califourchon sur Gantz pendant que Tizi le menottait. Sissoko s'occupait de Brozovic, blessé à l'épaule. Gantz le fixait en hurlant :

– Crevure ! Sale crevure !

Fennetaux soupira, soulagée qu'aucun de ses hommes ne soit blessé. Le proxénète n'avait pas l'air sérieusement touché non plus. Elle lança un sourire rayonnant à ses hommes. Sissoko s'empara de Brozovic et le sortit de la chambre.

– Viens, on a un toubib à côté.

Janvier força Gantz à se mettre debout. Ses yeux étaient emplis de haine, il éructait toujours contre le traître. Fennetaux s'approcha de lui et se présenta, sans parvenir à cacher sa satisfaction.

– Commandante Fennetaux, police judiciaire.

Le visage de Gantz changea complètement d'expression, le mépris le plus froid remplaçant la hargne.

– Rien à foutre. Relâche-moi tout de suite, siffla-t-il entre ses dents.

– Pourquoi je ferais ça ?

– Parce que je suis de la maison, connasse !

5

Le hameau

Le chant du coq retentit à 5 heures. Les nuits d'été étaient courtes, les journées interminables. Quand tant d'autres avaient périclité, la communauté du hameau avait survécu. Elle avait même prospéré et comptait maintenant trente-cinq compagnons sans les enfants. Trente-cinq adultes soudés autour d'un projet de vie simple, la vie d'une communauté agricole autonome du haut Moyen Âge. Juste avant l'émergence de la famille nucléaire et de la bourgeoisie. Les hippies les plus allumés étaient partis. Labourer la terre avec une araire, se nourrir de gruau et de chou six mois par an, très peu pour eux. Seuls les plus impliqués étaient restés, les vrais croyants. Les vrais croyants, et Jeanne.

Marguerite se leva avec entrain. La plupart des compagnons dans le dortoir dormaient encore. Yohann lui avait promis les peaux pour aujourd'hui, elle allait enfin pouvoir les tendre sur les cadres des fenêtres ! Le résultat de huit mois d'archéologie expérimentale. Année après année, la communauté retapait le hameau, s'imposant de respecter les méthodes de fabrication des années 1200. La question des fenêtres s'était posée dès le premier hiver, mais il y avait tellement à faire alors. Maintenant que les terres étaient défrichées et l'assolement mis en place, ils pouvaient se préoccuper de détails comme le froid et la lumière. Pas question de poser des vitres aux fenêtres, la technique du verre transparent se diffusait à peine au XIIIe siècle et était réservée aux seigneurs les plus riches. Le hameau n'était pas un château. Deux hivers de suite, quand le travail de la terre leur laissait un peu de répit, les compagnons avaient testé empiriquement différentes façons d'obturer les ouvertures sans couper la lumière. Ils s'étaient finalement arrêtés sur la peau de chèvre parcheminée. Tannée puis traitée pour devenir translucide à défaut d'être transparente, la peau une fois installée diffusait une lumière chaude et douce. Ils avaient la matière première sous la main (les chèvres) et ne demandaient qu'à apprendre les techniques. Marguerite s'était beaucoup investie dans ce projet. Il lui revenait aujourd'hui de tremper les premières peaux parcheminées pour les détendre et de les découper aux dimensions des cadres de fenêtres avant de les coudre dessus.

Elle s'habilla en silence et fila au réfectoire. Elle attrapa une écuelle et se servit une généreuse louche de soupe. Une belle tranche de pain bis, un peu de saindoux : le petit déjeuner des champions ! Elle avisa alors que le seul autre mangeur matinal était Pierre. Pierre qui justement croisait son regard et lui faisait signe de la rejoindre. Le pouls de Marguerite s'accéléra. La connexion qu'elle avec ressentie avec lui trois ans plus tôt n'avait fait que se renforcer. Un mouvement puissant ramenait Pierre sans cesse dans ses pensées, dans ses rêves. Elle le rejoignit à la table collective en suppliant son corps de ne pas rougir ni trembler, bref de ne pas la trahir. Il l'accueillit avec un sourire franc.

– Tu es tombée du lit ce matin ?

– C'est aujourd'hui, pour les fenêtres…

– Mais oui ! Je suis tellement occupé avec le four à chaux, j'avais oublié. Tu es contente ?

– Je le serai quand j'aurai réussi.

Pierre lui lança un sourire amusé. Sa phrase ne comportait pas moins de deux fautes dans le champ lexical de la mesnie. Le pronom *je* et le verbe *réussir*. Rien n'était personnel au hameau, et la réussite ne faisait pas partie de leurs objectifs, en tout cas pas au sens où la société de consommation l'entendait. Marguerite le savait, mais elle ne pouvait pas en même temps forcer son cœur à rester dans sa poitrine et surveiller son vocabulaire. Déjà qu'elle s'interdisait de coucher avec lui… Un comble dans une communauté qui prônait la jouissance sans entrave. Marguerite n'était pas frustrée de sexe pour autant. Elle butinait au gré des rencontres, préférant les aventures sans lendemain avec des voyageurs de passage. Pierre, c'était différent. Quelque chose lui soufflait de rester à distance de cet homme. Il était tabou pour elle, interdit. Lui s'étonnait que cette fille lui résiste. Non qu'il s'en offusquât, ce n'était pas son genre et la gent féminine lui donnait chaque nuit de nouvelles sources de satisfaction. Il considérait le refus de Marguerite comme une excentricité, une sorte d'originalité qui la rendait différente. Différente et peut-être plus intéressante que les autres.

Antoine passa une tête sur le seuil du réfectoire, livide d'avoir entretenu le four à chaux toute la nuit, et interpella Pierre.

– Je t'y prends à baguenauder, scélérat !

Pierre se leva d'un bond.

– Désolé mec, va te coucher, je prends le relais.

Un dernier regard à Marguerite :

– Tu me raconteras les fenêtres à la veillée ?

Marguerite acquiesça si vivement qu'elle fut prise d'une violence crise de hoquet. Ses joues virèrent instantanément au carmin. Pierre lui sourit et fila. Elle était drôle cette fille…

Marguerite traversait le hameau en direction de la tannerie. La communauté s'éveillait doucement. On lançait les métiers à tisser, on se rendait aux champs. La jeune femme saluait ses compagnons d'un signe de tête ou d'un sourire. Une grappe d'enfants déboula devant elle en criant. Elle reconnut Béatrice, Isabeau, Enguerrand et Louis. Deux petits d'environ trois ans tombèrent. Elle réussit à s'empêcher de les relever. Roland, six ans, le plus âgé du groupe, s'en chargeait déjà. Les enfants du hameau grandissaient entre eux sous l'attention bienveillante mais volontairement distante des adultes. Les compagnons s'interdisaient d'être des parents, dans l'intérêt des enfants, pour les protéger de leurs projections conscientes et inconscientes. Il fallait reconnaître que les petits poussaient droit, heureux et autonomes. Les caprices étaient inexistants, il n'y avait tout simplement pas de public pour les subir. La « mère » n'était pas un concept opérant, et si chaque femme savait quel enfant elle avait mis au monde, ce lien biologique n'entraînait aucun sentiment d'appartenance, aucune proximité. Symboliquement, le choix du prénom (forcément médiéval) des nouveau-nés était laissé aux enfants plus âgés. Les adultes prenaient en charge les soins des nourrissons à tour de rôle, entre une semaine au lavoir et une semaine aux champs. Les bébés étaient élevés au lait de chèvre et passaient rapidement à une alimentation solide. Quant aux « pères », la sexualité étant totalement libre ils n'existaient tout simplement pas. Il ne serait venu à l'idée d'aucun homme de revendiquer sa paternité sur un enfant particulier. Ce genre d'ascendant était perçu comme de l'esclavage. Quand elle était arrivée au hameau, Marguerite avait demandé aux uns et aux autres s'ils avaient des enfants. La réponse avait toujours été la même : « Oui j'en ai sept », ou onze, ou treize, en fonction du nombre de petits que comptait la mesnie à ce moment-là. Ce n'était pas une pose, ils pensaient sincèrement comme ça. Marguerite avait fini par s'y faire. Elle était devenue comme ces expatriés qui habitent Venise depuis assez longtemps pour ne plus être frappés de stupeur en débouchant sur le Grand Canal. Elle évoluait naturellement dans ce fantasme médiéval, moitié kolkhoze, moitié *Thierry la Fronde*. Les valeurs, les vêtements, tout lui était devenu familier. Elle avait presque oublié son nom d'avant. Ni sa famille ni ses anciens amis ne lui manquaient. Elle avait trouvé sa place.

Le bonheur au hameau était-il un jeu à somme nulle ? Plus Marguerite s'épanouissait, plus Jeanne s'étiolait. Au sein de la mesnie, elle était la seule à disposer d'un titre et d'un statut ; elle était guérisseuse. Certains psychotropes végétaux qu'elle trouvait en forêt favorisaient sa concentration et l'aidaient dans son travail. Mandragore, belladone, datura. À intervalles réguliers, elle partait plusieurs jours en forêt, seule, pour les cueillir. Dans son laboratoire, elle les faisait sécher sur des étagères, elle se devait d'en avoir assez toute l'année. Ses connaissances de plus en plus fines des lois de la nature la rendaient indispensable aux autres, mais aussi l'éloignaient d'eux. Comment garder un pied d'égalité avec des gens que vous perciez à jour mieux qu'ils le pourraient jamais eux-mêmes ? Comment débattre et plaisanter avec des compagnons qui n'avaient plus le moindre secret pour vous ? De l'extérieur, elle était toujours aussi belle et sereine. En son for intérieur pourtant, elle se sentait chaque jour un peu plus seule.

Pour tromper sa solitude, elle recensait tous les témoignages qu'elle pouvait trouver sur Halaïde. Sans qu'elle en ait conscience, ce lien privilégié qu'elle tissait avec la sorcière brouillait peu à peu la frontière entre science et croyance dans son esprit. Comme tous les membres de la mesnie, Jeanne vivait un pied dans le temps présent, un pied dans un XIIIe siècle imaginaire. Mais ses longues soirées avec Halaïde la propulsaient plus loin encore dans le passé, si loin qu'il lui devenait difficile de faire la part entre l'histoire et la légende, le réel et l'imaginaire. Peut-être aussi trouvait-elle dans son compagnonnage avec la mythique

Halaïde un moyen d'étouffer le secret qui la rongeait depuis la fondation du hameau. Car c'était toute l'ironie de la chose, pour ne pas dire toute sa cruauté : Jeanne était la propre architecte de son malheur. Elle faisait partie des membres fondateurs de la communauté et en avait été la principale théoricienne. La dissolution des liens de filiation dans le groupe, c'était elle. L'amour libre entre compagnons majeurs et consentants, c'était elle aussi. L'adoption d'un prénom médiéval qu'on choisissait comme on endosse une nouvelle identité, elle encore. Tous les trois avec Pierre et Alice, ils avaient rêvé cette communauté dans le but de créer une société non pas viable mais idéale. Cependant les deux autres ignoraient que Jeanne avait un autre objectif en tête, plus impérieux : maintenir dans son orbite un mari qui ne l'aimait plus. Mais elle l'aimait pour deux, et c'est pour lui en grande partie qu'elle avait imaginé la mesnie. Et ces règles qu'elle avait inventées pour pouvoir le garder un peu, même de loin, même en le partageant, ces mêmes règles l'avaient privée du dernier privilège qu'elle aurait pu revendiquer : ses droits de mère sur leur bébé. Elle avait créé cette fantasmagorie médiévale par amour. Si Pierre avait été passionné d'astronomie, elle lui aurait inventé une nouvelle planète. Théologienne agnostique entourée de croyants sincères, elle ployait chaque année un peu plus sous le poids de ses mensonges. Elle n'était plus certaine d'avoir encore longtemps la force de continuer.

Bastion, Paris 17e

Par quel canal la nouvelle s'était-elle propagée ? Comme toutes les organisations, le Bastion avait sa manière bien à lui de faire circuler les infos. Fennetaux se doutait que sa boulette ne resterait pas longtemps secrète, mais en regagnant son bureau elle ne s'attendait pas à trouver Tramu assis comme un pape dans son propre fauteuil. Il avait l'air calme, et ce calme l'inquiéta plus que toutes les éructations de rage. Le calme impliquait que Tramu avait l'appui de la hiérarchie et qu'il le savait. Il ne se donna même pas la peine d'élever la voix.

– Le réseau devait se réunir dans trois jours. Trois jours. On avait prévu la souricière, on embarquait les huit chefs de clans et leurs lieutenants. La prochaine gamine qu'ils violent sous les yeux de son père pour lui faire cracher ses codes de carte bleue, je te l'envoie ?

Malgré la violence de l'attaque, Fennetaux ne cilla pas, s'efforçant de conserver un ton aussi serein que le sien.

– Je t'en prie. Moi je te transfère le rapport d'autopsie d'Ingrid Sicard.

Sûr de son bon droit, Tramu ne s'attendait pas à ce que la vieille bique riposte. Il se rembrunit et chercha un nouvel angle d'attaque.

– J'ai fait un rapide calcul : entre le salaire de mes gars, le matos et les à-côtés, ta petite initiative vient de nous coûter six cent mille balles. Alors je sais que les chiffres et les femmes, bon… mais tu te rends compte de ce que ça représente ? On était sur cette opé depuis plus d'un an.

Fennetaux prix le temps d'enlever sa veste et s'installa ostensiblement sur une des chaises d'invités de son propre bureau. Elle fixa Tramu et acquiesça d'un air de profonde compréhension.

– Une grosse opé donc.

– Ouais, confirma l'autre en se demandant où elle voulait en venir.

– Pourtant, quand je suis venue te parler de Gantz et des soupçons que j'avais contre lui, tu as choisi de rien me dire. Pourquoi ? Parce que les femmes ne savent pas tenir leur langue non plus ?

– Écoute, t'es mignonne mais vous y connaissez que dalle

en inflitr' à la BRDP. L'idée générale de la démarche tu vois, c'est le secret.

– Envers l'extérieur, pas entre collègues. Et sûrement pas quand ton agent infiltré ressort dans une affaire d'homicide. Tu leur as dit ça, là-haut ?

– Je pouvais pas risquer de cramer sa couverture, louvoya-t-il en éludant délibérément la dernière question.

– C'est pas ton agent que tu voulais protéger Tramu, c'est tes fesses. Ce fiasco, c'est autant le tien que le mien, asséna-t-elle fermement.

Une veine palpita sur le crâne rasé de Tramu et Fennetaux comprit qu'elle avait visé juste. Elle décida d'enfoncer le clou.

– Juste par curiosité : Brozovic était dans le coup ?

– Évidemment, qu'est-ce que tu crois ?! C'était une pièce maîtresse du dispositif pour faire circuler la légende de Gantz.

– Ta pièce maîtresse, c'était le tonton de Sissoko y a quinze ans. Vous ne vous êtes pas renseignés sur son passif dans la maison avant de le recruter ? Il a dû bien se marrer quand on l'a contacté pour qu'il nous vende votre propre agent…

Tramu ouvrit la bouche pour répliquer mais ne trouva rien à répondre, on aurait dit un poisson-lune. Fennetaux en profita pour prendre l'avantage et affermit encore sa voix d'un ton.

– Je ne connais pas ton agent, je ne sais pas quel réseau vous étiez en train d'infiltrer mais une chose est sûre : a minima il a couché avec ma victime il y a moins d'un an, ce qui fait de lui la dernière personne connue à l'avoir vue en vie. Et pas la peine de nier, il lui a fait un gosse. J'ai son ADN dans ma procédure. Donc tu te débrouilles comme tu veux pour sauver la face en interne, je file à l'IML, mais quand je reviens de l'autopsie, j'exige de l'interroger en personne.

Elle tourna les talons sans autre forme de procès.

Folie-Méricourt, Paris 11e

Léonie referma doucement la porte de son cabinet, envahie par un mélange d'empathie et d'amertume. Pendant une heure, elle avait tenté de faire entendre à sa jeune patiente anorexique que ce n'était pas *sa faute*. C'était précisément ce qu'elle devait admettre elle aussi si elle voulait entamer le processus de deuil de sa sœur. Pourtant, elle avait beau se le répéter sur tous les tons depuis des jours, elle ne parvenait pas à s'en persuader.

Patiemment, elle reprit sa litanie intérieure : « Ce n'est pas ma faute si ma sœur est morte, même s'il a pu m'arriver de le souhaiter, car aucune pensée assassine n'a jamais tué personne. Ce n'est pas ma faute si Benjamin m'insupporte, quand on aime on s'inquiète, et l'inquiétude est souvent mauvaise conseillère. Ce n'est pas ma faute si je ne suis pas concentrée à cent pour cent sur mes patients en ce moment, qui pourrait l'être dans des circonstances pareilles ? Ce n'est pas ma faute si même ma mère m'inquiète et me déçoit, d'ailleurs à ce propos il était temps que j'arrête avec sainte Laurence. Ce n'est pas ma faute si j'ai boulotté deux éclairs au café juste après mon petit déjeuner, en tout cas ça ne fait pas de moi une grosse vache sans volonté mais un individu répondant au stress par le sucre ; c'est toujours mieux que d'y répondre par l'alcool ou les drogues dures… »

Intellectuellement, Léonie comprenait tous ces arguments, mais comprendre n'est pas ressentir, et la boule qui encombrait sa gorge depuis la visite des policiers chez elle ne dégonflait pas. Elle savait qu'elle était en état de choc, elle en connaissait la cause et les symptômes. Un douloureux régime de douche écossaise, une alternance constante d'hébétude et de violents rappels du réel. Elle se sentait molle, nulle et atrocement coupable. Envers Ingrid d'abord. Au moment même où elle commençait à percevoir la dette affective qu'elle avait envers sa sœur, la mort l'empêchait de la solder. Le refrain de *La Marelle* lui revenait sans cesse en tête, et avec lui l'image d'Ingrid enfant, auréolée d'une ombre hostile. À mesure qu'elle l'obsédait, cette image devenait moins claire dans son esprit. Léonie ne savait plus si cette hostilité émanait de sa grande sœur ou si elle la menaçait au contraire.

Petite, petite fille tu es là pour t'amuser,

Lance bien la pierre et prends garde où tu mets les pieds.

Un souvenir cherchait à refaire surface et butait contre les barrières de son inconscient. Quelque chose en elle refusait de laisser ce souvenir remonter. Quelque chose qui cherchait à la protéger. Son ressentiment envers Ingrid était tellement ancré en elle qu'il était devenu aussi confortable qu'une paire de Ugg portée pieds nus. Léonie pressentait que si ses barrières psychiques cédaient, si sa mémoire revenait, toute sa constellation familiale serait remise en cause. Déjà le piédestal qui soutenait l'image de sa mère depuis plus de quinze ans commençait à donner des signes de faiblesse. Laurence n'avait jamais été une mère tactile ni chaleureuse, mais Léonie ne s'attendait pas à ce qu'elle se montre si insensible au sort d'Ingrid. Sa fille aînée était devenue mère, elle s'était fait assassiner et Laurence restait de marbre en l'apprenant. Et d'ailleurs, qu'est-ce que cette policière pouvait avoir de si confidentiel à lui demander ? Sa mère ne l'avait pas rappelée pour lui raconter leur entretien. Se pouvait-il qu'elle lui cache délibérément des choses concernant Ingrid ?

Les pensées tournaient dans sa tête à un rythme infernal. Laurence et Benjamin étaient les deux pôles magnétiques qui maintenaient Léonie debout au sens propre comme au sens figuré. Or elle commençait à se méfier de l'une et ressentait le besoin diffus de s'éloigner de l'autre. Sans eux, elle tanguait. Elle tanguait vraiment, littéralement, et dut s'asseoir à son bureau pour reprendre pied. Comment sa vie entière avait-elle pu se déliter en si peu de temps ?

Au prix d'un immense effort de volonté, Léonie se releva et attrapa ses affaires. Agir, bouger, sortir. Si elle restait une minute de plus à se complaire dans son malheur, elle allait devenir folle.

Hôpital Saint-Antoine, Paris 12e

Armée d'une résolution toute neuve, elle émergea une demi-heure plus tard de la station Faidherbe-Chaligny et entra dans l'hôpital. Elle trouva Marion Gardette assise dans l'unique fauteuil de la chambre, les yeux dans le vide, les poignets ceints de bandages. Léonie convoqua ses souvenirs de fac : se trancher les veines est un mode opératoire majoritairement féminin, souvent effectué dans une baignoire remplie d'eau chaude. La baignoire comme une métaphore de l'utérus maternel, retourner dans la chaleur du liquide amniotique. En choisissant ce mode opératoire, Marion savait qu'il incomberait à Franck de découvrir son cadavre. Elle avait forcément cherché à lui faire passer un message, mais lequel ? Ça pouvait être du remords : « Je ne peux plus vivre avec la culpabilité d'avoir failli tuer nos enfants », mais ça pouvait aussi être une accusation : « Je ne suis pas la seule responsable de cet accident, on va bien voir comment tu t'en sors sans moi. » Léonie repensa à la jolie fille dans le restaurant de son quartier et se dit que Franck avait peut-être déjà bien entamé le chantier de sa vie d'après. Regrettait-il d'être rentré assez tôt de son travail pour avoir pu sauver sa femme ?

– Bonjour Marion.

La jeune femme la fixa d'un air hostile. Léonie fit semblant de ne pas s'en apercevoir et entra.

– Tenez. Je n'ai pas trouvé de fleuriste sur le chemin alors…

Elle lui tendit un sac en kraft. Marion posa lentement ses yeux inexpressifs dessus et en sortit une boîte de chocolats à la cerise, les seuls que Léonie avait pu dégoter dans la petite boutique de l'hôpital. Marion remercia d'un hochement de tête et posa les chocolats sur le plateau à roulettes sans leur accorder plus d'attention. Forçant sa bonne humeur, Léonie observa la chambre triste, le néon au plafond et soupira.

– Sympa, la déco. L'éclairage donnerait une mine d'endive à n'importe qui. D'ailleurs à propos d'endive, c'est mes yeux ou vous avez perdu du poids ?

Marion haussa les épaules mais Léonie n'était pas un perdreau de l'année. Elle avait vu une lueur s'allumer dans les yeux de sa patiente. La petite lumière du narcissisme.

– C'est pas que vous en aviez besoin, mais ça vous va bien. Vous me faites penser à ma sœur. Vous avez le même type de sihouette, comme quoi la génétique, hein ! À chaque fois qu'elle perdait cinq cents grammes, on ne voyait plus que ses yeux dans son visage, c'était impressionnant. Elle avait des yeux sublimes, pas verts comme les vôtres, mais aussi lumineux.

– Laissez-moi deviner, elle s'est suicidée et je ferais bien de vous écouter si je ne veux pas finir comme elle, c'est ça ?

Léonie savait qu'elle jouait avec le feu en convoquant sa propre histoire devant une patiente. Elle encaissa l'agressivité de Marion sans broncher et attendit la suite.

– Vous dites « elle avait », j'imagine qu'elle est morte…

Léonie acquiesça doucement, elle eut du mal à avaler sa salive.

– Il y a quelques jours. Elle ne s'est pas suicidée, on l'a… elle a été assassinée.

– Je suis désolée.

– Moi aussi.

– Qu'est-ce qui s'est passé ?

– On ne sait pas. La police a ouvert une enquête.

– Pourquoi vous me parlez d'elle ?

Léonie se souvint d'avoir déjà associé Marion à Ingrid dans son esprit lors de leur dernière séance au cabinet. C'était il y a cinq jours ; ça lui semblait une éternité.

– Je n'en sais rien. Les gens pensent que les psys ont toujours une idée derrière la tête, mais non. Excusez-moi si je vous ai mise mal à l'aise.

– C'est pas ça. Au contraire même. Enfin, je veux dire… je suis désolée pour votre sœur. C'est juste que tout le monde essaie de me tirer les vers du nez depuis que je suis là. Comment je vais ? Pourquoi j'ai fait ça ? Est-ce que j'y pensais depuis longtemps ? Ça fait du bien de… de ne pas être au centre de la discussion pour une fois.

– C'est ce qu'il y a de bien avec le malheur des autres, ça relativise le nôtre.

– Je ne suis pas malheureuse !

La réponse avait fusé comme une fléchette soufflée d'une sarbacane, un pur réflexe de défense. Les mains de Marion étaient fébriles, elle s'en voulait de s'être laissé déstabiliser. Léonie la laissa mariner dans ses contradictions. Le menton de Marion se mit à trembler. Ses yeux rougirent sous l'effet des larmes qu'elle tentait de refluer. La pudeur, son éducation, le sens des convenances, tout exigeait de Léonie qu'elle détourne le regard mais elle tint bon. Finalement, au terme d'une lutte interne et silencieuse, Marion abdiqua et laissa ses larmes couler. Léonie la fixait toujours. Elle finit par désigner le bout du lit et demanda doucement :

– Je peux m'asseoir ?

Marion acquiesça et Léonie fut traversée d'une onde de soulagement. Elles allaient enfin pouvoir commencer à travailler.

Hôpital Saint-Antoine, Paris 12e

Zoé dormait sur le dos, la bouche entrouverte. C'était donc ça le pot aux roses, la vraie raison du grand pardon : cancer métastasé du col de l'utérus. Elle voulait régler leur passif avant de mourir, solder les comptes. OK, mais pour qui ? Victor la regardait fixement, cherchant à déterminer ce qu'il ressentait pour elle. Inquiétude ? Chagrin ? Remords ? La vérité est qu'il ne ressentait absolument rien, ni pour elle ni pour personne.

Dans son enfance, il n'y avait eu que Zoé et lui. Victor-et-maman, un bloc. Elle l'aimait d'un amour inquiet, exclusif. Bibliothécaire à mi-temps, elle consacrait tout son temps libre et ses maigres ressources à satisfaire les désirs de son fils. Aucun instituteur ne percevait comme elle son génie. Aucun camarade ne saluait ses prouesses avec autant d'enthousiasme. Aucune fille ne savait flatter son ego comme maman. Doucement mais sûrement, son adoration avait fait de Victor un être velléitaire et tyrannique. Il avait appris à utiliser les autres comme il se servait de sa mère. Chaque jour il se sentait devenir plus froid, plus détaché. À vingt et un ans, il avait quitté la jeune fille avec qui il sortait depuis plusieurs mois. Le père de celle-ci lui avait trouvé le stage de ses rêves chez un producteur de films à Lyon, Victor ne voyait plus l'intérêt de poursuivre cette relation. La fille s'était défenestrée du sixième étage, elle était morte sur le coup. L'électrochoc fut salutaire pour Victor. Il comprit que l'amour dévorant de sa mère finirait par le rendre monstrueux et prit la décision la plus difficile de sa jeune vie : partir. Mais comment rendre cette séparation acceptable pour Zoé ? Comment l'empêcher de le suivre où qu'il aille ? Victor envisagea le problème froidement et comprit qu'il devait détourner sa mère de lui. Se rendre odieux à ses yeux. Il chercha longtemps. Un matin enfin il partit, dépossédant Zoé de l'unique objet qui avait une valeur pour elle. Plus qu'un vol, c'est un sacrilège qu'il avait commis. Un sacrilège qui non seulement l'avait rendu riche, mais qui en plus lui avait garanti vingt ans de tranquillité.

Depuis qu'elle était réapparue dans sa vie il y a six mois, Victor ne savait quoi faire ni de sa mère ni du pardon qu'elle lui avait accordé sans qu'il le réclame. Il comprenait maintenant sa détresse, sa solitude. Elle était seule et elle allait crever. Que pouvait-elle faire d'autre que pardonner à son unique enfant ? Pourtant en la regardant sur ce lit d'hôpital, il ne parvenait toujours pas à éprouver le moindre amour pour elle. Il le savait confusément mais ne se l'était jamais formulé : sa fuite au fond avait été inutile. Il était devenu ce monstre au cœur de pierre. Il avait été bien naïf de croire à vingt ans qu'il pourrait échapper à son destin.

Deux petits coups frappés à la porte le sortirent de ses réflexions. Un médecin au regard doux entra dans la chambre et lui tendit la main. L'étiquette de sa blouse indiquait qu'il était « PUPH », quoi que ça puisse vouloir dire. Il avait l'air soucieux.

– Docteur Ollivier.

– Victor Sicard. Je suis son fils, précisa-t-il en désignant Zoé endormie.

– J'ai cru comprendre que vous étiez sa seule famille ?

Victor acquiesça.

– Mes collaborateurs vous ont informé sur l'état de votre mère ?

– Ils me l'ont appris même. Je ne savais pas qu'elle était malade.

Le docteur Ollivier hocha la tête.

– J'ai vu des réactions très différentes à l'approche de l'inévitable. Chacun fait comme il peut…

Il laissa les derniers mots en suspens, mais Victor ne semblait pas vouloir commenter. Il en vint donc au véritable motif de sa visite.

– Vous avez une idée de l'hôpital ou de la clinique qui la suivait jusqu'à maintenant ? Le nom de son médecin traitant peut-être ?

– Pourquoi ? demanda Victor en secouant la tête.

– Je viens de recevoir ses analyses. Les résultats sont... troublants.

– Troublants ? Troublants comment ?

– Très troublants.

– Je ne comprends pas. Vous savez ce qu'elle a ou pas ?

– Sur le diagnostic malheureusement, on n'a aucun doute. Son cancer est à un stade terminal avec des métastases disséminées dans tout l'organisme. Les marqueurs du col de l'utérus sont patents. C'est le traitement qui nous pose question. Enfin, il n'y a plus de traitement à proprement parler à ce stade. Disons les « soins ». Les soins qu'elle a reçus.

– Docteur, vous ne voulez pas arrêter de tourner autour du pot et me dire ce qu'il y a ?

Le docteur Ollivier repérait les familles dysfonctionnelles avec le flair d'un chien truffier et la relation entre ces deux-là était un champ de mines. Sa position était délicate. Il devait à sa patiente le respect du secret médical, mais son fils aussi avait des droits. Et notamment le droit d'avoir toutes les informations nécessaires pour prendre des décisions qui s'annonçaient inévitables. Il pesa rapidement le pour et le contre.

– On a trouvé des doses massives de produits stupéfiants dans son sang.

– Pardon, mais c'est pas justement le principe des soins palliatifs de shooter le patient pour juguler la douleur ?

– Dans le cadre d'un protocole précis, en administrant des doses mesurées de morphine notamment, mais ce n'est pas ce qu'on a trouvé dans son sang.

– Vous avez trouvé quoi ?

– Des hallucinogènes principalement. J'ai besoin de savoir qui lui a prescrit ça.

Victor tentait d'enregistrer ces informations.

– Comment… pourquoi ? Pourquoi elle a fait ça ?

– Pour l'instant on ne sait pas si elle a conscience de ce qu'elle prenait. Votre mère vit seule depuis longtemps, elle est gravement malade. C'est la cible préférée des « guérisseurs » (il mima les guillemets avec ses mains) qui espèrent finir sur le testament de personnes vulnérables.

– Ma mère n'est ni riche ni vulnérable, je vous assure.

– Monsieur Sicard, votre mère est sur le point de mourir et elle le sait. La seule chose qu'elle puisse encore vouloir, c'est de l'espoir. Et croyez-moi, le monde ne manque pas d'excellents vendeurs en la matière.

Hôpital Saint-Antoine, Paris 12e

Victor quittait l'hôpital quand il entendit qu'on appelait son prénom. Il s'arrêta et regarda de tous côtés. La voix lui disait vaguement quelque chose mais c'est quand ses yeux balayèrent la silhouette qu'il la reconnut. Elle était toujours aussi grosse. En revanche, il ne se rappelait pas que son visage fût si gracieux. Surtout, elle était beaucoup plus femme que dans ses souvenirs. Ils étaient là face à face, aussi mal à l'aise l'un que l'autre. Lequel des deux devait présenter ses condoléances en premier ?

– Comment tu vas ? Comment tu… gères ?

Elle avait marqué le point. Une psy, forcément…

– Ça va. On était séparés de toute façon. Ta mère a dû jubiler d'ailleurs.

– On ne savait pas. On n'avait plus de nouvelles depuis des mois.

– Bienvenue au club !

Un silence désapprobateur accueillit cette saillie.

– Qu'est-ce que tu fais là ? finit par demander Victor en désignant l'entrée de l'hôpital derrière lui.

– Une patiente…

Il acquiesça et enchaîna très vite cette fois, peu désireux qu'elle lui retourne la question.

– Et la gosse, tu l'as vue ? Heureusement qu'elle n'est pas de moi, franchement je ne sais pas ce que j'en aurais fait avec tout le boulot que j'ai en ce moment. Je suis sur plusieurs projets, des trucs énormes.

Le visage de Léonie se ferma.

– Tant mieux pour toi. Tu n'auras sûrement pas le temps de t'occuper des funérailles. On te fera suivre le faire-part.

Elle le planta sans attendre sa réponse. Décidément, quel connard !

Léonie arrivait devant le métro quand son téléphone se mit à vibrer. Cette fois-ci elle reconnut le numéro de la commandante Fennetaux.

Paris, 2018

Ça s'est déclenché cette nuit. L'odeur métallique du sang, la sensation poisseuse entre mes jambes. Ado, j'attendais le sang chaque mois avec impatience. Il me disait que je devenais une femme. Aujourd'hui, il se fout de ma gueule. « Pas foutue de faire le job que la nature t'a assigné. Si accueillante que les embryons préfèrent finir au fond des chiottes plutôt que rester dans ton ventre ! » Les draps sont imbibés, mais pourquoi nettoyer ? Victor a pas mis les pieds à la maison depuis une semaine. Un tournage ou un festival, je sais plus, de toute façon quand c'est pas l'un c'est l'autre.

Ce bébé qui vient pas est en train de nous dévorer. Des

années qu'on baise sur commande en fonction de mes ovulations. Les médecins disent qu'on a aucun problème fonctionnel, que si la tuyauterie fonctionne c'est que le problème vient d'ailleurs. En gros qu'il vient de notre couple. Je ne compte plus les insinuations doucereuses du genre : « Un bébé arrive quand ses parents sont prêts à l'accueillir », ou « Avez-vous vraiment interrogé votre désir d'enfant ? » Bordel, de toute ma vie, j'ai jamais rien désiré comme je désire cet enfant ! Et Victor aussi. J'en suis sûre.

Enfin je crois.

Je sais plus...

Il faudrait qu'on se sépare, mais on n'y arrive pas. On se dit des horreurs, on claque les portes et trois jours après on revient l'un vers l'autre. Comme un disque rayé. Combien de temps ça peut durer, ce manège ?

Je suis allée me reposer chez Saskia cette semaine. Son terrier, c'est ma dernière poche de sécurité. Enfin ça l'était, jusqu'à ce qu'elle me fasse écouter une chanson de son enfance. Pourquoi ? Mais pourquoi !? Ça m'a fait un flash. Tout est remonté d'un coup. Je devais avoir six ans, sept ans max. Boubie en avait quatre, ça j'en suis sûre. J'avais dessiné une marelle à la craie sur le parquet, je lui apprenais les règles. La Reine-Mère est arrivée. Elle avait un regard complètement fixe, on aurait dit un serpent. Elle a rien dit. Pas un mot. Elle a juste frappé. Fort. Elle m'a frappée comme une démente et elle est repartie. J'avais sept ans putain ! Qu'est-ce qu'une enfant de sept ans peut avoir fait pour mériter ça ?

*Bastion, Paris 17e*

Depuis Faidherbe-Chaligny, Léonie avait parcouru toute la ligne 8 et pris la 13 à Invalides jusqu'à Porte-de-Clichy. Sur le plan, ça faisait un énorme détour mais pendant les quarante-cinq minutes de trajet son cerveau moulina sans arrêt. En remontant la rue du Bastion elle n'avait toujours pas la moindre idée de ce que Fennetaux attendait d'elle. Très déroutante, cette policière. Elle avait expressément demandé à Léonie de ne pas s'annoncer à l'accueil et de la prévenir de son arrivée par SMS.

De SMS, il ne fut pas question : Fennetaux faisait les cent pas devant le siège de la PJ. Dès qu'elle aperçut Léonie, elle se précipita sur elle et agrippa son bras en chuchotant : « Vous ne dites rien, vous me laissez faire. » Le temps que Léonie comprenne la situation, la flic l'avait fait entrer dans le bâtiment avec son propre badge en se collant à elle, on aurait dit deux ados qui grugent dans le métro. Elles restèrent silencieuses dans l'ascenseur bondé. Dès qu'elles furent dans son bureau, Fennetaux expliqua la situation. Elle avait absolument besoin des services d'un psy dans l'enquête sur Ingrid afin de résoudre un problème. Or, le problème étant interne à la « maison », elle ne pouvait entreprendre aucune démarche officielle. Léonie pouvait se féliciter d'être ainsi sollicitée, précisa-t-elle, c'était la preuve que Fennetaux lui faisait (plutôt) confiance.

– Alors ? finit par demander Fennetaux.

– Alors quoi ?

– Vous êtes d'accord ?

– … D'accord pour quoi ?

– Pour m'aider. Et garder ça pour vous, bien sûr.

– C'est un peu vague pour s'engager.

– Je sais, répliqua Fennetaux.

– Vous me demandez de vous signer un chèque en blanc ?

– Exactement.

Léonie sembla peser le pour et le contre et finit par hocher la tête. Hantée par tant de questions depuis cinq jours, elle était prête à beaucoup de choses pour voir l'enquête avancer. Mais elle ne se rendit pas sans un dernier baroud d'honneur.

– Ce que vous attendez de moi, c'est légal quand même ?

– Si j'avais besoin d'un tueur à gages, vous croyez vraiment que je ferais appel à une psy ?

Léonie se contenta de cette réponse qui n'en était pas une. En réalité, ce qu'allait lui demander Fennetaux était en violation directe du code des procédures policières, du code pénal et sûrement de plein d'autres codes dont elle n'avait pas idée.

– Je vous écoute.

Fennetaux prit une inspiration et se lança.

– Enis Gantz n'existe pas.

– Pardon ?

– C'est une légende, un personnage inventé pour infiltrer un réseau criminel.

– Comme... dans les films ?

– C'est ça. Comme dans les films.

Léonie acquiesça lentement, les implications de cette annonce cheminant vers le lobe temporal gauche de son cerveau. Fennetaux lui laissa le temps d'encaisser.

– Il n'existe pas, mais... c'est bien quelqu'un ? Je veux dire, même s'il ne s'appelle pas comme ça. Ce personnage, il est joué par un policier ? finit-elle par demander.

– Oui. Son ADN a été associé au nom fictif d'Enis Gantz pour protéger sa couverture. En réalité il s'appelle Jordan Merle, il travaille à la BRB.

– Ce Jordan Merle, c'est quand même lui qui... Je veux dire, c'est son ADN ?

Fennetaux acquiesça, l'air grave.

– Et ça change quoi par rapport à l'enquête ?

– Officiellement, rien. Dans les faits, c'est un peu plus compliqué vu que notre suspect principal vient de passer de mafieux sans scrupules à flic de terrain. Je ne le connais pas personnellement. Tout ce que je sais de lui, c'est qu'il est le père de votre nièce. Lui, tout ce qu'il sait de moi, c'est que je viens de ruiner une infiltration d'un an où il a mis sa vie en danger.

– Y a mieux comme base pour dialoguer.

– J'ai aucune intention de dialoguer avec lui, ma petite caille. Mon job, c'est de l'interroger. Le fait qu'il soit flic ne l'empêche pas d'être suspect. Le problème, c'est qu'il connaît toutes mes techniques d'interrogatoire. Forcément, il a les mêmes…

La lumière commençait à se frayer un chemin dans l'esprit de Léonie.

– Attendez, c'est ça que vous voulez ? C'est une blague ! Vous voulez que j'interroge le type qui a violé et tué ma sœur ?

– Qui a *peut-être* violé et/ou tué votre sœur. Et non, il est hors de question de vous exposer tant qu'on n'en sait pas plus sur ce gus. Ce que j'aimerais, c'est que vous m'aidiez, moi, à l'interroger. Il ne vous verra pas, il ne saura même pas que vous êtes là.

– Et on fait ça comment ?

– On fait ça très bien.

Une heure plus tard, Léonie était installée derrière l'ordinateur de Fennetaux, essayant de percer les mystères des documents qui défilaient sous ses yeux. Le plan de Fennetaux était simple, la psy devait identifier les éventuels points faibles de Jordan Merle à la lecture de ses antécédents familiaux, des différentes étapes de sa carrière et des commentaires de ses supérieurs depuis son entrée dans la police. Points faibles sur lesquels la commandante comptait s'appuyer pour interroger le suspect. Léonie se demanda si c'était comme ça que de nombreux confrères américains s'étaient retrouvés enrôlés dans la sale guerre de leur pays contre le terrorisme, aidant l'armée à mettre au point des méthodes de torture deux point zéro tout en se persuadant d'œuvrer pour le camp du Bien. Il était un peu tard pour avoir ce genre de scrupules.

Fennetaux la regardait avec avidité. Elle voulait savoir. Et Léonie aussi. Benjamin dirait que ce n'était pas très casher, mais à cet instant rien ne semblait plus important à Léonie : Jordan Merle était-il l'assassin de sa sœur ? Elle prit une inspiration et se tourna vers Fennetaux.

– Je ne connais rien aux carrières de la police. C'est normal tous ces changements d'affectation ? J'ai l'impression qu'il ne reste jamais plus d'un an et demi au même poste.

– Oui, j'avais remarqué. Et non, ce n'est pas courant. Surtout sans changement de grade. Souvent les officiers de police judiciaire bougent à cause d'une promotion, là Merle déménage d'un bout à l'autre de la France en restant au même grade. Il change juste d'équipiers.

– J'imagine que dans vos métiers c'est important de pouvoir se reposer sur ses collègues, ça fait partie du job…

Fennetaux voyait où elle voulait en venir.

– OK, Merle est un solitaire. Ça peut vouloir dire quoi d'après vous ?

– Tout et son contraire, répondit Léonie en bonne psy. On voit que c'est toujours lui qui demande à partir. Il sait travailler en équipe, ses supérieurs le disent, c'est juste qu'il ne le veut pas. Sûrement pour s'empêcher de baisser sa garde. C'est assez cohérent avec une mission d'infiltration. Évoluer seul en territoire ennemi. Devenir Enis Gantz, c'est un peu pousser à la limite le principe qu'il s'applique à lui-même depuis le début de sa carrière.

– Ça viendrait d'où à votre avis ? Un problème de confiance dans les autres ?

– C'est possible. Il est fils unique. Il a été émancipé à l'âge de seize ans. On ne sait pas si c'est à sa demande ou à celle de ses parents, mais ça prouve qu'il sait se débrouiller seul depuis longtemps. On peut imaginer des carences affectives dans la sphère familiale et donc, oui, une difficulté marquée à faire confiance, à se lier à l'autre. Mais d'un autre côté il a décidé de devenir policier, ce n'est pas anodin. Il est entré très jeune dans la police, comme si c'était une famille de substitution qu'il s'était choisie.

– Il se choisit une famille et il passe son temps à rester à l'écart ? C'est pas contradictoire ?

– Si, mais c'est très humain. Comme les ados qui provoquent leurs parents pour pouvoir claquer la porte de leur chambre après. « Tu dis que tu m'aimes, mais jusqu'à quel point tu m'aimes ? Si je deviens insupportable, est-ce que tu m'aimes toujours ? »

– Donc manque de confiance en l'autre. Possible manque de confiance en soi. Quoi d'autre ?

– Pas grand-chose justement, et c'est intéressant. Trente-sept ans, pas de relation stable, pas d'enfant, en tout cas pas d'enfant qu'il aurait reconnu et qu'il élèverait. Est-ce qu'il se prive d'une vie familiale pour se punir, et si oui, pourquoi ? Ou est-ce qu'il fuit toute forme d'intimité pour s'en protéger, ce qui renvoie à un possible traumatisme dans l'enfance ? Vous savez si les services sociaux suivaient sa famille quand il était enfant ?

– Un point pour vous ma poulette, j'y avais pas pensé.

Fennetaux décrocha son téléphone et composa un numéro raccourci.

– Tizi ? Tu peux faire une recherche DASS sur les parents de Jordan Merle ? Oui j'attends…

Un instant plus tard elle écouta la réponse de son lieutenant avec attention avant de lâcher un « Merci » et de raccrocher.

– Bingo ! Merle a grandi dans un patelin qui s'appelle Cherisy près de Dreux. Père inconnu. Mère sans emploi avec une tendance à tomber régulièrement sur des types violents. Multiples passages à l'hôpital. Apparemment Jordan a bien morflé lui aussi.

– D'où son émancipation à seize ans pour fuir un foyer violent.

Ça expliquerait son entrée dans la police aussi. Pour être du côté des forts, de ceux qui protègent…

– Ou de ceux qui ont le droit de frapper légalement, objecta Fennetaux, l'air sombre.

Léonie réfléchit à cette hypothèse.

– Revêtir l'uniforme comme on change de peau… comme une mue…

– Vous pensez à quoi ?

Léonie planta ses yeux noisette dans ceux de la commandante.

– Les personnalités multiples, ça vous parle ?

Bastion, Paris 17e

Tizi avait à peine raccroché avec Fennetaux que son téléphone se remit à sonner.

– Vous avez oublié quelque chose, cheffe ?… Ah pardon, se reprit-il, je pensais que c'était quelqu'un d'autre.

Tizi attrapa un bloc-notes sur son bureau et se mit à prendre des notes fébrilement.

– Merci. Merci beaucoup.

Sa voix était montée dans les aigus. Depuis son bureau, Sissoko leva un regard interrogatif vers le jeune lieutenant.

– Je vérifie un truc et je te briefe, répondit l'Alsacien poupin à sa question silencieuse.

Il s'activa sur son ordinateur, imprima plusieurs documents. Enfin, il slaloma sur son fauteuil à roulettes pour faire face à Sissoko.

– Le labo a peut-être un match pour la Simca 1100. Officiellement, il n'y en a plus aucune en circulation. Mais en croisant le fichier des cartes grises et celui des assurances auto, ils ont levé un lièvre. L'ancien propriétaire d'une Simca en 1983. Il n'a jamais fait immatriculer d'autre véhicule depuis, ni souscrit aucun nouveau contrat.

– Toujours vivant ?

– Je viens de vérifier. A priori oui. Domicilié à Carrières-sous-Poissy, dans les Yvelines.

– Qu'est-ce qu'on a sur lui ?

– C'est ça le truc, répondit Tizi perplexe, on n'a quasi rien. Éric Lebec, soixante-huit ans, ancien cantonnier à Chanteloup-les-Vignes et c'est à peu près tout. Pas marié, pas d'enfant. Pas de casier. Pas d'abonnement Internet, pas de téléphone portable, pas de contrat EDF, rien. La seule preuve qu'on ait qu'il est bien vivant, c'est qu'il se fait toujours inscrire sur les listes électorales.

– Des liens connus avec Jordan Merle ?

– Non, mais ça ne veut rien dire. Le type n'a aucun lien avec personne.

– Faut qu'on lui parle. Ne serait-ce que pour l'éliminer au plus vite de la liste des suspects.

– Je le convoque comment ? Par pigeon voyageur ?

Sissoko se leva et attrapa sa veste.

– Balance son adresse.

Léonie avait obtenu l'autorisation d'assister à l'interrogatoire de Jordan Merle à condition de rester dans l'ombre. On l'avait installée dans l'open space des enquêteurs, à côté du geek de l'équipe, qui ressemblait au Petit Nicolas en blond. La jeune flic venue interroger Laurence à l'aéroport scrutait l'ordinateur debout derrière eux. Léonie sentait la tension planer dans l'air.

L'écran d'ordinateur retransmettait les images d'une caméra de vidéosurveillance installée dans une salle d'interrogatoire située ailleurs dans le bâtiment. Une cellule d'environ dix mètres carrés d'un blanc immaculé, sans autre mobilier qu'une table rectangulaire et deux chaises noires en face-à-face. Fennetaux faisait les cent pas dans la pièce. Léonie pouvait entendre le chuintement de ses semelles en gomme sur le lino, ça faisait un petit bruit de succion à chaque fois qu'elle décollait un pied du sol. Hors champ, la porte de la salle d'interrogatoire s'ouvrit et un homme d'une trentaine d'années entra à pas feutrés. Océane ne put réprimer un cri du cœur :

– Le BG, j'y crois pas !

Léonie se rapprocha de l'écran pour scruter le visage de Merle. Insensible à son physique, elle ne voyait en lui que le possible assassin de sa sœur.

– Commandante, murmura Jordan Merle d'une voix basse à l'intention de Fennetaux.

Tizi augmenta le volume des enceintes. La réponse de Fennetaux cracha dans les tympans de l'équipe.

– Lieutenant, je vous en prie, asseyez-vous.

– À la place du suspect j'imagine…

– Je vous aurais bien reçu ailleurs mais… (Fennetaux désigna un point hors champ au plafond) pour mes archives personnelles…

Merle esquissa un demi-sourire.

Léonie fixait l'écran, fascinée. Les policiers face à face lui faisaient l'effet de deux capoéristes. Ils s'assirent d'un même mouvement. Fennetaux désormais tournait le dos à la caméra. Tizi manipula son clavier : Merle apparut en gros plan sur l'écran de son ordinateur, Léonie pouvait observer chaque micro-expression de son visage. Fennetaux ouvrit un dossier devant elle sans faire mine de s'y plonger. Merle croisa les bras et se cala sur sa chaise, goguenard.

– Je sais pas ce que vous avez sur Tramu, mais il paraît que je dois répondre à vos questions. C'est marrant, je pensais que c'était plutôt à vous de vous expliquer, mais faut croire que je sais pas tout. Alors, qu'est-ce qu'un petit lieutenant de la BRB peut faire pour une commandante de la BRDP ?

– Pour commencer, j'aimerais comprendre comment un policier se transforme en mafieux crédible. J'imagine qu'il faut bien travailler sa couverture, prouver à ceux d'en face qu'on n'est pas un mariole…

Merle acquiesça.

– En faisant quoi par exemple ? Violer une fille devant témoins ?

Une ombre passa dans le regard de Merle, furtive, mais qui n'échappa pas au zoom de Tizi. Léonie se demanda si Fennetaux l'avait perçue. Déjà le flic se recomposait un masque ironique.

– C'est pour ça tout ce bordel ? Pour une histoire de baise ?

– Je vous parle de viol, pas de baise.

Elle fit glisser une photo d'Ingrid sur la table. Merle s'en empara, la regarda pendant plusieurs secondes.

– Canon, apprécia-t-il, narquois.

– Cette photo-là est plus parlante.

Fennetaux sortit une photo d'Ingrid allongée sur la table d'autopsie et scruta la réaction de Merle. Elle en fut pour ses frais. S'était-il préparé à l'attaque ? Chez un suspect lambda, une telle maîtrise de soi marquait la sortie définitive du monde des humains. Chez un flic infiltré, ça pouvait aussi bien être le signe d'un blindage professionnel qu'un symptôme de sociopathie. Comment savoir ? La psy avait parlé de carences affectives dans l'enfance et Fennetaux savait qu'on ne s'enfonce pas aussi profondément dans le monde du crime sans y laisser une partie de son âme. À charge pour elle d'exploiter ces failles au bénéfice de son enquête.

Dans le bureau, Léonie et les enquêteurs retenaient leur souffle.

– Oui…, finit par lâcher Merle d'une voix à peine audible. C'est la première.

– La première ? releva Fennetaux inquiète, imaginant déjà un charnier de nouvelles victimes.

– La première que Gantz a levée.

– *Yes*, souffla Léonie avec satisfaction.

– Vas-y le melon du gars, s'insurgea Océane. Il parle de lui à la troisième personne.

– C'est le but, répliqua Léonie.

– Hein ?

– Illéisme. Cette mise à distance, ça s'appelle l'illéisme. Merle parle de Gantz comme si c'était quelqu'un d'autre, il est tombé dans le piège.

Tizi monta encore le son de l'interrogatoire.

– Il s'est passé quoi entre eux ? s'enquit Fennetaux d'une voix détachée.

– À votre avis, commandante ?

– Mon avis on s'en fout, c'est à vous que je demande. Que s'est-il passé entre Enis Gantz et Ingrid Sicard ?

– Ce qui se passe souvent entre un sale type et une belle fille paumée.

– C'était où ? Quand ? Elle était paumée comment ?

– Allumée plus que paumée. En mode « je repars à zéro ». Elle venait de plaquer son mari et sa vie de bourge. Elle descendait dans le Sud. C'était l'année dernière, du côté de Lyon. Fin du printemps, début de l'été… Gantz finissait de roder son personnage, elle l'a eu en avant-première.

– Combien de temps ?

Merle la regarda de travers.

– Vous pensez qu'il avait le temps de vivre autre chose qu'un petit coup vite fait bien fait ?

– Il se souvient bien d'elle pour un coup d'un soir qui date d'un an…

– Elle était belle. On se souvient toujours des plus belles.

– Elle était consentante ?

– Elle était enthousiaste. Et en pleine forme quand ils se sont quittés deux heures après.

– Qui peut confirmer tout ça ?

Un gloussement. La question semblait beaucoup amuser Merle.

– Une caméra de sécurité d'un parking de supermarché, s'ils gardent les bandes aussi longtemps. Ils ont baisé dans la voiture de la fille. Gantz peaufinait son personnage, je vous ai dit, il savait que les collègues le suivaient H24 à la trace. Ça le faisait marrer de laisser des traces comme le Petit Poucet.

Le visage de Fennetaux vira au gris. Son regard se posa une nouvelle fois sur la photo du cadavre d'Ingrid.

– Un conte de fées, vraiment ?

Elle referma son dossier d'un coup sec en se demandant si la meute de Tramu irait jusqu'à fabriquer des fausses preuves pour couvrir son protégé.

En sortant du Bastion, il semblait à Léonie qu'elle n'était plus tout à fait la même que quatre heures plus tôt. Fennetaux avait été appelée par son supérieur, les enquêteurs étaient occupés par la paperasse, clairement elle n'avait plus rien à faire là. Elle quittait la PJ à regret. Envolés, ses scrupules sur la légitimité de son intervention. Telle Ève ayant goûté au fruit défendu de la connaissance, Léonie venait de mettre un doigt dans l'engrenage d'une enquête criminelle. L'esprit encore accaparé par la personnalité de Jordan Merle, elle sentit une main s'abattre sur son épaule et sursauta. Benjamin se tenait devant elle.

– Qu'est-ce que tu fais là ? demanda-t-elle vivement, sur la défensive.

– Tu réponds pas à ton portable.

– Je suis en silencieux depuis des heures. Comment tu sais que j'étais là, d'abord ?

Il sortit son propre portable de sa poche, lança une application et le mit sous les yeux de Léonie.

– Attends, tu m'as collé un *tracker* ?

– J'ai dit OK pour te laisser de l'air, pas pour me faire un ulcère.

– Sérieux Ben ?

– Je suis tombé sur un truc énorme, fallait que je te raconte tout de suite. Tu te souviens des recherches que je faisais l'autre jour sur ta mère ?

Léonie se décomposa. Il venait lui tendre une embuscade à l'autre bout de Paris pour lui farcir les oreilles avec ses obsessions généalogiques à la con ?

– Qu'est-ce qui ne tourne pas rond chez toi en ce moment ? Franchement je ne comprends pas comment…

– Attends avant de monter sur tes grands chevaux, la coupa-t-il sans s'énerver. Tu m'accordes deux minutes pour t'expliquer ?

Elle le fixa en silence. Il se lança.

– L'autre jour quand on s'est engueulés, j'étais en train d'accéder à une nouvelle base de données numérisée par les mormons. Tous les états civils du quart sud-est de la France des années 60 à 80.

– Tu as vraiment beaucoup de temps pour toi, tu sais…

Il ne mordit pas à l'hameçon et poursuivit.

– Je suis tombé sur un truc de fou à propos de ta mère. Et j'ai vérifié, c'est la seule Laurence Winckler de tout le territoire national.

– Tu as enfin trouvé le rabbin qui lui a fait faire sa bar-mitsva ? ironisa-t-elle.

– C'est ça, fous-toi de moi. Si ça se trouve, ça a peut-être un lien avec ta sœur.

– Quoi ?

La voix de Léonie avait perdu toute trace d'ironie. Elle scrutait le visage de Benjamin avec un sentiment d'urgence.

– Tu savais que ta mère avait eu un enfant avant Ingrid ?

Léonie le fixa, incrédule. Benjamin enfonça le clou :

– Elle a eu un fils en 1981.

6

Le hameau

L'année touchait à sa fin. Bientôt ce serait le solstice d'hiver et la perspective de journées qui enfin allaient se rallonger. La mesnie s'était stabilisée autour d'un noyau dur d'une quarantaine de membres. Déclarée association à but non lucratif auprès de la mairie, la communauté avait pacifié ses relations avec les locaux. Les paysans du cru apprenaient à tolérer ces originaux. Le rendement des récoltes permettait maintenant l'autosuffisance alimentaire. Le hameau n'achetait plus aucun produit manufacturé. Sûrs de leur mode de vie et de leurs valeurs, ses membres se renfermaient chaque jour un peu plus sur eux-mêmes. Les premiers enfants avaient grandi, d'autres étaient nés. Toute cette marmaille formait une micro-société libre de s'ébattre à sa guise. Les enfants savaient pouvoir compter sur les adultes pour assurer leurs besoins essentiels, mais il ne leur serait jamais venu à l'idée de les solliciter pour occuper leurs journées ou régler leurs conflits.

La veillée battait son plein. Une remarque grivoise fusa. Des rires éclatèrent. Antoine voulut charrier Pierre. Où était-il ? Quelqu'un avait vu Pierre ?

Dans une chambre à l'écart de la salle commune, Pierre n'entendait rien. Il ne pensait à rien. Il n'était plus que sensations, absorbé par son plaisir et celui de Marguerite. Ce matin elle était venue lui dire « je te veux » aussi calmement qu'avant elle lui avait dit « non ». À quoi devait-il ce brusque revirement ? Il ne s'en souciait pas, trop occupé à synchroniser son corps au sien. Il se rendait compte à présent à quel point il l'avait désirée. Leur première étreinte s'était conclue bien trop tôt pour tous les deux. Il lui avait souri, s'excusant presque. Pour toute réponse Marguerite l'avait embrassé. Doucement, langoureusement. Sur ses lèvres d'abord, en prenant tout son temps. Puis de sa langue, elle avait entamé une exploration de son corps. Elle s'attarda sur son torse, descendit la ligne pileuse vers son nombril. Elle bifurqua ensuite vers l'aine et s'y attarda, s'amusant à rester en périphérie des zones les plus érogènes. Légèrement salée par la sueur, la peau de Pierre semblait le plus délicieux des nectars à Marguerite. Elle voulait prendre son temps, apprivoiser cette géographie nouvelle du corps de l'autre, mais Pierre finit par la basculer sur la paillasse, ragaillardi. Il était émerveillé par le mélange de douceur et de témérité de la jeune femme, enchanté qu'elle se donne à lui sans retenue. Leurs corps s'arrimèrent l'un à l'autre et Pierre soudain n'eut plus d'autre but au monde que de la faire jouir.

S'ils avaient eu l'intention de retourner dormir au dortoir comme c'était l'usage, ils ne le firent pas.

Marguerite regardait Pierre dormir. Elle ne se souvenait pas avoir jamais été aussi heureuse. Elle avait résisté tant qu'elle avait pu, mais le désir était trop fort. Le corps de Pierre l'appelait depuis trop longtemps. Quatre ans qu'elle tenait ce désir à distance, négociant sans cesse avec ses frustrations. La digue avait fini par céder et elle se demandait maintenant combien ce bonheur allait lui coûter. Ce qui restait de petite fille en elle croyait toujours que l'univers était régi par un ordre, un équilibre impliquant que le plaisir de cette nuit devrait être compensé par une souffrance équivalente. Le prix serait-il plus élevé en cas de récidive ? Et quitte à payer plein pot, n'avait-elle pas tout intérêt à en profiter jusqu'au bout ? À peine rassasiée de lui, elle négociait déjà avec sa conscience le droit de retrouver Pierre le soir même. Mais quoi que l'avenir lui réservât, cette nuit avait existé et elle voulait se concentrer dessus, en polir le souvenir comme un galet parfaitement lisse. Elle s'arracha à la contemplation de Pierre, s'étira comme un chat et s'endormit à son tour.

Au réveil Pierre était seul. Marguerite travaillait aux cuisines cette semaine, elle s'était levée tôt. Il se rendit au réfectoire, espérant qu'aucun compagnon ne surprendrait son air idiot. Il voulait manger vite et filer à la chèvrerie pour la traite du matin. Assis sur le tabouret les yeux à hauteur des pis, il n'aurait de comptes à rendre à personne pendant au moins deux heures.

Jeanne vint s'asseoir en face de lui, ruinant ses espoirs de tranquillité. Elle lui sourit et attaqua son gruau sans un mot. Lui en voudrait-elle pour quelque chose ? Dans ce cas, pourquoi rechercher sa compagnie ? Pierre n'avait pas l'habitude de couper les cheveux en quatre. Mal à l'aise sans trop savoir pourquoi, il expédia son repas.

– Bon. Je vais aux chèvres, conclut-il avant de filer.

Jeanne regardait Pierre s'éloigner. « S'enfuir » aurait sans doute été plus juste. Une fois n'est pas coutume, elle s'attarda à table. L'équipe des cuisines finit par venir laver le réfectoire. Jeanne croisa alors le regard de Marguerite et y trouva la confirmation de ses soupçons. Elle se leva et quitta les lieux. Elle n'avait pas prononcé un seul mot. Elle aurait voulu crier pourtant, hurler sa rage à la face de toute la communauté.

Elle se réfugia dans son laboratoire. Elle avait chaud soudain, puis se mit à frissonner. Des picotements parcouraient son corps, s'attardant sur ses seins, ses cuisses, ses fesses. C'était le manque de lui. Elle voulait sentir le poids de son corps sur le sien. Jeanne se pensait guérie de ce fléau, mais sûrement la vision fugitive de Marguerite si comblée avait-elle provoqué une rechute. Elle tournait en rond, frustrée et indécise. Son regard errait d'un mur à l'autre. Il se posa sur un petit coffre en bois calé en hauteur sur une étagère, à l'abri des mains baladeuses. Cette vision la calma instantanément.

Elle alluma un feu dans l'âtre avec un briquet à silex et fit chauffer de l'eau. Du coffre, elle sortit les trompettes mauves de l'herbe aux sorcières. Quand l'eau se mit à bouillir, elle la versa dans un gobelet en bois et y jeta les fleurs sèches. Pierre ne partageait plus sa couche, mais il n'avait aucun pouvoir sur ses voyages intérieurs. Bien dosé, le datura provoquait des hallucinations visuelles et tactiles. C'était aussi un aphrodisiaque puissant. Jeanne voulait retrouver son mari, le sentir sur elle et en elle. Elle but lentement l'infusion et s'allongea à même le sol, le corps et l'esprit en alerte.

Habitués à ses longues errances en forêt, ses compagnons ne s'inquiétèrent pas de son absence. Au bout de quatre jours, des enfants qui jouaient à cache-cache près du laboratoire furent alertés par un bruit sourd et répétitif. Ils ouvrirent timidement la porte et découvrirent Jeanne transie de froid, le visage bleu déjà. De l'écume séchée autour de sa bouche formait un collier de dentelle. Seules ses jambes bougeaient encore. Ses sabots frappaient le plancher au rythme d'une sarabande macabre.

Carrières-sous-Poissy

Les suites pour violoncelle de Bach déployaient leur rigoureuse perfection dans la voiture de Sissoko. Il s'était fait coincer dans les embouteillages de sorties de bureau et se retrouvait cerné par des berlines familiales rapatriant les cadres de la Défense vers leurs pavillons avec jardin et labrador. D'autres vies que la sienne. Il lui fallut plus d'une heure et demie pour arriver à Carrières-sous-Poissy. Il avait entré l'adresse d'Éric Lebec dans son portable et suivait l'itinéraire indiqué. Quand ses roues quittèrent l'asphalte pour un chemin de terre, il prêta plus attention à son environnement. Apparemment il allait devoir finir son trajet à pied.

Il sortit de son véhicule et examina les alentours. Son téléphone le dirigeait vers un plan d'eau en contrebas où plusieurs habitations se serraient les unes contre les autres. Sissoko remonta le col de sa veste et se mit en route.

Il s'était attendu à trouver des maisons cossues jouissant de tout le confort moderne avec ponton privé comme le long de la Marne, mais tomba sur un ensemble hétéroclite de baraques au bord du plan d'eau, flottant sur de vieux bidons métalliques. Des jardins ouvriers lacustres. Aucun bruit, aucune lumière ne s'échappait des baraques inhabitées. Sissoko en dénombra une quarantaine. D'après son plan, celle d'Éric Lebec était à l'écart des autres, plus loin sur la rive nord de l'étang. Il se fraya un chemin dans les herbes hautes à la lueur de son portable. Il n'entendait plus aucun bruit de voiture. Avec le soir, une brume compacte remontait du plan d'eau et donnait à l'endroit un air lugubre, spectral presque.

Il aperçut d'abord la Simca, à moitié recouverte par la végétation. Un petit frisson lui parcourut l'échine. Si c'était la voiture qui avait transporté le corps d'Ingrid Sicard dans la forêt de Marly, il venait de faire une belle percée dans l'enquête. Il voulut prévenir les collègues de la Scientifique pour qu'ils viennent embarquer le véhicule et réalisa qu'il n'avait plus de réseau. Une petite voix lui souffla que ce n'était peut-être pas un hasard, qu'Éric Lebec avait peut-être cherché à vivre sur une zone blanche. De toute évidence le gars ne voulait pas qu'on le dérange. Tant pis pour lui, songea Sissoko en avançant vers sa cabane.

Elle était complètement isolée et paraissait plus petite et plus rustique que celles de la rive sud. Le capitaine s'engagea sur la planche de contreplaqué faisant office de ponton et frappa à la porte en s'annonçant. « Éric Lebec ? Police. » Aucune réponse. Il colla l'oreille à la porte et n'entendit aucun bruit. Un tintement creux lui fit lever les yeux vers le toit. Son sang se figea dans ses veines.

Saint-Blaise, Paris 20e

Benjamin se gara pile en bas de leur immeuble. Léonie mit pied à terre la première, feignant de ne pas remarquer le soulagement manifeste des suspensions du scooter. Comme par hasard ils n'avaient eu que des feux verts sur tout le trajet, elle n'avait pas pu en placer une. Des dizaines de questions se bousculaient dans sa tête.

Le souffle coupé par l'ascension des cinq étages, elle libéra enfin le flot de ses réflexions.

– C'est fou, c'est même complètement dingue ! En 81, mon père travaillait encore en Algérie, il est rentré en France fin 82. Aucune chance que cet enfant soit de lui.

– Cet enfant... On parle d'un homme de quarante ans aujourd'hui.

– Tu te rends compte qu'elle a caché ça à tout le monde ?

– Ta mère ?

– Pourquoi elle a fait ça ? Mon père était tout le contraire d'un macho, il n'aurait jamais rejeté un enfant qui n'était pas de lui, j'en suis sûre. Je ne comprends pas, ça n'a aucun sens. Et si...

– Et si quoi ?

Léonie mit quelques secondes à formuler sa pensée, une lueur de peur dans les yeux.

– Et si ce fils, cet homme, avait quelque chose à voir avec Ingrid ? Avec sa mort je veux dire.

– Genre l'enfant abandonné revenant se venger de la sœur qui a reçu l'amour de leur mère à sa place ?

– Te fous pas de moi, répliqua Léonie. Si ça se trouve, je suis la prochaine sur sa liste. Faut que j'en parle à Fennetaux.

– C'est qui Fennetaux ?

– La flic. La commandante qui dirige l'enquête sur Ingrid. Faut la prévenir.

– Tu ne veux pas en parler à ta mère d'abord ?

Léonie ne put réprimer un rire amer.

– Laurence, la grande prêtresse de la communication, bien sûr ! Tu as son nom ?

– Hein ?

– Mon frère. Enfin mon demi-frère, tu as un nom, quelque chose ?

– Guillaume Winckler. Né le 19 novembre 1981 à Aubenas. C'est tout ce que j'ai.

– Manquait plus que ça, grommela Léonie l'air exagérément sombre. Un Scorpion.

– Je vois que la nouvelle n'a pas entamé ton sens de l'humour.

Léonie haussa les épaules et poursuivit, parlant tout autant à Benjamin qu'à elle-même.

– Non mais sérieusement, je ne veux pas donner dans le complotisme, mais plus ça va, plus j'ai l'impression que ma mère me cache des choses.

– De toute évidence…

– Sur Ingrid, s'énerva Léonie. Tu imagines le tableau : Fennetaux me demande de l'aider dans l'enquête et moi, dans son dos, je suis en train de me demander si ma mère… non c'est pas possible. C'est im-po-ssible, finit-elle par décréter.

Benjamin l'enlaça et murmura à son oreille :

– Je peux faire quelque chose pour t'aider ?

Léonie se raidit. Elle détestait cette demande de prise en charge drapée sous les atours vertueux de la générosité. Mais elle se détestait encore plus d'avoir ce genre de pensée mesquine. Elle esquissa un sourire forcé et répondit :

– Des burgers ?

– C'est parti !

Benjamin la serra fort et partit dans le coin cuisine, ravi de pouvoir se rendre utile. Elle l'observa s'activer de dos, songeuse. Elle savait, bien sûr, que toutes les relations exigent une dose d'hypocrisie pour fonctionner, il faut bien huiler les rouages du couple en cas de friction, mais elle avait cru que Ben et elle étaient au-dessus de la mêlée. Un amour pur, sans ambivalence ni secret. Confrontée au premier drame qu'ils traversaient ensemble, Léonie devait reconnaître qu'elle s'était bien voilé la face.

Mardi 9 avril

Les Olympiades, Paris 13e

– Bénissez-moi mon père, parce que j'ai péché.

– Je vous écoute, ma fille.

La grille séparant le prêtre de la pénitente laissait passer l'éclat des grands yeux noirs de Fennetaux. Après les découvertes de Sissoko la veille au soir, elle avait senti le besoin de se décrasser l'âme, et bien qu'elle soit passée de mode chez la plupart de ses coreligionnaires, la confession restait pour la commandante le meilleur Kärcher qu'elle connaisse. Sa foi lui permettait de mobiliser des trésors d'empathie pour les cabossés de la vie tombés dans la délinquance sans volonté de nuire ; elle l'aidait aussi à tenir les vrais salauds à bonne distance morale. Ces derniers avaient tendance à dégorger sur votre âme comme un T-shirt rouge sang dans une machine de blanc. Il fallait qu'elle compense. Comment ses collègues agnostiques faisaient pour supporter le job, elle n'en avait pas la moindre idée. À l'église, tête basse et mains jointes, Fennetaux n'avait plus à naviguer dans l'interminable nuancier de gris de la vraie vie. Les choses étaient simples, tranchées, nettes et sans bavure. Le bien d'un côté, le mal de l'autre. Tout ce qu'elle avait à faire, c'était s'abandonner au plaisir de suivre.

Elle sortit de l'église et fut accueillie par un feu d'artifice olfactif. Coriandre fraîchement coupée, nuoc-mâm, canard laqué : la paroisse de Saint-Hippolyte était installée en plein quartier chinois. Un homme adossé à un arbre sur le trottoir d'en face fixait l'entrée de l'édifice. À sa vue Fennetaux perdit d'un coup les bénéfices de ses prières.

Jordan Merle… Il avait changé depuis la veille. Nouvelle coupe de cheveux, barbe rasée, vêtements plus neutres. Il avait quitté les oripeaux de Gantz, pourtant l'aura magnétique du mauvais garçon lui collait toujours à la peau. Quelque chose en lui vous attirait irrésistiblement, tout en déclenchant une alarme « danger » dans votre cerveau reptilien. Le mot « succube » s'inscrivit en lettres pourpres dans l'esprit de Fennetaux. C'était exactement ça, Jordan Merle était le pendant masculin du rôle incarné par Ingrid Sicard dans la série de son mari. Un tentateur au service du Malin. À contrecœur, elle traversa la rue et le rejoignit.

– Je vous manque déjà, lieutenant ?

– Ça vous rend dingue de me voir dehors, pas vrai ?

– « Dingue » est un bien grand mot pour une si petite contrariété, mentit-elle.

– Tramu en a fait une question de principe, je crois.

Fennetaux préféra changer de sujet.

– Vous n'avez pas peur que quelqu'un reconnaisse Gantz dans la rue ? Il ne doit pas manquer d'ennemis.

– Gantz est mort hier. Le truc con, un contrôle routier qui dégénère. Sa bagnole s'est encastrée dans un platane. Paraît qu'il était méconnaissable.

– Toutes mes condoléances.

– C'est ça…

La commandante regarda sa montre ostensiblement et soupira :

– Qu'est-ce que vous faites là ?

En guise de réponse, Merle sortit une photo de la poche intérieure de sa veste et la lui tendit. C'était le scan d'une image de vidéosurveillance. De nuit, un parking de centre commercial vide à part une unique voiture. La plaque d'immatriculation était illisible à l'œil nu. Elle avait été grossie par la caméra et recopiée en haut à droite de la photo. En dessous, une date : le 31 mai 2018.

– Vous vérifierez, la voiture a été louée à Paris par Ingrid Sicard dix jours plus tôt, le 21 mai. Le centre commercial est à Bron, pas loin de Lyon. Ils écrasent leurs images toutes les deux semaines. Pourquoi mon groupe les a récupérées et gardées depuis presque un an à votre avis ?

Fennetaux haussa les épaules, feignant le désintérêt.

– Je suis dedans. Dans la caisse, avec Ingrid. Je suis resté une heure et je l'ai laissée. En vie. Je l'ai plus jamais revue.

– Pourquoi je vous croirais ?

– Pourquoi je vous mentirais ?

– Peut-être pour éviter vingt ans de taule.

Merle secoua la tête, dépité. Fennetaux commençait à s'impatienter. Ce petit con était en train de lui faire perdre son temps.

– Vous êtes pas venu jusqu'ici pour me montrer votre alibi comme un gentil petit fonctionnaire zélé. Vous voulez quoi à la fin ?

Merle planta ses yeux bleu nuit dans ceux de Fennetaux, abandonnant toute trace d'ironie.

– L'interrogatoire, hier. Comment vous avez fait ça ?

– Fait quoi ?

– Votre tour de passe-passe pour me faire parler.

Fennetaux ne put réprimer un sourire.

– C'est ça ? Vous êtes vexé de vous être fait avoir ?

– C'était bien joué. Ça sortait d'où ?

Soucieuse de ne pas révéler l'implication d'une civile, Fennetaux surjoua sa réaction.

– C'est moi que vous vexez là, lieutenant. Ça ne vous a pas effleuré que je sois juste compétente ?

Merle fit un pas vers elle. Ses yeux lançaient des éclairs.

– Pas une seconde, articula-t-il, implacable. Mais vous inquiétez pas, je trouverai.

Il tourna les talons et disparut dans la foule animée du quartier. Une sourde inquiétude s'abattit sur Fennetaux. Léonie Damanne... La dernière chose à faire était de la contacter, la commandante ne doutait pas que Merle allait épier ses moindres faits et gestes. Dans quel guêpier avait-elle entraîné la psychologue ?

*Bastion, Paris 17e*

Fennetaux trouva le groupe de Sissoko en pleine effervescence. À son arrivée, tous se rassemblèrent devant le grand tableau Velleda de l'open space. De nouvelles photos avaient fait leur apparition depuis la veille. La Simca d'Éric Lebec dans les herbes hautes, un plan large de sa cabane flottante isolée sur la rive nord de l'étang de la Galiotte. Suivaient plusieurs gros plans sur ce qui avait saisi d'effroi Sissoko dans le silence de la nuit tombante : une série de mobiles suspendus sous l'auvent du toit en tôle, composés d'os et de chair sanguinolente. Sentant la tension de ses équipes, Fennetaux sauta les préliminaires.

– Je vous écoute, mes lapins.

Sissoko lança le brief de sa voix pondérée.

– Éric Lebec est recherché par toutes les polices de France. Interpol est prévenu.

– La voiture ?

– La Scientifique l'a rapatriée pour les analyses. J'ai eu Koufane en direct, il confirme que les pneus correspondent aux moulages de la scène de crime. Légalement ça ne prouve rien, mais vu le nombre de Simca 1100 en circulation aujourd'hui…

Fennetaux comprenait les implications de cette correspondance. Elle sentit les battements de son propre cœur dans ses oreilles et s'efforça de ne pas s'emballer.

– On tient notre homme, fanfaronna Océane avec l'enthousiasme des bleus.

– On ne tient personne, la reprit Sissoko. À peine une identité.

– Le sang chez lui ? demanda Fennetaux sobrement.

– D'origine animale. Renard, furet. Il y a du sang de rat aussi.

– Tant que ce n'est pas du sang humain… Une idée sur la signification de ces machins ?

Elle pointait les photos sur les mobiles macabres. Océane enchaîna.

– J'ai commencé à faire des recherches. A priori, ce sont des amulettes de protection pour éloigner le mal de la maison. Donc on est sur une personnalité bien bien chelou. Peut-être un genre de gourou ou de sorcier. Je suis en train de répertorier ceux qui sont actifs sur les réseaux sociaux, c'est pas rassurant pour l'espèce humaine. Et encore, à mon avis les plus gratinés ont pas de compte Facebook. Lebec est même pas raccordé à l'eau courante, c'est pour dire…

– C'est exactement ça, murmura Fenneteaux. Le corps d'Ingrid attaché dans la forêt, toute cette mise en scène. Il l'a offerte… il l'a offerte en sacrifice.

Elle ne put réprimer le réflexe de se signer.

– Un sacrifice humain, en France, aujourd'hui ? articula Tizi stupéfait.

– Putain de barjot, ponctua Océane.

– Comme tu dis. La question à cent mille, c'est : comment un marginal comme Lebec a pu entrer en contact avec Ingrid ?

Sissoko jeta un coup d'œil à Tizi, qui prit le relais.

– Je suis dessus. Je cherche un lien entre eux, mais ça va prendre du temps. Lebec vit sous les radars depuis toujours. La juge vient de valider la demande de perquise. Peut-être qu'on en apprendra plus en fouillant chez lui.

– OK. Sissoko, Janvier, vous venez avec moi, on y va directement. Tizi, je préfère que tu continues à creuser ici.

Le jeune homme acquiesça. C'était du pur Fenneteaux, gommer une faiblesse d'un de ses hommes en soulignant ses qualités dans un autre domaine. Tout le monde savait que Tizi n'était pas à l'aise sur le terrain. Mentalement, Sissoko s'inclina devant la grandeur d'âme de cette toute petite bonne femme.

Octobre 2018

Dire qu'il y a un an, je ne savais même pas que cet endroit existait. Et même si je l'avais su, j'aurais jamais pu penser que ce serait un endroit pour moi.

Qui remercier quand on ne croit pas en Dieu ?

Il y a trois mois, j'étais si mal que j'hésitais entre le suicide et la fuite. Un matin j'ai loué une voiture et je suis partie. Comme ça, sur un coup de tête. Quitter Victor, Paris et cette vie complètement creuse... Plus je descendais vers le sud, plus l'angoisse diminuait. C'étaient des petites choses. Moins d'alcool le soir, moins de Xanax pour dormir. Un jour j'ai réalisé que j'avais pas regardé mon portable depuis une semaine. Je l'ai jeté et ça m'a soulagée d'un poids immense. Après Lyon, j'ai commencé à rester un jour ou deux là où je dormais. Voir du pays, parler avec les gens. J'avais jamais pris le temps de faire ça avant. Je devais croire que j'étais au-dessus de ça. Au-dessus des autres.

La beauté... C'était mon arme absolue, je me rends compte que c'était devenu une prison.

J'ai toujours su que j'étais belle. Mais qu'est-ce que j'étais seule !

Ça n'a plus aucune importance au hameau. L'endroit est incroyable. C'est à peine un village ; un lieu-dit plutôt. Dans les années 70 une bande de hippies est venue s'installer. Ils sont repartis, maintenant c'est un centre de recherche universitaire. Des profs et des étudiants, tous passionnés, qui travaillent ensemble la journée et qui dorment dans une ancienne ferme convertie en dortoir. Ils acceptent les bénévoles aussi, c'est comme ça que je me suis installée. Y a un homme plus vieux que les autres, qui traîne toujours dans le coin. Il participe pas aux travaux du centre, mais il connaît les lieux comme sa poche. J'ai l'impression qu'il m'aime bien. Il a compris que le dortoir ou la chambre chez l'habitant, c'était pas trop pour moi, et il m'a proposé de m'installer dans l'ancien laboratoire de sa femme. Une maison minuscule un peu à l'écart des autres bâtiments. C'est loin, très loin du confort de ma vie d'avant, mais je reviendrais en arrière pour rien au monde.

Je suis là depuis cinq mois. J'ai l'impression à la fois d'être arrivée hier et d'avoir toujours vécu ici. Ou d'avoir DÉJÀ vécu ici. C'est bizarre. Ça s'explique pas. Je fais rien de fou, mais tout ce qu'on fait ici a du sens. J'ai appris à me lever en même temps que le soleil. Le matin, je rejoins les autres au réfectoire, je propose mon aide pour les activités qui m'intéressent. Le soir en général, on dîne tous ensemble. Je me couche tôt. Je fatigue vite. Parce que, miracle : je suis enceinte. Je sais pas qui est le père. Peut-être Victor. Peut-être ce type que j'ai rencontré sur la route. Aucune importance. Tout ce qui compte, c'est le bébé. Cette fois je le sens, je SAIS qu'il va s'accrocher. Je vais être maman.

*Jardin de l'Observatoire, Paris 14e*

Le téléphone avait sonné une bonne partie de la nuit. Laurence s'était refusée à basculer son portable sur silencieux, s'infligeant les sonneries en pénitence. Un piètre châtiment au regard de ses fautes, mais il lui valait une migraine qu'elle avait laissée croître comme un furoncle qu'on gratte pour mieux le voir suppurer. Elle aurait bien macéré plus longtemps dans sa culpabilité mais la fac, ses cours, les étudiants : ses obligations l'appelaient.

Laurence s'extirpa de sa banquette étroite. Deuxième tiroir de son bureau dans la bibliothèque, le flacon était toujours là. Petit, opaque et sans étiquette. Sa réserve secrète. Une des choses qu'elle admirait le plus au Moyen Âge était l'incomparable créativité dont les hommes faisaient preuve pour utiliser les ressources à leur disposition. La pharmacopée en particulier avait fait de formidables bonds en avant. Utilisant les archives et les témoignages d'époque, Laurence s'était constitué un kit de premiers secours médiéval, qu'elle utilisait de préférence aux médicaments issus de l'industrie pharmaceutique. La teinture-mère de fumeterre était souveraine contre les céphalées. Laurence déboucha le flacon et en versa cinq gouttes dans une tasse de thé. Elle avala le breuvage d'un trait et se brûla la langue. Elle reposa le flacon dans le tiroir, au milieu de dizaines d'autres aussi anonymes et mystérieux.

Elle s'assit à son bureau, se releva, indécise. Elle était dans son antre, sa tanière aux rayonnages débordant de livres. Depuis la mort de Jean-Marc, elle y passait ses longues nuits solitaires. Les livres finissaient toujours par l'apaiser. Mais pas cette fois. Elle avait laissé les heures défiler et les remords l'envahir. Une nouvelle salve de sonneries sur son portable la fit sursauter. Léonie, encore. Léonie, qui d'autre maintenant ? Ingrid n'était plus là pour réclamer des comptes. Laurence plaqua ses mains sur ses oreilles, en vain.

Il avait été relativement simple de mentir à Ingrid. Leur relation était si houleuse, si épidermique, qu'elle interprétait la distance maternelle comme un bloc monolithique de désintérêt. Laurence avait laissé son aînée se croire mal-aimée, c'était plus simple de passer pour une mauvaise mère que de tout avouer, mais elle sentait qu'avec Léonie les choses allaient se corser. Évidemment il avait fallu qu'elle devienne psy ! Laurence tremblait depuis des années dans l'attente du jour où les pièces du puzzle s'assembleraient dans l'esprit de sa cadette et qu'elle réaliserait le gouffre qui crevait le centre de l'image. Un cratère à vif, pile au milieu de leur photo de famille. Comment avaient-ils pu ne pas le voir pendant toutes ces années ?

Jean-Marc avait porté une partie du secret. Il avait endossé ce qu'elle avait bien voulu partager avec lui, sans poser de question, sans réclamer de contrepartie. De tous les hommes qui l'avaient désirée, aucun n'avait su l'aimer autant ni aussi complètement que lui. Leur couple avait suscité la curiosité dans les couloirs de la Sorbonne. Parce qu'elle était sublime et lui physiquement quelconque, on les surnommait les Grimaldi. Elle était Grace Kelly et lui le prince Rainier, chacun spéculant sur la nature du trésor qu'il lui avait offert pour qu'elle accepte de lier sa vie à la sienne. Quelle ironie ! Jean-Marc avait été la grande chance de sa vie. Laurence se sentait si seule depuis sa mort. Elle faiblissait, elle le sentait, alors même que le danger d'être découverte n'avait jamais été aussi fort.

La sonnerie du téléphone retentissait encore et toujours. Léonie était plus réfléchie qu'Ingrid. Surtout, elle était heureuse aujourd'hui et son bonheur la rendait forte. Elle ne se laisserait pas éconduire par l'indifférence feinte de sa mère. Depuis la mort d'Ingrid, Léonie la regardait de travers avec ce pli soucieux qui assombrissait son beau regard. Le regard de Jean-Marc.

À bout de nerfs et la tête encore prise en étau par la migraine, Laurence tituba jusqu'à la douche. Des coups sourds à la porte de l'appartement la surprirent. Comme une automate, elle enfila son peignoir et alla ouvrir. Elle vit immédiatement la colère le disputer à l'inquiétude dans le regard de Léonie. Son diamant brut, sa perle nacrée bien protégée dans sa gangue de graisse.

– Entre, se contenta-t-elle de dire. Je vais faire du thé.

Carrières-sous-Poissy

Munie d'une paire de bottes en caoutchouc, Fennetaux fendait les herbes hautes de l'étang de la Galiotte avec aisance, ses intestins la laissant en paix depuis deux jours. Ils longeaient la quarantaine de cabanes de la rive sud et elle s'émerveillait de ces guinguettes de bric et de broc à une encablure de l'autoroute A13.

– Tu avais entendu parler de cet endroit ? demanda-t-elle à Sissoko.

– Non, je me suis renseigné cette nuit.

Il ne jugea pas utile de partager ses nouvelles connaissances puisqu'elles ne relevaient pas strictement du domaine de leur enquête. Océane avançait à grandes enjambées devant eux, le regard fixé sur la rive nord.

– Les cabanes ont l'air vides, insista Fennetaux. Elles sont habitées ou pas ?

– Seulement le week-end. Les concessions se refilent en famille depuis des générations, des fanas de pêche surtout.

– Il va falloir identifier tout le monde et les interroger à leur domicile. Ils ont peut-être repéré les allées et venues de Lebec.

– J'ai mis deux hommes sur le coup.

– Sissoko, tu es perfection.

Le capitaine fit semblant de ne pas avoir entendu.

– On peut oublier l'effet de surprise. Si Lebec est chez lui il nous voit arriver comme le nez au milieu de la figure.

– Je sais, acquiesça Fennetaux, et elle toucha son arme de service coincée dans son holster. De toute façon sa baraque flotte sur l'eau, il n'y a pas dix mille façons d'y rentrer.

Aux abords de la cabane isolée, un grand rectangle d'herbes aplaties marquait l'endroit où la Simca était garée avant que la Scientifique ne l'embarque. Océane attendait Fennetaux et Sissoko sur la berge. Elle avait dégainé son arme mais le cran de sûreté était en place.

– On y va ? proposa-t-elle.

Sans un mot Sissoko emprunta la planche de contreplaqué servant de pont et frappa à la porte. Il lança un regard circonspect vers le toit. Les amulettes sanglantes avaient disparu.

– Éric Lebec ? Police. Nous venons perquisitionner votre domicile.

Il lança un regard derrière lui vers sa supérieure, qui hocha la tête. D'un coup d'épaule, il fit sauter le cadenas maintenant la porte fermée et entra dans la cabane. Les deux femmes le suivirent.

L'intérieur était plongé dans l'obscurité. Des lampes à huile disposées çà et là confirmaient que la cabane n'était pas reliée au réseau électrique. Sissoko ouvrit une fenêtre et détacha le panneau qui servait de volet. Sous la lumière crue du matin, les trois enquêteurs commencèrent leurs investigations. La pièce unique d'environ vingt mètres carrés comprenait un lit pliant, quelques meubles de récupération et une demi-douzaine de caisses en bois empilées les unes sur les autres. Ils auraient vite fait le tour. Ils enfilèrent des gants en latex et se déployèrent.

– Pas de livres, pas de journaux, pas un seul papier administratif, nota Fennetaux.

– L'aime peut-être pas qu'on fasse du mal aux arbres, proposa Océane. En tout cas c'est clean pour la piaule d'un vieux célibataire. On est sûr qu'il vit ici ?

Sissoko sortit une antique cafetière à piston et un mug ébréché de l'évier en faïence :

– Il était là ce matin. Il sait qu'on a embarqué sa voiture. Il sait qu'on le recherche.

– C'est un papy, il a plus sa bagnole, peut pas être bien loin.

– Dieu t'entende mon chat, répliqua Fennetaux. On se partage les caisses ?

Elles étaient empilées contre un mur. Sissoko s'empara des deux plus hautes qu'il posa un peu plus loin et fit de même avec les deux suivantes. Chacun prit une pile en silence. Quelques vêtements chauds, un peu de vaisselle, un sac de couchage, les possessions d'Éric Lebec se limitaient au strict nécessaire. Fennetaux se demandait comment qualifier son mode de vie. Décroissant ou marginal ? Lebec avait-il choisi cette existence ou y avait-il été réduit par les circonstances ? Et comment occupait-il ses journées dans un tel dénuement ? Un bruit sourd la sortit de ses réflexions.

– Oh putain !

Océane venait de renverser sa caisse et reculait comme elle pouvait à quatre pattes.

Un amas de chairs visqueuses débordait de plusieurs sacs plastique et l'odeur commençait à se répandre.

– C'est quoi ces merdes ?!

Sissoko s'approcha. À l'aide d'un stylo il déplaça la masse sanguinolente pour mieux l'observer.

– Des entrailles. D'animaux je pense.

– Taré, ce mec !

– C'est trop gros pour des appâts de pêche. Sûrement du stock pour ses amulettes, analysa Fennetaux. Je me demande quelle signification ça peut avoir pour lui, pourquoi faire ça plutôt qu'une incantation ou brûler de l'encens… Tu as fouillé la caisse du dessous ?

Océane secoua la tête. C'était la dernière de la pile. Fennetaux la prit et la fit glisser vers elle mais interrompit son geste. La caisse cachait une trappe dans le plancher.

– Venez voir.

Elle saisit la poignée métallique rudimentaire et ouvrit la trappe. À son tour, elle manqua de tomber à la renverse. La trappe donnait accès aux bidons servant de flotteurs à la cabane. Là, emballé dans une bâche transparente solidement ficelée, un squelette ondoyait au rythme du clapotis de l'étang.

*Mairie du 3e*

Léonie aspira une grande goulée d'air frais en sortant du métro. Elle avait pris la ligne 4 en sortant de chez sa mère et était descendue à Réaumur-Sébastopol avec l'intention de marcher jusqu'à son cabinet. Elle avait besoin de mettre de l'ordre dans ses idées avant de recevoir ses patients. Un coup d'œil à son portable lui indiqua qu'il était pile l'heure de la récréation du matin. Elle appela Benjamin.

– Tout va bien ? s'enquit-il d'une voix inquiète en décrochant.

– Je ne sais pas trop.

– Tu as pu lui parler ?

– J'en sors, là.

– Alors ?

– C'est bizarre. J'ai l'impression qu'on vient d'avoir notre première conversation entre adultes, et en même temps je ne suis pas beaucoup plus avancée qu'hier soir.

– Mais elle t'a dit quoi ?

– Qu'elle n'avait aucune intention de se justifier. Que sa vie ne se réduisait pas à son rôle de mère.

– Elle est bonne celle-là ! C'est son rôle de mère le problème.

– Elle le sait bien, elle était sur la défensive. Elle a totalement refusé de parler d'Ingrid. Genre gros sujet tabou.

– Mais tu lui as dit pour l'autre enfant ?

– Je lui ai dit que je savais, oui. Ça n'a pas eu l'air de l'étonner. Comme si elle s'en doutait déjà.

– Elle n'a pas nié ?

– Non. Mais on ne peut pas dire qu'elle ait beaucoup développé non plus. Tout ce que je sais, c'est qu'avant de rencontrer mon père elle a vécu plusieurs années en Ardèche, dans un endroit qui s'appelle « le hameau ».

– Le hameau ? Il doit y avoir des centaines de bleds qui s'appellent comme ça.

– Je me doute.

– Tu vas faire quoi ?

– Je vais y aller, qu'est-ce que tu veux que je fasse d'autre ?

Benjamin resta d'abord sans voix, puis :

– Tu vas aller en Ardèche ? Toi ?

Léonie savait parfaitement où il voulait en venir et leva les yeux au ciel. Il enfonça le clou :

– Léo, il n'y a pas le métro en Ardèche. Tu ne sais même pas où aller exactement. Comment tu vas faire sans voiture ?

– Je ferai comme tout le monde, je me débrouillerai.

La sonnerie de l'école retentit, ils durent raccrocher. C'est bon, elle le savait qu'elle n'avait pas le permis. Est-ce qu'elle lui rappelait sans arrêt, à lui, qu'il n'avait pas de prépuce ? Son regard d'aigle repéra une boulangerie juste sur le trottoir d'en face. Exactement ce qui lui fallait.

Elle termina son chausson aux pommes devant l'immeuble de son cabinet. Les doigts gras, elle ignora la plaque en étain qui proclamait fièrement « Léonie Damanne, psychologue ». Elle poussa la lourde porte cochère, traversa la cour et pianota sur le digicode du bâtiment B. La porte venait de s'ouvrir quand elle sentit une ombre dans son dos. Instinctivement, elle se raidit (syndrome Guy Georges), elle n'avait pas vérifié qu'elle était seule avant de faire le code. Avant qu'elle ait le temps de se retourner, une main s'abattit sur son épaule et la propulsa à l'intérieur de l'immeuble. Elle n'eut même pas le temps de crier.

– Qu'est-ce que vous êtes allée raconter à ma femme ?

Franck Gardette suintait la colère par tous les pores de sa peau. Léonie fut d'abord tétanisée, puis l'adrénaline se déversa en cascades dans ses veines, remplaçant la peur par une indignation outragée.

– Non mais ça va pas bien de me sauter dessus comme ça ? Faut vous calmer !

– Vous avez fait quoi à Marion ? Elle veut plus me voir, elle veut plus voir les gosses, elle arrête pas de pleurer depuis hier.

– Je ne peux rien vous dire, vous le savez très bien.

– Ça vous excite de foutre la vie des autres en l'air, c'est ça ?

L'homme semblait littéralement hors de lui. Ses yeux papillonnaient de droite à gauche, incapables de se fixer. Léonie se demanda s'il n'était pas sous l'influence d'une substance quelconque. Il fallait qu'elle le fasse redescendre sur terre, son premier patient allait bientôt arriver.

– Pourquoi vous vous mettez dans un état pareil, monsieur Gardette ? C'est normal que votre femme soit bouleversée après tout ce que vous avez traversé.

– Essayez pas de m'embrouiller moi aussi ! Marion et moi on est une team, je vous préviens, je vous laisserai pas lui retourner la tête.

– Ce n'est pas du tout mon intention.

– Foutez-lui la paix alors.

– C'est le juge qui décide, pas moi. Écoutez, votre femme a un vrai problème avec l'alcool. Il faut qu'elle le règle. Pour elle, pour votre couple, pour votre fa…

Fou de rage, Gardette balança son poing sous le nez de Léonie et fracassa la vitre de la porte d'entrée. Elle fit un bond en arrière et poussa un cri d'effroi.

– Tu parles pas de ma femme comme ça ! Tu la connais pas, tu sais rien de notre vie !

Il empoigna la veste en jean de Léonie et plaqua son visage contre le sien, les yeux injectés de sang.

– Si tu t'approches encore d'elle je défonce ta petite gueule, c'est clair ?

Il la repoussa en arrière et partit au milieu des éclats de verre, le poing en sang. Léonie chancela et se rattrapa à la rampe de l'escalier. Elle tremblait de tous ses membres. L'image de son père surgit dans son esprit. Elle aurait tout donné pour être dans ses bras. Éprouver le moelleux de son embonpoint, sentir son odeur rassurante. Elle voulait son papa.

Une porte claqua dans les étages supérieurs et Léonie se reprit. Elle alla prévenir la gardienne des dégâts sans donner de détails et monta à son cabinet. Elle avait perçu une lueur dans le regard de Franck Gardette. Une lueur qu'elle n'arrivait pas à identifier. Il débordait de colère et de frustration, mais il y avait autre chose. Son patient n'allait pas tarder, elle voulait mettre le doigt sur ce qui lui échappait. Elle sentait que c'était important pour la cure de Marion.

N'y tenant plus, elle fouilla dans un classeur où elle rangeait des outils lui servant à travailler avec les enfants et trouva ce qu'elle cherchait. La roue des émotions. Un disque en carton de la taille d'un vinyle, percé d'une attache parisienne en son centre qui maintenait un disque plus petit de façon qu'on puisse tourner les deux indépendamment l'un de l'autre. Sur le plus grand disque étaient énumérées les quatre grandes émotions (joie, colère, tristesse et peur) avec pour chacune quelques adjectifs associés (par exemple confiant, serein, joyeux pour la joie, déprimé, soucieux ou mélancolique pour la tristesse). Sur le petit disque on pouvait lire une série d'expressions courantes exprimant des sensations (j'ai une boule dans la gorge, je me sens léger, j'ai le souffle coupé). Cet outil permettait d'aider ses petits patients à identifier leurs émotions en les rattachant à des sensations concrètes, organiques. Partir du corporel pour aboutir au cérébral. Léonie parcourut le petit disque des yeux et s'arrêta sur l'expression « je me sens comme un lion en cage ». C'était exactement l'impression que lui avait faite Franck Gardette. Un doigt sur cette expression, elle fit glisser le petit disque pour y associer des adjectifs concordants sur le grand. Elle lut « enragé », « mécontent ». Des adjectifs associés à la colère. Elle avait perçu ça chez lui mais pas seulement. Elle continua de faire tourner le disque et arriva sur « angoissé », « mal à l'aise ». Les adjectifs de la peur. C'est ça qu'elle avait lu dans les yeux de Gardette. Il avait peur. Mais peur de quoi ? Qu'avait-il encore à craindre maintenant que l'alcoolisme de sa femme avait été découvert ? Et s'il n'avait pas de plus sombre secret à cacher, en quoi le fait que sa femme commence enfin à affronter ses démons pouvait-il le mettre, lui, en danger ? La réponse la frappa au moment où son patient sonnait à sa porte. Elle griffonna « codépendance » sur un Post-it et alla ouvrir.

Carrières-sous-Poissy

– Il est là depuis combien de temps à votre avis ?

– Je ne sais pas. L'eau accélère la décomposition, tout dépend si la bâche est étanche.

– C'est un homme ou une femme ?

– Une femme je dirais, vu la taille. Sissoko est meilleur que moi là-dessus.

– Mais il veut jamais jouer…

Assises en tailleur au bord de la trappe, Fennetaux et Océane contemplaient le squelette qui barbotait sous leurs pieds. Le capitaine taciturne était remonté au parking en quête de réseau pour appeler l'Identité judiciaire.

– Qu'est-ce qu'il fout ? souffla Océane.

Fennetaux réprima un sourire. Sous ses faux airs de punk à chien, la flic était viscéralement attachée à son supérieur.

– Vas-y, va le chercher, lui proposa-t-elle.

Océane se mit debout en un saut mais se ravisa.

– Je peux vous laisser cheffe ?

– Qu'est-ce que tu veux qu'il m'arrive ?

Restée seule, Fennetaux s'arracha à la contemplation du squelette, se releva à son tour et se mit à faire les cent pas. Y avait-il un rapport entre ce corps et le meurtre d'Ingrid Sicard ? Étaient-ils tombés sans le savoir sur un tueur au long cours, un Francis Heaulme au parcours criminel jonché de cadavres encore enfouis ? Si tel était le cas, à soixante-huit ans Éric Lebec avait eu largement le temps d'exprimer ses pulsions meurtrières. La mort d'Ingrid ne serait qu'un crime de rôdeur. Une vie brisée par la faute à pas de chance.

Profitant de sa solitude, Fennetaux joignit ses mains sous son menton et murmura quelques prières à voix basse. Le couinement du ponton lui fit relever la tête. Océane avait laissé la porte de la cabane ouverte. Un homme hirsute avançait vers la commandante, l'air mauvais. Éric Lebec.

En une fraction de seconde Fennetaux comprit qu'elle n'aurait pas le temps de dégainer son arme. Lebec n'était pas grand, mais il était habitué à se battre, elle le voyait dans ses yeux et dans sa démarche. Alors que son système nerveux la bombardait de signaux d'alerte, son talkie grésilla dans la poche de sa parka :

– Sissoko pour Fennetaux. L'IJ est sur zone, on arrive.

Lebec avait parfaitement entendu et suspendit son avancée. Lentement, très lentement et sans le lâcher des yeux, Fennetaux empoigna son talkie et répondit de sa voix la plus ferme :

– Suspect en visuel, je répète, suspect en visuel.

Un éclair de haine pure passa dans le regard de Lebec. Il fit demi-tour sur le ponton et s'enfuit en courant.

Lebec connaissait le terrain comme sa poche. Il fonça plein ouest en direction de la Seine et de l'autoroute A13. Il n'avait pas de plan, juste la peur au ventre et son instinct de survie qui lui intimait l'ordre de fuir. Rapidement, il entendit les cris des policiers à ses trousses. Ça ne pouvait pas finir comme ça. Pas maintenant. Pas après tout ce qu'il avait accompli. Il avait été d'une fidélité à toute épreuve, il méritait d'être sauvé.

C'est alors qu'il comprit ce qu'il avait à faire. La seule façon de savoir une fois pour toutes si ses efforts avaient payé. Il fit soudain demi-tour et fonça vers les policiers, mais il n'avait pas peur. Il en riait à présent, il savait qu'il ne risquait rien. L'envie le prit de les provoquer, d'exposer son sauvetage sous leur nez. Lebec tourna sur lui-même et s'arrêta devant un chêne massif aux branches longues. Si longues qu'aucun autre arbre n'avait poussé autour de lui. Des branches qui se tendaient vers Lebec comme des bras protecteurs.

Sissoko, Janvier et deux collègues de l'IJ débouchèrent dans la clairière à toute allure et cessèrent de courir comme un seul homme. La scène sous leurs yeux était incompréhensible. À genoux au pied d'un arbre, ivre de fureur, Éric Lebec frappait le tronc de toutes ses forces en hurlant. Il pleurait, crachait et criait en même temps. Il était l'image même du désespoir.

– Salope ! Putain de salope ! Halaïde ! Halaïde ! Halaïïïïïde !!!!!

7

Le hameau

Le bébé était gros et se présentait par le siège. Le travail durait depuis des heures, Jeanne commençait à fatiguer. C'était le cinquième accouchement d'Alice, tout aurait dû être fini depuis longtemps. Mais son amie gémissait, exsangue. Des compagnons avaient proposé d'emprunter la voiture d'un paysan voisin pour la conduire à l'hôpital. Jeanne s'y était opposée, et personne ne s'opposait à Jeanne. L'overdose de datura deux ans plus tôt avait exacerbé son mysticisme, de sorte qu'au poids de sa beauté et de son charisme s'ajoutait maintenant une aura quasi shamanique. Elle n'invoquait plus Halaïde pour intercéder entre le monde des hommes et celui des esprits. À quoi bon ? Depuis sa résurrection, Jeanne *était* Halaïde.

Elle avait fait boire de l'huile de ricin à Alice pour accélérer les contractions. Le remède avait déclenché des diarrhées hémorragiques. Jeanne voyait la jeune femme s'étioler sous ses yeux, elle sentait l'enfant faiblir, coincé au seuil de la vie. À court d'option, elle se résolut à tenter le tout pour le tout. Sans le moindre avertissement, elle introduisit sa main droite dans la vulve d'Alice tandis que de la gauche elle effectuait une forte pression sur le haut de son ventre. Alice hurla de stupeur et de douleur mais Jeanne resta concentrée. Elle ne pouvait pas faire en sorte que la tête se présente en premier, mais si elle parvenait à attraper les pieds, la mère et l'enfant avaient une petite chance. Elle palpait le bébé au fond de la paroi utérine, ignorant les cris de son amie. Quand ses doigts rencontrèrent les pieds minuscules, elle les tira doucement mais fermement vers elle.

L'expulsion put commencer. Attentive au rythme des contractions d'Alice, Jeanne lui ordonnait de pousser puis de se retenir. Les jambes, le bassin et l'abdomen du bébé sortirent en deux poussées. À vue de nez, il faisait plus de cinq kilos. Tout allait se jouer sur la prochaine contraction. Jeanne n'avait ni forceps ni palettes. Si la tête était trop grosse, Alice et l'enfant mourraient.

Le cri du garçonnet fit vibrer la peau parcheminée des fenêtres. Il se précipita dans les bras de Marguerite. Féministe de la première heure, Marguerite n'en revenait pas d'avoir engendré un petit homme. Pour tout le monde ici, la parentalité était le péché originel de la bourgeoisie et elle avait fini par le croire. Puis elle avait mis au monde cet être parfait. La grossesse l'avait transformée en louve du jour au lendemain. Finis, les space cakes au petit déjeuner et les champis à la veillée. Elle faisait bouillir l'eau qu'elle buvait et relavait ses légumes en douce par crainte des bactéries. Elle avait même accouché à la maternité, soustrayant son fils à la loi commune dès sa mise au monde.

Guillaume avait blotti sa tête dans le cou de sa mère. À dix-huit mois il n'était pas encore bien stable sur ses deux jambes, il venait de s'égratigner le genou en tombant et c'était la fin du monde. Tout son petit corps était secoué de sanglots. Marguerite le berçait doucement, comblée par ce besoin vital qu'il avait d'elle. Elle fit mine d'attraper l'égratignure sur le genou, porta son poing au niveau de son visage et souffla dessus vers le plafond en ouvrant la main.

– C'est fini mon amour, c'est fini… Il est parti le bobo de Guillaume, regarde, envolé dans le ciel.

L'enfant se calmait petit à petit. Marguerite ouvrit le haut de sa longue chemise et posa son fils sur son sein. Il agrippa le mamelon maternel, le téta un instant et s'endormit. Elle contempla son petit visage, émerveillée. Il était à la fois son portrait craché et celui de Pierre. Quelqu'un sur terre pouvait-il être plus heureux qu'elle en ce moment ?

Jeanne quant à elle n'avait plus la force de se réjouir. Elle avait sauvé Alice et le bébé de justesse. L'accouchement avait duré près de trente-six heures. Comme tous les enfants du hameau, le bébé avait été pris en charge par la communauté. Jeanne rejoignit ses compagnons autour du feu. La veillée était déjà bien entamée. Elle fut accueillie par des exclamations de joie. On l'embrassa, on la félicita. Antoine en particulier débordait de gratitude. Il répétait en boucle : « T'es puissante, t'es puissante », comme pour calmer sa peur rétrospective d'avoir failli perdre sa jumelle. Il s'était comme on dit beaucoup cherché avant qu'Alice le fasse venir au hameau. Jeanne se souvenait des débats interminables pour savoir s'il fallait accepter ce frère. Réintroduire des liens du sang dans la communauté, n'était-ce pas faire entrer le loup dans la bergerie ? Ils avaient fini par céder, pour Alice, avec le sentiment d'avoir renié une partie de leurs principes.

Antoine était aux petits soins pour Jeanne.

– T'as faim ? Soif ? Tu veux du speed ou du spleen ? demandait-il un joint dans une main et un papier buvard dans l'autre.

Jeanne secoua la tête. Ce n'était pas le premier accouchement difficile au hameau. Jamais il ne s'était mis dans un état pareil pour personne avant. Combien de temps le sang l'emporterait-il sur le cœur ? se demandait-elle. Elle s'en voulait de ressasser ces pensées négatives dans un moment pareil. Après tout, la mesnie venait d'accueillir un nouveau membre, c'était tout ce qui comptait.

Elle détourna les yeux et vit Pierre arriver dans la salle commune avec Marguerite et Guillaume. La sainte trinité. La putain de sainte trinité. Une image s'imposa dans son esprit. L'amour qui unissait Pierre à Marguerite était un virus, et ce virus allait les gangrener tous. La communauté était un organisme vivant, vulnérable aux infections. En laissant leur amour s'épanouir ils avaient fait vaciller non seulement l'équilibre politique du hameau, mais aussi son équilibre bactériologique. Soudain, Jeanne ne le supporta plus. Elle avait sacrifié trop de choses depuis trop longtemps. Elle empoigna une louche posée sur une table et s'en servit comme d'un gong pour exiger l'attention générale.

– Compagnons, dit-elle d'une voix forte, je réclame un vote.

Une heure plus tard les trente-cinq membres permanents du hameau étaient réunis dans la salle commune et échangeaient des regards interrogateurs. Dans les premières années toutes les décisions, même les plus triviales, étaient soumises au vote. Le système avait montré rapidement ses limites et il était rare désormais qu'un vote soit organisé de but en blanc sans débats préalables, apartés en tous genres et constitution secrète de clans. Le hameau avait beau être démocratique, il n'en était pas moins humain. En théorie, chacun pouvait solliciter un vote quand bon lui semblait. En pratique il s'en organisait trois ou quatre par an, toujours prévus longtemps à l'avance. Or personne ce jour-là n'avait la moindre idée de ce que Jeanne avait en tête. Elle faisait face à l'assemblée, l'air grave.

– Compagnons, vous le savez déjà, Alice a accouché pour la cinquième fois aujourd'hui. La délivrance a été longue, dangereuse pour elle et le bébé mais elle a tenu bon. Devant son courage et sa générosité, il y a des égoïsmes que nous ne pouvons plus tolérer.

Elle laissa planer un court silence afin que chacun se demande de qui elle parlait, avant d'asséner :

– Le comportement de Marguerite est inacceptable.

Publiquement désignée comme objet d'opprobre, Marguerite sentit peser sur elle le regard de tous ses compagnons. Elle se raidit et serra plus fort Guillaume qui dormait dans ses bras. Jeanne poursuivit, implacable. La guérisseuse se faisait procureur.

– Depuis la naissance de Guillaume, Marguerite fait preuve d'une possessivité petite-bourgeoise contraire à nos principes. Guillaume passe ses journées avec elle : non seulement Marguerite travaille moins que nous autres, mais en plus elle entrave la socialisation de l'enfant. Elle prétend l'aimer mais elle l'aliène, elle le rend capricieux. Les autres enfants ne comprennent pas pourquoi il est traité différemment. Nous ne pouvons plus tolérer cette injustice. En conséquence, je vous soumets la proposition suivante : « Marguerite doit confier Guillaume à la mesnie ou quitter la communauté. »

Un silence de mort s'abattit sur la salle. Certes, Marguerite ne se conformait pas aux lois communes depuis la naissance de Guillaume, mais s'attaquer à Marguerite c'était s'attaquer à Pierre. Symboliquement Jeanne exigeait de ses compagnons qu'ils choisissent entre elle et lui. Entre deux des membres fondateurs du hameau. Alice était le troisième membre fondateur. Elle avait la légitimité de s'imposer dans ce débat et peut-être aurait-elle pu empêcher l'enchaînement tragique des événements, mais elle était alitée et ne participait pas au vote. Le regard de Jeanne était maintenant posé sur Pierre qui la fixait en retour, incrédule. Les anciens époux se faisaient face de part et d'autre de la salle commune, Jeanne à droite et Pierre à gauche. Le temps semblait suspendu.

– Qui vote en faveur de cette proposition ? finit par demander Jeanne.

Abasourdis, les compagnons se regardaient. Pour les avoir soignés, pris en charge et consolés, Jeanne connaissait le corps de chacun mais aussi leur âme. S'opposer à elle relevait presque du matricide. Mais si Jeanne était devenue au fil du temps la mère spirituelle du hameau, Pierre en incarnait le cœur vibrant. Il était le soleil autour duquel chacun se réchauffait.

Les secondes s'égrenèrent dans ce qui sembla durer une éternité, puis les compagnons commencèrent à se déplacer. D'abord imperceptiblement. Comme deux aimants exerçant leur magnétisme, Pierre et Jeanne attirèrent leurs soutiens de chaque côté de la salle et le groupe se scinda en deux.

Jeanne sentit la terre s'ouvrir sous ses pieds. Les trois quarts des votants s'étaient ralliés à Pierre. Le château de cartes qu'elle avait bâti pour lui s'écroulait sur ses propres épaules. Ainsi donc Marguerite avait gagné, le particulier l'emportait sur l'intérêt général. Comble d'ingratitude, Antoine lui-même l'avait lâchée. Pourtant il retraversa la salle vers Jeanne et lui toucha l'épaule pour la réconforter. Ce geste agit sur elle comme une décharge électrique. Elle sentit une force immense prendre possession de son être. Quand sa bouche s'ouvrit, elle ne reconnut pas sa propre voix.

– N'invoquez plus Mère-Terre, elle vous renie à jamais.

Halaïde, car il ne pouvait s'agir que d'elle, traversa alors la grande salle et s'arrêta devant Marguerite, qui d'instinct lui tourna le dos pour protéger son fils.

– Sois maudite, siffla-t-elle entre ses dents serrées. Toi et les tiens, soyez maudits.

Bastion, Paris 17e

Fennetaux rongeait son frein en attendant Sissoko et Janvier. Terrassée par des spasmes abdominaux (elle avait mangé deux madeleines sans gluten pour tenir le coup vers midi et les sentait maintenant labourer ses intestins enflammés), elle n'avait pas pu suivre Éric Lebec pendant son transfert à l'hôpital et guettait anxieusement le retour de son capitaine. Les suites de son enquête dépendaient du verdict du psychiatre de l'unité médico-judiciaire à l'Hôtel-Dieu. En désespoir de cause, elle appela Tizi et le convoqua dans son bureau. Le jeune homme entra trente secondes plus tard.

– Des nouvelles de Sissoko ? demanda-t-elle d'un air faussement détaché.

– Rien cheffe. Vous savez comment ça se passe dans les hostos, ça peut prendre des heures. Vous rajoutez la paperasse par-dessus…

Fennetaux soupira.

– Par contre j'ai mis la pression sur l'IML, ils ont promis d'examiner le squelette en priorité.

– Ça veut dire quoi « en priorité » ?

– Ça veut dire aujourd'hui. Techniquement avant minuit, quoi.

Fennetaux acquiesça. Elle avait des fourmis dans les pieds depuis l'arrestation de Lebec.

– Et « Halaïde » ça donne quoi ? Si c'est un nom propre, il ne doit pas y en avoir beaucoup. Tu as trouvé quelque chose dans nos bases de données ?

– Non, mais j'ai un truc intéressant sur Wikipédia. Très bizarre, donc ça pourrait coller avec Lebec. Vous êtes prête ?

– Prête pour quoi ? Tu vas me faire un tour de magie ?

– Presque. Je vais vous raconter une légende.

Fennetaux écarquilla les yeux. Elle se cala dans son fauteuil et focalisa son attention sur l'accent alsacien de Tizi.

– Halaïde est un prénom féminin très ancien. Ça remonte à l'Antiquité et on le donnait plutôt dans le Sud. Celle qui nous intéresse aurait vécu en Ardèche aux environs du ve siècle après Jésus-Christ.

– Amen, lâcha Fennetaux par pur réflexe.

– Plusieurs chroniques du haut Moyen Âge mentionnent une sorcière du nom d'Halaïde dans la région d'Aubenas.

– Une sorcière ? Sérieusement ?

– Et pas n'importe laquelle. Évidemment elle savait soigner les malades et prédire l'avenir, mais on raconte qu'elle aurait terrassé toute seule une horde de Vikings qui faisait des razzias dans la région. Elle avait une sorte de canal de communication direct avec l'esprit de la nature et quand elle avait quelque chose à lui demander, tenez-vous bien, elle se retirait pendant des jours à l'intérieur d'un arbre creux. Elle disparaissait dans le tronc.

Tizi fixait sa supérieure d'un air réjoui, il voyait son cerveau faire le rapprochement avec le comportement incompréhensible d'Éric Lebec quelques heures plus tôt.

– Donc Lebec qui se jette sur cet arbre, c'était parce qu'il espérait rentrer… à l'intérieur ? À l'intérieur du tronc ?

Tizi hocha la tête comme pour valider la connexion neuronale de sa supérieure.

– De toute évidence ça n'a pas marché.

– D'où les insultes… Il s'attendait à ce qu'Halaïde le fasse rentrer dans l'arbre, il s'est senti trahi. Elle est connue cette sorcière ? Je veux dire, on sait s'il y a des gens qui lui vouent un culte quelque part ?

– Elle a sa petite notoriété en Ardèche. C'est pas du niveau de Saint Nicolas chez moi, d'après Wikipédia c'est plutôt une figure mineure du folklore local. C'est surtout sa mort qui est restée dans les annales. Les villageois ont fini par avoir peur de ses pouvoirs et ont cherché à se débarrasser d'elle. Pour leur échapper, elle s'est réfugiée dans son arbre creux qui l'a, tenez-vous bien, avalée vivante.

– Comment ça « avalée » ?

– Avalée, c'est ce que j'ai lu. L'arbre s'est refermé et elle a disparu à l'intérieur.

Une étincelle s'alluma dans le cerveau de Fennetaux. Une femme se réfugiant dans un arbre pour fuir ses poursuivants, une légende locale à moitié oubliée… Bien sûr… Elle se mit à fouiller dans la pile de documents accumulés sur son bureau, de plus en plus fébrile.

– Où est-ce que je l'ai mis… Ah ! (Elle brandit un feuillet sous le nez de Tizi.) Regarde, l'interview de Sicard sur sa série.

Tizi parcourut le texte en diagonale.

– Cheffe, il y a une petite marge entre une guérisseuse du ve siècle et une nympho du Moyen Âge, non ?

– La femme puissante, les hommes qui profitent d'elle et qui veulent lui faire la peau. Et l'arbre, surtout. On l'a laissée où Ingrid ? Attachée au pied d'un arbre. Halaïde, c'est cette Halaïde qu'Ingrid incarnait dans la série.

– Donc le lien entre Ingrid et Lebec ce serait Sicard ?

Fennetaux acquiesça, les joues rosies par l'excitation. Son portable se mit à vibrer sur son bureau. Elle lut le SMS qui venait de s'afficher et perdit ses couleurs.

– Et merde !

– Quoi ?

– Lebec est déclaré psychotique, on a interdiction de l'approcher jusqu'à nouvel ordre.

Folie-Méricourt, Paris 11e

C'était l'heure de la séance de Marion Gardette et Léonie compensait son absence en faisant des recherches sur le phénomène de codépendance associé à l'alcoolisme. C'était passionnant et troublant à la fois, car le tableau clinique ne collait pas à ce qu'elle avait perçu de Franck Gardette, loin s'en faut. Conjoint ou parent de l'alcoolique, le codépendant entretenait sans le vouloir son addiction à l'alcool en cherchant par tous les moyens à en cacher les effets. L'enfer pavé de bonnes intentions.

Sauf que Léonie avait du mal à imaginer Franck Gardette couvrir sa femme pendant leurs dîners mondains ou mettre plus d'argent sur le compte commun afin de pallier le manque à gagner engendré par les défaillances de Marion au boulot. Pourtant elle en aurait mis sa main au feu : dans ses propos hargneux ce matin, Franck manifestait tous les signes caractéristiques d'un lien pathologique avec sa femme. Au-delà de pathologique même, toxique. Plus Léonie lisait et moins elle comprenait. À moins que…

Sur une impulsion, elle fit défiler les contacts dans son téléphone jusqu'à ce qu'elle trouve celui qu'elle cherchait et appuya sur « appeler ».

– Bureau du juge Mirmont, lui répondit-on au bout de deux sonneries.

– Madame Kassem, c'est Léonie Damanne, je ne vous dérange pas ?

– Le juge est en audition… Ah il me fait signe que c'est bon. Qu'est-ce que je peux faire pour vous ?

– C'est à propos de l'affaire Gardette. Je me demandais si je pouvais avoir accès aux pièces du dossier. Les procès-verbaux des policiers, les auditions de monsieur le juge, les résultats d'analyses, tout quoi. Je ne peux pas encore vous dire pourquoi avec certitude et je sais que ce n'est pas très réglo, se hâta-t-elle d'ajouter avant que la greffière ait pu en placer une, mais je sens que ça pourrait m'aider à aider ma patiente.

Une main qui recouvre le combiné, des borborygmes étouffés pendant la négociation, et finalement la voix pincée qui reprend :

– Je vous envoie les documents par mail.

– Super, merci beaucoup. Et merci à monsieur le juge.

Léonie ouvrit sa boîte mail et imprima tout le dossier. Elle ne savait pas bien ce qu'elle cherchait, mais une petite voix lui soufflait de décortiquer chaque ligne de ces documents arides. Une petite voix qui avait un temps d'avance sur sa conscience et qu'elle sentait frétiller d'excitation comme la queue d'un chien devant sa baballe.

Elle était absorbée par sa lecture quand un coup ferme frappé avec le poing sur sa porte la fit sursauter. Elle avait encore vingt minutes de tranquillité devant elle normalement et faisait toujours attention à ce que ses patients ne se croisent pas entre deux consultations. Son papy cleptomane avait peut-être mal noté l'heure de son rendez-vous. Elle alla ouvrir et se retrouva nez à nez avec Jordan Merle.

– Léonie Damanne je présume ?

La tension de Léonie grimpa en flèche. Sa bouche s'assécha et elle dut se forcer à saliver pour parvenir à articuler :

– Qu'est-ce que vous faites là ?

Il ne se donna pas la peine de répondre et pénétra à l'intérieur. Sans violence, mais sans y avoir été invité non plus. Son assurance suffit à ce que Léonie s'écarte et lui fasse de la place. Il scanna les lieux rapidement et se dirigea vers le bureau. Elle le suivit en silence. Une automate. Merle la dévisagea avec intensité, esquissa un sourire et s'installa sur le divan des patients.

– Petite, ronde, probablement psychiatre ou psychologue. Avoue que je partais de pas grand-chose pour t'identifier. Alors que toi, tu as lu en moi comme dans un livre ouvert. Je suppose que tu as eu accès à mon dossier professionnel. Tu avais une oreillette pour souffler les questions à Fennetaux pendant mon interrogatoire ?

Léonie avait repris ses esprits et restait debout pour signifier qu'elle n'avait pas donné son accord à cette discussion. C'était le deuxième homme en quelques heures qui s'imposait dans l'espace sacré de son cabinet, ça commençait à bien faire. Elle ne tolérait pas plus l'arrogance de Merle que l'agressivité de Franck Gardette. À bien y réfléchir, elle la tolérait même beaucoup moins. Contrairement au mari de sa patiente, Merle semblait en pleine possession de ses moyens. Que le braqueur soit en réalité flic ne lui donnait aucun droit sur elle. Elle cala ses fesses rebondies sur le rebord de son bureau et éluda la question de Merle au profit d'une autre.

– À propos de Fennetaux, elle sait que vous êtes là ?

– On va se tutoyer, je préfère. La réponse est non. On peut l'appeler si ça te rassure.

– Pourquoi, je suis censée avoir peur de vous ?

– Tu réponds toujours à une question par une autre question ? C'est un truc qu'on vous apprend à l'école des psys ?

– Qu'est-ce que vous faites chez moi ? articula Léonie en le fixant sans aménité.

– Quand je me fais enculer, j'aime bien savoir qui tient la savonnette.

– Intéressant, ce recours à la vulgarité. Vous vous rendez compte qu'en jouant à l'écolier perturbateur, votre inconscient m'attribue l'autorité du maître ?

Piqué au vif, Jordan Merle se releva d'un bond, abandonnant toute trace d'ironie.

– Merci pour l'entretien.

Il gagna la sortie en trois enjambées félines et referma la porte sans bruit. Léonie éprouva un frisson de dégoût rétrospectif. C'était *ça*, le père de sa nièce ? Elle prenait conscience de beaucoup de qualités chez sa sœur, mais décidément son radar à mecs avait toujours été défaillant.

Les Olympiades, Paris 13e

Le téléphone de Fennetaux sonna alors qu'elle allait attaquer sa ration quotidienne de coquillettes. Ses intestins n'avaient plus été confrontés à une crudité depuis vingt ans et elle rêvait parfois de salade grecque comme un alcoolique abstinent peut rêver d'un pastis en terrasse. Elle reconnut immédiatement le numéro de l'IML.

– Bonsoir Doc, lança-t-elle en décrochant. Du nouveau ou vous appelez juste pour prendre de mes nouvelles ?

– Au rayon des nouvelles j'en ai deux mauvaises, répliqua le vieux docteur Manzoni qui avait hérité du squelette noyé sous la cabane d'Éric Lebec. Je commence par laquelle ?

– La bonne ?

– Je savais que vous alliez répondre ça. On a identifié votre squelette. Il s'agit bien d'une femme, jeune en plus. Malika Bel'hadj, elle avait trente-six ans. Célibataire, pas d'enfant.

– Comment vous avez pu faire aussi vite ?

– C'est ma seconde mauvaise nouvelle. Bel'hadj a fait l'objet d'une procédure de disparition inquiétante il y a treize ans en 2006. L'ordinateur était au taquet, il a chanté *La Traviata* dès que j'ai entré l'ADN du squelette. Vous venez de vous coller une nouvelle affaire sur les bras. Ne me remerciez pas, ça me fait plaisir.

– Je n'en doute pas Doc. Je n'en doute pas.

Les deux sexagénaires qui en savaient trop sur la nature humaine raccrochèrent sans épiloguer. Fennetaux appela Tizi dans la foulée. Et il allait falloir qu'elle se rhabille pour sortir.

Moins d'une heure plus tard, le lieutenant faisait son entrée dans la gargote préférée de sa cheffe, un minuscule restaurant vietnamien à moitié caché sous la dalle des Olympiades. Le trajet à vélo avait rougi son visage, ce qui accentuait encore son air poupin. Fennetaux et Sissoko étaient déjà attablés.

– Janvier n'est pas avec toi ? s'étonna Fennetaux.

– J'ai pas réussi à la joindre.

– Krav maga, se contenta de rappeler Sissoko.

– C'est vrai, on est mardi… Merci d'être venus jusqu'ici en tout cas. Tizi je t'ai pris comme d'habitude, ça va ?

– Parfait, merci cheffe.

– On t'écoute, mon chat.

Pile à cet instant un serveur déposa trois bols de phô sur leur table. Les lunettes de Tizi se couvrirent de buée alors qu'il attaquait son bouillon. Il se recula et sortit un iPad du sac de cycliste posé à ses pieds.

– Malika Bel'hadj. Ses collègues ont déclaré sa disparition en septembre 2006 quand elle n'est pas rentrée de vacances. Sa famille vit à La Rochelle, elle était célibataire et personne ne savait vraiment quels étaient ses plans pour l'été, donc on n'a jamais pu dater précisément sa disparition.

– Dis-moi que tu as trouvé un lien entre elle et Ingrid Sicard, le supplia Fennetaux.

– Non, mais j'ai un lien direct avec Victor.

De surprise, la commandante avala ses nouilles trop vite et se brûla la langue.

– Merde ! Décidément il est partout…

Sissoko avait posé ses baguettes et attendait la suite.

– Bel'hadj était responsable de la distribution de *Succube*.

– Ça veut dire quoi ?

– Le boulot consiste à vendre la série dans le monde à d'autres chaînes de télé ou à d'autres producteurs qui voudraient la diffuser ou l'adapter dans leur pays. Apparemment, c'est avec la distribution internationale qu'on peut vraiment gagner de l'argent dans ce business. Le distributeur touche un pourcentage sur les ventes qu'il réalise. Sicard et Malika Bel'hadj étaient en contentieux à propos de ce pourcentage.

– Jusqu'à quel point ce contentieux ?

– Jusqu'au tribunal de commerce. Victor a été débouté, la justice a donné raison à Bel'hadj. Comme il s'était montré assez agressif, elle a eu droit à des indemnités conséquentes en plus.

– Il a dû adorer…

– Au point de la faire exécuter par Éric Lebec ? s'interrogea Sissoko.

Les trois enquêteurs envisagèrent l'hypothèse en silence. Un instant, on n'entendit que les clients des autres tables slurper leurs nouilles au bouillon.

– S'il est intolérant à la frustration, oui, je crois que oui, admit Fennetaux. En tout cas la petite Damanne ne le porte pas dans son cœur. Il faudrait que je lui demande de m'en dire plus sur lui. Peut-être qu'elle peut nous dresser son profil, ça pourrait nous aider. Imaginez le tableau : Malika Bel'hadj s'oppose à Victor, il décide de régler le problème de façon définitive. Il fait appel à Lebec en se servant de la légende d'Halaïde. Douze ans plus tard sa femme veut le quitter. Il rappelle Lebec et rebelote. Ça colle.

– Si le labo confirme, nuança Sissoko. (Il se tourna vers son lieutenant.) Ils t'ont dit quand pour la voiture de Lebec ?

– Dans quarante-huit heures a priori.

– On n'a pas quarante-huit heures, maugréa Fennetaux en empoignant son portable. Sicard a les moyens d'être au Pérou dans quarante-huit heures.

Elle composa un numéro.

– Madame la juge, commandante Fennetaux. Je suis désolée de vous déranger si tard, mais c'est important.

Sissoko reconnaissait le ton de sa supérieure. Elle avait ouvert les hostilités. Ils avaient tous intérêt à prendre des forces. Il attrapa à nouveau ses baguettes et termina calmement ses nouilles.

Mercredi 10 avril

Prince-Marmottan, Boulogne-Billancourt

La grille du jardin céda au second coup de bélier. Il était 6 h 01. Victor émergea de son cauchemar nocturne pour être projeté dans un autre. Il descendit les escaliers complètement à poil, brandissant sa canne comme une batte de base-ball. Son esprit ensuqué par les somnifères et l'alcool vit une nuée de policiers en uniforme se répandre chez lui comme une armée de cafards. La vieille de l'autre jour était à la manœuvre.

– Monsieur Sicard, annonça-t-elle en lui mettant une feuille dactylographiée sous le nez, ceci est une commission rogatoire signée par la juge d'instruction nous autorisant à perquisitionner votre domicile. Une autre équipe est en ce moment même dans vos bureaux.

Il était tellement à l'ouest qu'il n'eut pas l'idée de protester.

– Vous comprenez ce que je dis ? insista la vieille.

Il acquiesça mécaniquement. En vérité, il comprenait que dalle.

– Vous pouvez aller vous habiller. Et je vous conseille d'annuler vos rendez-vous de la matinée. On devrait en avoir pour un moment.

Alors qu'il remontait vers sa chambre il l'entendit diriger les opérations d'une voix forte.

– Messieurs-dames, je vous rappelle qu'on n'est pas au chamboule-tout mais vous ne laissez rien passer. Djénane, Grandjean, Réceptor, vous faites le rez-de-chaussée. Vidart et Alonso vous prenez les extérieurs, jardin, garage et la cave aussi. Sissoko, Janvier, vous montez avec moi. C'est parti, dans la joie et le respect des procédures !

Une putain d'armée de cafards.

La cuisine était encore l'endroit le plus calme. Victor resta planté là une éternité, se préparant à l'inévitable. Il ne se faisait aucune illusion sur l'issue de cette fouille en règle. Quand on cherche, on trouve, et les flics avaient largement matière à trouver. Rien que dans sa chambre… Il préparait son quatrième expresso quand il entendit des pas se rapprocher dans son dos. Il se retourna et fit face à son destin.

La vieille tenait deux sacs transparents dans ses petites mains toutes maigres. Le premier contenait les sous-vêtements d'Ingrid constellés de brûlures de cigarettes. L'autre, les cahiers où elle consignait son journal intime.

– Monsieur Sicard, vous reconnaissez ces affaires ?

Il pouvait *voir* ses empreintes digitales clignoter sur toutes les pièces à conviction à travers les sacs en plastique. Il acquiesça. La flic ouvrit le sac contenant les cahiers et en sortit un de ses mains gantées.

– Ce cahier a été écrit par votre épouse entre septembre 2018 et février 2019. Pourtant vous avez déclaré que vous ne l'aviez pas revue depuis son départ en mai 2018. Vous comprenez ce que ça signifie ?

Nouveau hochement de tête silencieux et lourd de sens.

– Très bien.

Fennetaux consulta une montre à quartz atrocement cheap et déclara :

– Il est 9 h 28. À compter de ce jour mercredi 10 avril 2019, je vous signifie votre placement en garde à vue dans le cadre de l'enquête pour homicide sur la personne d'Ingrid Sicard.

Étrangement il pensa à sa mère. Elle avait repris conscience hier dans la soirée. Un dossier qu'il n'aurait pas l'occasion de refermer. Il se sentit désolé pour elle et s'en étonna. Avait-il un cœur après tout ? Maintenant que sa tête était sur le billot, se pouvait-il finalement qu'il appartienne à la famille des hommes ?

Gare de Lyon, Paris 12e

Jordan Merle longeait le quai du Paris-Valence en scrutant discrètement les passagers installés. Peu de chance que sa cible soit en première classe, ce genre de dépense superflue ne collait pas avec l'idée qu'il se faisait d'elle. Il préféra vérifier toutefois. Leur rencontre lui avait laissé la désagréable impression de n'avoir aucune prise sur elle. Une anguille déguisée en éléphant de mer. À moins que ce ne soit lui qui ait perdu son mojo.

Il était comme un lion en cage depuis que cette teigne de Fennetaux avait grillé sa couverture. Frustré, désœuvré, et bien plus perturbé qu'il ne se l'avouait par l'existence d'un enfant non désiré. Étrangement imperméable à son magnétisme, Léonie Damanne lui offrait un dérivatif bienvenu. Mieux que cela même, un challenge. En bon maître de la manipulation, Merle n'admettait pas que cette fille ait réussi à le percer à jour et aidé Fennetaux à le faire parler.

Il avait donc consacré son temps désormais libre à filer la psy et amasser le maximum d'infos sur elle afin de pouvoir la décrypter à son tour. Et comme on n'attrape pas les mouches avec du vinaigre, il s'était dit que le meilleur moyen de l'approcher était de l'aider à comprendre ce qui était arrivé à sa sœur. Qu'elle le veuille ou non, il était décidé à l'accompagner en Ardèche. Et il n'était pas venu les mains vides…

Voiture 12. Léonie était seule dans un espace duo face à face. Elle avait décommandé tous ses patients des deux prochains jours. Pour apaiser sa conscience, elle avait emporté les documents transmis par le juge Mirmont sur l'affaire Gardette et s'était juré de les étudier ce soir. Elle n'avait pas prévenu sa mère de son départ. Elle-même ne comprenait pas ce qui la poussait à envoyer bouler son quotidien alors qu'elle faisait totalement confiance à Fennetaux pour mener l'enquête. C'était plus fort qu'elle. Une petite voix lui chuchotait que ce n'était pas sans rapport avec la fille d'Ingrid. Tant qu'elle était sur les routes, elle ne pouvait *matériellement* pas être à la pouponnière… À son corps défendant, ce bébé occupait chaque jour plus de place dans l'esprit de Léonie. Benjamin, dans son infinie délicatesse, prenait garde depuis une semaine à ne pas aborder la question. Ils se connaissaient tellement bien l'un l'autre cependant, qu'elle savait à quel point il devait gamberger. C'était comme si cette petite fille de cinquante centimètres leur intimait l'ordre de trancher des questions qu'ils avaient mis cinq ans à bien étaler sous le tapis.

Le TGV était sur le point de partir quand une lourde pochette cartonnée s'abattit sur la tablette devant elle. Léonie sursauta.

– On a deux heures à tuer jusqu'à Valence, je t'ai apporté un peu de lecture.

Incrédule, elle vit Jordan Merle s'installer sur le siège face au sien.

– Les PV de l'enquête officielle sur ta sœur.

Bastion, Paris 17ᵉ

Victor n'avait pas l'habitude qu'on le fasse attendre. Il rongeait son frein dans la petite pièce dédiée aux parloirs avocats du Bastion. Après l'épreuve de la perquisition ce matin, les deux heures qu'il venait de passer en cellule l'avaient profondément ébranlé. Sans compter qu'on lui avait retiré sa canne, paraît-il pour des raisons de sécurité. Il se sentait comme Dumbo sans sa plume. Son humeur s'assombrit encore quand la porte s'ouvrit sur un quinquagénaire impeccablement mis dans son costume trois-pièces : maître Henri Dénoues.

– Monsieur Sicard comment allez-vous ?

– Qu'est-ce que vous foutez là ? C'est Danilovic que j'ai appelée.

– Et elle m'a transmis le dossier. Sabrina Danilovic est une excellente collaboratrice, mais elle n'a jamais plaidé.

– Je m'en fous, je veux une femme.

– Je vous demande pardon ?

– La victime est une femme, le flic qui dirige l'enquête est une femme, le juge d'instruction est une femme. Je vais convaincre qui moi, avec vous ?

– Mon cher Victor, commença maître Dénoues avec le ton d'un instituteur patient devant un enfant un peu limité…

Mais Sicard lui aboya dessus avant qu'il déroule son premier argument.

– Y a pas de Victor. Vous me coûtez une blinde, alors vous m'écoutez ! On vit dans un monde de femmes. Si je joue pas leur jeu, je suis mort. Ma femme m'a quitté, elle m'a fait un gamin dans le dos et c'est moi qui me retrouve en taule.

– En garde à vue, monsieur Sicard, en garde à vue. Personne ne parle de prison à ce stade. D'ailleurs, à propos de cet enfant, tenta Dénoues en ouvrant son porte-documents…

Mais Victor était en boucle.

– Elles ont plus besoin de nous pour se reproduire, ça y est, c'est fini. Elles ont gagné.

– Gagné quoi ?

– Mais tout ! Elles nous ont tout pris.

L'avocat regardait son client avec circonspection. Devait-il demander une consultation psy ? Comme s'il lisait dans ses pensées, Victor s'écria :

– Je suis pas débile, j'ai bien compris ce qui se trame. Tout ça, fit-il en désignant le parloir, c'est à cause de *Succube.*

– *Succube* ?

– Ma main au feu !

– Monsieur Sicard, vous comprenez les charges qui pèsent contre vous ?

– Ils disent que je l'ai tuée. Moi ! Moi je suis allé en pleine forêt avec mes Berluti à quinze mille et ma canne pour buter Ingrid ! Plus c'est gros plus ça passe.

Dénoues consulta rapidement sa montre, leur temps était compté, il fallait qu'il trouve un moyen de faire redescendre Sicard sur terre.

– Monsieur Sicard, on vous a fait consulter un médecin depuis que vous êtes ici ?

– J'ai pas besoin d'un médecin, je veux mon avocate.

Victor tomba lourdement sur une des deux chaises et croisa les bras sur sa poitrine. L'avocat s'assit face à lui et débita à toute vitesse :

– Sabrina Danilovic n'est pas encore avocate, elle est stagiaire dans mon cabinet. Vous allez devoir vous contenter de moi. La police a saisi plusieurs choses chez vous, j'aimerais qu'on les passe en revue. Il y a des sous-vêtements notamment, des sous-vêtements féminins. J'aurais besoin de savoir qui à part vous a accès à votre domicile et aurait pu… disons, endommager ces sous-vêtements. Vous avez une femme de ménage ? Un jardinier peut-être ? Ou des ouvriers qui ont fait des travaux récemment ?

Victor secoua la tête sans faire de commentaire.

– Monsieur Sicard, j'ai besoin de vous, là. Je ne vous demande pas qui a détruit les sous-vêtements de votre femme, je vous demande qui aurait pu le faire. Vous comprenez la nuance ? Vous recevez du monde chez vous j'imagine. Des amis, des relations d'affaires, il y a du passage…

Au haussement d'épaules de Victor, maître Dénoues tenta une autre approche.

– Quelqu'un aurait-il intérêt à vous tendre un piège ? S'en prendre à votre femme pour vous faire accuser ?

– Je suis producteur, pas l'abbé Pierre.

– Je ne parle pas de différends professionnels, plutôt d'une rancœur ancienne. Quelque chose de personnel.

Victor réfléchit un instant et ses yeux s'allumèrent. Il murmura, si faiblement que l'avocat dut se pencher pour l'entendre :

– C'est ça, vous avez raison… les salopes… elles se sont liguées contre moi…

– Qui ça ?

– Ingrid et ma mère, elles ont fait le coup ensemble… les petites salopes…

Il souriait. Ses yeux irradiaient de la ferveur du novice qui vient de rencontrer Dieu. Maître Dénoues lui sourit et referma son dossier. Mentalement, il faisait défiler les noms des psychiatres accommodants de son carnet d'adresses.

Bastion, Paris 17e

Une fois n'est pas coutume, Fennetaux avait mis son portable en mode avion et décroché le combiné de sa ligne fixe. Elle s'accordait une heure, une petite heure pour entrer dans la psyché d'Ingrid Sicard. La commandante avait inventorié la quinzaine de cahiers remplis par Ingrid depuis son adolescence. Une mine d'or. Elle avait confié le plus récent à Océane avec pour mission d'en tirer toutes les infos possibles sur les déplacements et les rencontres de leur victime les derniers mois de sa vie, et s'était gardé les autres.

Plongée depuis vingt minutes dans leur lecture, elle était partagée entre fascination et malaise. Elle ne pouvait pas détacher ses yeux des cahiers, tout en ayant la désagréable impression de violer l'intimité d'Ingrid. C'était ridicule, elle avait assisté à l'autopsie de la jeune femme, en termes d'intimité autant dire qu'elles avaient passé le cap. Pourtant elle n'y pouvait rien, le malaise perdurait.

Les premiers cahiers étaient de ceux qu'on utilise pour apprendre à écrire. Petit format et grands carreaux, avec des interlignes bien visibles pour tracer correctement les lettres. La jeune ado avait dû se servir dans les affaires de sa petite sœur. Fennetaux lisait Ingrid et la voyait grandir sous ses yeux. La calligraphie évoluait, les cœurs au-dessus des « i » et les petites fleurs dans les marges disparaissaient au profit d'une écriture plus ferme. Sa féminité s'affirmait, hésitante au début, puis dc plus en plus conquérante. Ingrid prenait conscience de sa beauté et du parti qu'elle pouvait en tirer. Cahiers siglés Chipie ou Bensimon, stickers de Britney Spears, cahiers noirs ornés de têtes de mort et citations de Marilyn Manson ; Fennetaux assistait pas à pas aux poussées de la chenille pour briser le cocon de l'enfance. Une chose cependant restait constante depuis les premières lignes, c'était la colère. Ingrid avait été une petite fille en colère, et quelles que soient ses tentatives pour y remédier, toujours la colère revenait hanter son journal. Des vagues successives de colère qui déferlaient sur tous les cahiers avec un unique objet de détestation, une même cible de toutes ses cristallisations obsessionnelles. Laurence, sa mère. À l'inverse, la jeune fille vouait un amour sans limite à son père, mais ce qui se jouait au sein de cette famille allait au-delà d'un complexe d'Œdipe carabiné, Fennetaux en avait la certitude.

Un coup bref frappé à sa porte ; Sissoko entra sans attendre d'y être invité. Ses traits étaient aussi impassibles qu'à l'ordinaire. Pourtant, une vague de tension pénétra dans le bureau en même temps que lui.

– Qu'est-ce qu'il y a ? demanda Fennetaux.

– Éric Lebec. Il est en pleine… (il consulta un Post-it) décompensation psychique.

– Ça implique quoi ?

– On ne peut pas l'approcher. Apparemment le type est monté dans les tours et il n'a pas l'air prêt à redescendre. Je sais que tu es occupée, mais le temps joue contre nous. Il faut qu'on interroge Sicard.

– Pas tant qu'on n'a pas compris le lien entre lui et Lebec. Sicard est malin, son avocat est malin, il a tout le blé qu'il veut à sa disposition, si on y va à poil on n'a aucune chance.

– Si on n'y va pas on n'a aucune chance non plus.

Il était rare que Sissoko mette en cause les directives de sa cheffe, et plus rare encore que Fennetaux reste butée sur ses idées. Cette enquête était un vrai sac de nœuds. En moins d'une semaine, elle avait cramé la couverture d'un flic infiltré malgré les avertissements de sa hiérarchie et fait jaillir un cadavre immergé depuis plus de douze ans. Pourtant aucun de ces coups d'éclat ne les avait rapprochés de la vérité sur la fin tragique d'Ingrid. Si le Seigneur avait voulu lui conseiller de réfléchir avant d'agir, il ne s'y serait pas pris autrement. Évidemment c'était un argument auquel Sissoko risquait d'être peu sensible.

– Je sais que c'est frustrant, reconnut-elle, mais plus Sicard marine dans le *schwartz* sans savoir ce qu'on a sur lui, plus il est susceptible de se trahir en interrogatoire. Sauf que l'effet de surprise, on ne l'aura qu'une seule fois, alors autant y aller blindés. Tizi a avancé ?

– Il a quelque chose mais ça n'a aucun sens avec ce qu'on sait.

– Quoi ?

– Tu ne voulais pas qu'on te laisse tranquille pendant une heure ?

Elle leva les yeux au ciel (il aurait pu y penser avant) et empoigna son téléphone fixe.

– Tizi, on avance le brief.

Le jeune lieutenant rejoignit ses supérieurs dans le bureau de Fennetaux pour laisser Océane tranquille dans l'open space. Il avait apporté un ordinateur portable et se barricadait derrière l'écran, conscient du peu de réponses qu'il avait à fournir.

– Notre hypothèse, c'est que Lebec est l'homme de main de Sicard puisqu'on a retrouvé le corps de Malika Bel'hadj sous sa cabane et qu'Ingrid a été déposée en forêt dans sa voiture. Or Victor Sicard est la seule personne à avoir un mobile pour ces deux meurtres.

– Sauf que sans preuve d'une connexion entre les deux hommes, l'avocat de Sicard prétendra que ça relève du hasard et on n'aura que nos yeux pour pleurer, souligna Fennetaux.

– On l'a le lien. La légende sur Halaïde.

– Circonstanciel, trancha Fennetaux.

– J'ai un autre lien entre les deux, avança prudemment Tizi. Un lien direct et matériel. Le problème c'est qu'il contredit notre théorie au lieu de la prouver. L'avocat de Sicard va adorer.

– Je ne comprends pas.

– Nous non plus, confirma Sissoko.

– Ben vas-y, accouche, s'énerva Fennetaux en regardant Tizi.

Un ange passa. La commandante récita trois Mea Culpa en silence.

Tizi se racla la gorge et reprit :

– En 2003 Sicard a déposé une plainte contre X contre un chauffard qui lui aurait roulé dessus délibérément. Pas de témoins, pas de caméras de surveillance, on n'avait que la parole du plaignant. Et sa jambe foutue en l'air, bien sûr.

– Sa canne…, réalisa Fennetaux. Un accident de ski, c'est ça oui ! Qu'est-ce qui lui a fait dire que c'était volontaire ?

– Dans sa plainte, il décrit que le conducteur l'attendait devant chez lui et qu'il lui a foncé dessus pile au moment où il traversait.

– Une tentative de meurtre ?

– Apparemment. Jamais résolue à ce jour, mais le labo vient de nous appeler. Ils ont un match avec la peinture de la voiture de Lebec.

– Mais non.

– Mais si.

– Pourquoi Lebec tenterait de tuer Sicard en 2003 pour ensuite le débarrasser d'une distributrice trop gourmande trois ans plus tard et d'une épouse qui voulait le quitter seize ans après ?

– Excellente question cheffe, se permit Tizi, pas rancunier. En tout cas ça fait des années que ces deux-là se tournent autour.

Fennetaux se recula sur son fauteuil et s'étira comme un chat. Une lueur s'alluma dans ses grands yeux noirs.

– On prend peut-être le problème à l'envers… On suppose que Lebec a assassiné Malika Bel'hadj sur ordre de Victor parce qu'ils avaient un conflit financier. Mais qui était au courant de leur embrouille ? Je veux dire, pour tout le monde Sicard et Bel'hadj étaient des partenaires. Le meurtre de Bel'hadj n'a peut-être pas été commis pour aider Sicard mais pour lui nuire… Après tout, Bel'hadj contribuait au rayonnement international de sa série, sur le papier c'était une alliée de Victor.

– Éric Lebec aurait tenté de tuer Sicard et assassiné Bel'hadj à cause d'une légende ? énonça Sissoko sans y croire.

– Les hommes s'entretuent au nom de Dieu depuis la nuit des temps, objecta Tizi.

Fennetaux lui lança un regard noir charbon et choisit de rester focalisée sur leur raisonnement.

– On sait que Lebec est un adepte d'Halaïde, le type a cru

qu'il pourrait nous échapper en rentrant dans un arbre... Et voilà que Victor Sicard, jeune producteur aux dents longues, fait une entrée fracassante dans l'audiovisuel avec *Succube*, une série qui transforme grosso modo Halaïde en pute. Pour Lebec c'est inacceptable. Il essaie de se faire Victor Sicard depuis 2003. Il ne parvient pas à le tuer lui, alors il s'en prend à une de ses collaboratrices trois ans plus tard. Mais comme c'était pas encore assez, il finit par assassiner sa femme. Après tout, c'est sous les traits d'Ingrid qu'Halaïde a été profanée...

– Mais pourquoi maintenant ? Pourquoi si longtemps après la diffusion de la série ?

Fennetaux haussait les épaules en guise d'ignorance quand Océane fit irruption dans le bureau.

– Vous allez jamais le croire !

Jardin de l'Observatoire, Paris 14e

Laurence descendait l'escalier de service d'un pas lent. Le sous-sol n'était pas ventilé, tout juste éclairé par une ampoule nue au début du couloir menant aux caves. Celle de son appartement était tout au fond. Laurence progressait dans ce tunnel de plus en plus sombre et le titre d'un film qu'elle avait beaucoup aimé lui revint en mémoire. *Dead Man Walking*. Une soirée ciné-brasserie à l'Odéon avec Jean-Marc. Ils avaient eu de beaux moments malgré tout ce qu'elle lui avait caché. C'est elle qui avait menti et c'est lui qui avait payé. Depuis trop longtemps maintenant, Laurence semait des cadavres dans son sillage. Combien de morts encore avant que tout s'arrête ?

Elle déverrouilla le cadenas de la cave. La porte grillagée s'ouvrit avec un bruit sinistre de cage rouillée. Ni Jean-Marc ni les filles n'avaient eu connaissance de son existence. Six mètres carrés de honte sous leurs pieds. Sa crypte. Elle n'y était jamais descendue depuis leur installation dans l'appartement vingt ans plus tôt, mais alla directement dans le coin gauche du mur du fond. Il était bien là. Un coffre en bois pas plus grand qu'une boîte à biscuits. Dans une obscurité quasi totale, Laurence s'accroupit devant le coffre, l'ouvrit délicatement. D'une main, elle effleura ses reliques. Une mèche de cheveux blonds et deux petites dents cassées. Des dents de lait. Son cœur était en lambeaux mais ses yeux restèrent secs.

Bastion, Paris 17e

– J'ai pas tous les détails mais dans aucun monde ça peut être un hasard.

– De quoi tu parles, Océane ?

– On n'a pas le temps de jouer aux devinettes, l'avertit Sissoko.

Janvier s'efforça de mettre ses idées en ordre.

– Le journal intime d'Ingrid. Évidemment, j'ai commencé par la fin. Je vous arrête tout de suite, les deux dernières pages sont arrachées, par son assassin j'imagine.

– On les a retrouvées chez son mari ? demanda Fennetaux.

Sissoko secoua la tête.

– Je vais demander qu'on épluche tout encore une fois.

– Bref, le dernier cahier couvre la période fin 2018 début 2019. On se demandait ce qu'elle avait fait tout ce temps, où elle était. La vérité, on pouvait toujours se creuser la tête, jamais on n'aurait trouvé. Elle a roulé vers le sud pendant un moment sans point de chute prévu, elle voulait mettre de la distance avec Paris. En septembre elle tombe sur un patelin près d'Aubenas en Ardèche, « le hameau » elle l'appelle. J'ai vérifié, ça correspond à aucune commune dans le coin. Ça doit être le nom que les locaux utilisent, ou c'est un lieu-dit tellement petit que c'est pas répertorié. En tout cas, gros coup de foudre pour l'endroit, elle décide de rester.

– L'Ardèche, comme dans la légende d'Halaïde… Donc Ingrid Sicard s'installe là-bas. Plutôt radical comme changement de vie.

– Vous avez pas idée cheffe, renchérit Océane. Encore une fois, j'ai pas tous les détails, mais de ce que j'ai compris c'est une zone de recherches historiques.

– Une zone de… tu veux dire des fouilles ?

– Je crois pas. C'est pas très clair. Ingrid appelle ça un « chantier pédagogique ». En gros, ce sont des étudiants et des chercheurs qui vivent sur place pour comprendre le Moyen Âge de l'intérieur. J'ai appelé au ministère de l'Éducation nationale, ils cherchent la bonne personne pour m'en dire plus. Mais vous pigez ce que ça veut dire ? Les gars bouffent Moyen Âge, dorment Moyen Âge, se fringuent Moyen Âge.

– Les langes de la petite…, comprit Fennetaux.

– Bingo ! Mais c'est pas tout. Quand je l'ai interrogée, Laurence Damanne m'a juré qu'elle savait rien de la provenance des fringues. Sauf que dans son journal, Ingrid écrit que sa mère a vécu au même endroit, au hameau, quand elle était jeune.

Un silence stupéfait accueillit cette dernière information. Les enquêteurs tournaient et retournaient leurs découvertes dans tous les sens.

– C'est un bordel cette famille, soupira Tizi. Il faudrait un algorithme pour comprendre les liens entre tout le monde.

– De quoi on est sûrs ? demanda Sissoko. Éric Lebec a assassiné Ingrid, probablement sur l'ordre de quelqu'un.

– Victor Sicard, rappela Océane.

– Non, en fait Sicard n'était pas le commanditaire de Lebec, c'était sa cible.

– Hein ?

– Je te donnerai les détails, intervint Tizi.

– Il travaillait pour qui alors Lebec ?

Fennetaux regarda successivement ses enquêteurs avant de lâcher :

– Quelqu'un qui connaît assez bien la légende d'Halaïde pour le manipuler avec. Qui vote pour Laurence Damanne ?

Gare routière, Valence

Léonie avait passé les deux heures de TGV à faire semblant de lire le dossier de Marion Gardette en ignorant les saillies ironiques de Merle. Elle avait planté le flic sans un regard à la descente du train. Cette noble indifférence vacilla quand on lui annonça que le car pour Aubenas venait de partir. Une heure plus tard, elle apprit qu'il n'y aurait aucune autre navette avant le lendemain. Elle sortit de la gare routière dépitée. Merle l'attendait sur le parvis, adossé à une voiture de location dont il faisait négligemment tourner la clé entre ses doigts. Elle l'aurait baffé. Pour enfoncer le clou il lui lança, l'air de rien :

– J'ai localisé le hameau, au fait.

Elle parvint de justesse à rester muette mais ne put cacher sa stupéfaction, qui déclencha un sourire satisfait sur le visage nonchalant du flic. Vaincue, elle le rejoignit sans un mot, jeta son sac de voyage sur la banquette arrière et s'installa sur le siège passager.

– Pourquoi vous faites ça ? demanda-t-elle quand il se fut mis au volant.

– *Tu*. Pourquoi *tu* fais ça. Il se trouve que j'ai du temps pour moi en ce moment.

– Et alors ? T'as rien d'autre à en faire ? Pourquoi tu me colles comme ça ? Tu te fous complètement de ce qui est arrivé à ma sœur.

– Je suis pas d'accord. Bibliquement c'était une belle rencontre.

Léonie haussa les épaules. Merle abandonna le sarcasme et reprit sur un ton plus sincère.

– Je suis désolé pour Ingrid, vraiment, mais tu as raison, c'est pas pour elle que je suis là.

Elle lui lança un regard sincèrement interrogatif avant de détourner les yeux et de se plonger dans l'observation du paysage. Merle finit par démarrer la voiture, perplexe.

Avait-elle délibérément choisi d'ignorer son sous-entendu, ou bien ne l'avait-elle pas perçu ? Pouvait-elle être aussi pertinente dans ses analyses en tant que psy et totalement godiche dans ses propres relations avec autrui ? Décidément, le logiciel de cette fille lui échappait complètement.

Le hameau

Ils arrivèrent au hameau après trois heures de routes en lacets. Léonie transpirait par tous les pores de sa peau. Ses boucles étaient plaquées sur son visage rond. Quant à sa tenue… Ce matin, dans l'idée de combiner confort et minimum syndical de féminité, elle avait enfilé une robe patineuse qui lui descendait aux genoux avec des baskets montantes. Les pans de la robe étaient maintenant plaqués à ses collants par l'électricité statique, soulignant sa silhouette à la Botero au lieu de la sublimer. S'extirpant du véhicule, elle se fit penser à Gloria, l'hippopotame de *Madagascar*.

Elle lança un regard périphérique sur les lieux que sa mère avait qualifiés de « trou perdu » et remarqua des maisons en pierres et en torchis reliées entre elles par un chemin de terre. Plus loin, elle apercevait la roue d'un moulin et plus loin encore des champs, un bois. La campagne, quoi. Elle avança résolument vers l'entrée du domaine.

– Bonjour, bienvenue. Visiteurs ou volontaires ?

Le type leur souriait de toutes ses dents. Vingt ans à peine, le regard franc, il était assis en tailleur à même le sol et tressait un panier en osier devant la première maison du hameau. Il se leva pour les saluer et Léonie s'étonna de son accoutrement. Sur un pantalon de toile, il portait une tunique en lin couleur sable ceinturée par une corde. Pas de montre, aucun téléphone portable dépassant d'une quelconque poche. Des godillots genre Decathlon constituaient sa seule concession à la modernité. Merle réagit avant elle.

– Visiteurs. Pour l'instant en tout cas. Jordan, dit-il en tendant la main au jeune vannier.

– Lucas.

– Léonie. Bonjour.

– Vous connaissez un peu l'histoire des lieux ? Qu'est-ce qui vous amène ?

Merle dama une fois encore le pion à Léonie.

– On se baladait et on a vu les panneaux sur la route, ça nous a intrigués.

– Vous allez voir, ça vaut le détour. On n'a pas de visite guidée en ce moment, tout le monde est pris sur le chantier, mais on a un fascicule qui explique l'essentiel, servez-vous, dit-il en désignant une pile de brochures sur une table contre la maison. Vous pouvez vous balader partout. N'hésitez pas à poser toutes les questions que vous voulez aux chercheurs et aux volontaires, c'est l'esprit ici.

– Super ! Merci mec.

Merle se retourna vers Léonie. Elle avait disparu.

Planquée derrière un arbre comme une gamine, elle vit Merle s'éloigner et soupira de soulagement. Enfin seule. Contre son ventre rebondi, elle serrait la brochure du hameau.

Avec ses huit cents dolmens, ses grottes et ses peintures rupestres parmi les plus anciennes du monde, l'Ardèche est un des premiers foyers de peuplement en Europe depuis le néo lithique. Véritable laboratoire social et scientifique, le hameau est l'héritier de cette histoire millénaire.

En 1974, quelques étudiants idéalistes investissent les lieux laissés vacants par la désertification des campagnes et fondent une communauté qui reproduit la structure sociale et le mode de vie d'une commune agricole du XIIIe *siècle. L'expérience durera plus de dix ans et comptera jusqu'à quarante membres permanents.*

En 1989 le professeur Yves Delbarre, de l'université Bordeaux-Montaigne, découvre le site par hasard et comprend son potentiel scientifique pluridisciplinaire. Comment mieux appréhender l'histoire, la sociologie ou l'architecture qu'en vivant ces sciences humaines de l'intérieur ? Deux ans plus tard, le chantier pédagogique lance sa première campagne de construction. Sous l'égide du secrétariat d'État à la Recherche, plusieurs générations de chercheurs et d'enseignants-chercheurs se sont succédé depuis, contribuant à faire du hameau un pionnier en matière de pédagogie immersive.

Léonie tourna la page et découvrit une liste de chantiers réalisés et en cours. Construction d'un puits, réfection d'un mur d'enceinte, irrigation des sols en vue d'une optimisation du rendement agricole, il y en avait une bonne cinquantaine. Le document citait ensuite les universités partenaires et détaillait les conditions d'admission des chercheurs, chaque campagne s'étalant sur une période de huit mois pendant lesquels ils s'engageaient à vivre sur place. Enfin, la dernière page soulignait l'importance des volontaires qui contribuaient depuis le début au succès de l'expérience. Tout individu majeur pouvait participer au travail commun pour une période allant d'une semaine à plusieurs mois sur la base de sa seule motivation. Contrairement aux chercheurs, les volontaires ne pouvaient vivre sur place mais trouvaient facilement à se loger dans les villages alentour.

Ingrid, dans un village ? Par quel hasard ou quelle fatalité se serait-elle installée à l'endroit même où leur mère avait vécu une part de son existence dont elle ne leur avait jamais rien dit ? Léonie se décolla de l'arbre auquel elle était adossée. La tête lui tournait un peu. Son estomac criait famine mais il y avait peu de chance qu'elle tombe sur un KFC dans le coin. Elle s'étira et décida de faire un tour des lieux. La bonne nouvelle dans tout ça, c'est qu'elle ne voyait plus aucun Merle à l'horizon.

Ni qui que ce soit d'autre d'ailleurs. Pas un rat. Ils étaient où, tous les étudiants, les chercheurs et les volontaires ? Elle s'engagea sur le chemin de terre qui serpentait vers les champs, dépassa le puits en pierres mentionné dans la brochure. En tendant l'oreille, elle distingua des bruits de travaux de construction et le brouhaha indistinct de travailleurs. L'action se passait à l'extérieur de l'épais mur d'enceinte entourant le hameau. Passé les murailles, le chemin de terre laissait place à un terrain en friche descendant en pente douce vers une rivière.

À mesure qu'elle s'en approchait, Léonie percevait des sons plus précis. Les chocs de plusieurs haches sur du bois, le crissement de troncs d'arbre qu'on déplace, mais aussi l'ahanement des hommes soumis à l'effort physique. On aurait dit une armée à la manœuvre. Se dirigeant à l'oreille, elle contourna un bosquet de bouleaux et se retrouva projetée huit cents ans en arrière.

Une vingtaine d'hommes et de femmes travaillaient de part et d'autre de la rivière. Ils formaient une digue en amassant des pierres, débitaient des troncs massifs en planches, tressaient des mètres et des mètres de cordage. Le tout à la seule force de leurs bras, entravés par des vêtements dignes des loqueteux du *Nom de la rose*. C'était pourtant leur joie qu'on percevait à les voir concentrés sur leurs tâches, s'interpellant par petits groupes ou vidant avidement une gourde en peau de bête pour étancher leur soif. Léonie observait cette scène surréaliste, incrédule.

Un sifflement strident retentit vers sa droite. Son surmoi n'eut pas le temps de lui rappeler qu'une fille bien ignore ce genre d'appel. Elle se retourna et découvrit Jordan Merle perché au sommet d'un tas de bois, une hache à la main. Le torse nu luisant de sueur, il souriait comme un gosse.

– T'es là chérie ! T'avais trop trop raison, faut qu'on reste !

Hôpital Saint-Antoine, Paris 12e

Fennetaux tenait les hôpitaux en horreur. Trop de kilomètres parcourus à errer de service en service quand elle pesait moins de quarante kilos. Elle abhorrait la cohorte de zombis arrimés à leur pied à perfusion, qui fumaient toujours devant l'entrée, et cette odeur d'angoisse et de résignation qui vous prenait la gorge dès qu'on franchissait l'accueil. Mais Zoé Sicard avait demandé à lui parler, et d'après ce que Fennetaux avait compris, c'était maintenant ou jamais, on frôlait l'extrême-onction.

Entrant dans la chambre de la mourante, elle dut mobiliser toute sa réserve de charité pour lui sourire. À moitié redressée contre un oreiller dans son lit, Zoé était d'une pâleur spectrale. Son crâne chauve la faisait ressembler à un bébé monstrueux.

– Bonjour madame Sicard. Commandante Fennetaux.

La femme leva une main décharnée pour réclamer un instant, tâtonna sur une table de nuit côté fenêtre et attrapa une perruque qu'elle tenta de mettre sans y parvenir. Fennetaux sentit son cœur se serrer, une vague de compassion éclipsa le dégoût.

– Vous permettez ? (Elle se pencha vers la femme et positionna doucement la perruque.) Voilà, comme ça c'est parfait.

– Merci.

La voix n'était qu'un murmure. Fennetaux scanna d'un œil expert les poches qui passaient en goutte à goutte dans le cathéter de la patiente et identifia de l'Hypnovel, un antidouleur hypnotique ultra-puissant utilisé quand tout le reste a échoué. Pour une fois, la chrétienne et la flic en elle pouvaient se réjouir en même temps : non seulement cette pauvre âme rejoindrait bientôt le Seigneur, mais en plus, si Fennetaux s'y prenait correctement, c'était le moment idéal pour lui faire cracher un éventuel secret. Elle approcha une chaise du lit et s'installa.

– Vous vouliez me voir.

– Vous avez arrêté mon fils, lâcha-t-elle sur le ton du constat.

– Il est en garde à vue. Si rien ne l'incrimine, ça ne durera pas plus de quarante-huit heures.

– Il était avec moi le soir où sa femme est morte.

– C'est ce qu'il nous a dit, vous étiez tous les deux chez lui. Mais il peut avoir fait exécuter le crime par quelqu'un d'autre.

Le visage de Zoé s'étira en un sourire qui tenait plus de la grimace.

– C'est pas son genre de déléguer, vous savez. J'adore mon fils, mais il sait tout mieux que tout le monde et personne ne fait jamais aussi bien que lui.

Fennetaux acquiesça d'un air entendu.

– Vous êtes lucide, c'est rare chez une mère.

– Ça n'empêche pas l'amour.

– J'imagine.

La commandante laissa planer un court silence avant de poursuivre :

– Cet amour entre vous… Il a dû se passer quelque chose de grave pour que vous refusiez de le voir pendant vingt ans.

Zoé ne s'attendait pas à cette question et se contenta d'éluder.

– Je ne vois pas le rapport avec la mort de sa femme.

– « Sa femme ». Ça fait deux fois que vous l'appelez comme ça. Pas « Ingrid », pas « ma belle-fille ».

– Je ne l'ai pas connue, comment vous voulez que je l'appelle ? Elle était partie depuis plusieurs mois quand j'ai renoué avec mon fils.

– Pourquoi vous m'avez fait venir, madame Sicard ?

– Je vous l'ai dit, Victor n'a pas… il est innocent.

– Il a un avocat très bien payé pour nous dire ce genre de chose.

Zoé se rembrunit. Fennetaux rapprocha sa chaise du lit et prit doucement sa main parcheminée dans la sienne. Elle regardait le réseau tortueux de veines proéminentes, les taches brunes, tous ces signes d'une longue vie qui parvenait à son terme.

– Qu'est-ce que je fais là madame Sicard ? demanda-t-elle sans lever les yeux.

Il se passa une éternité, avant que Zoé ne lâche de sa voix caverneuse :

– Je sais qui l'a tuée.

– Ingrid ?

Zoé acquiesça en fermant les yeux. Elle remonta sa couverture sous son menton. Fennetaux se demanda quelle perspective effrayait le plus la vieille femme : sa mort prochaine ou la condamnation de son fils ? À moins que ce ne soit quelque chose d'autre. Quelque chose ou quelqu'un…

– Je vous écoute, dit-elle doucement d'un ton encourageant.

Zoé déglutit difficilement et lança dans un filet de voix :

– C'est une femme. Je l'ai connue il y a longtemps. Elle a beaucoup souffert, ça l'a rendue mauvaise. On l'appelait Jeanne, mais ce n'est pas son vrai nom. Je ne connais pas sa véritable identité.

– Qu'est-ce qui vous fait penser que c'est cette femme ?

– Je le sais, c'est tout.

– Comment ? insista Fennetaux. Comment vous le savez ?

Zoé frissonna. Une onde de peur traversa son corps pour mourir au creux de ses mains crispées sur la couverture.

– Je le sais parce qu'elle a déjà tué et j'étais là.

– Qui ça ? Qui elle a tué, une autre femme ?

Zoé secoua la tête et serra plus fort ses paupières closes. Cela n'empêcha pas deux larmes de glisser sur ses joues creuses.

– Pas la femme non, ça aurait été trop doux. Jeanne était… je crois qu'elle était devenue folle. Elle a tué son enfant.

Fennetaux ne s'attendait pas à ça. Des dizaines de questions se bousculaient dans son esprit mais Zoé tourna la tête vers la fenêtre. Elle avait soulagé sa conscience, le temps des confidences était passé.

ZAC de Cap Moulon

La gorge en feu, Léonie écrasa sa vingtième cigarette de la journée et retourna dans l'hôtel. Le mobilier criard, la variété ringarde en fond sonore, tout l'agressait. Avachi sur une banquette rose fuchsia en skaï, Merle la fixait de son air mystérieux à deux balles. Évidemment, c'est lui qui avait choisi ce lieu qui puait l'angoisse. Sans voiture, elle n'avait eu d'autre choix que de le suivre. Il avait commandé à boire en son absence et descendait une bière au goulot.

– Je t'ai pris un gin-to, t'as l'air d'en avoir besoin.

Elle descendit la moitié du verre d'un trait. Il avait raison ce con.

– Je te disais, reprit Merle en se carrant dans le canapé, tous les témoignages que j'ai recueillis cet après-midi concordent. Ta sœur a débarqué début septembre de l'année dernière. Ça lui a plu, elle est restée. Ils avaient jamais eu de volontaire enceinte avant, mais d'après eux ça s'est super bien passé. Fin février, un matin, ils la voient pas arriver sur le chantier. Elle est jamais revenue. Pas un « au revoir », aucune explication.

– Fin février… elle devait être sur le point d'accoucher. Elle habitait où ? Il y a peut-être des voisins qui savent pourquoi elle est partie comme ça.

– Les gars que j'ai vus tout à l'heure savent pas où exactement. Elle s'entendait bien avec tout le monde, elle avait l'air de kiffer, mais elle était proche de personne en particulier. À part un mec, l'Ancien ils l'appellent. C'est le seul hippie qui est resté sur place depuis les années 70. Il crèche toujours dans une petite baraque tout seul. On a une chance de le trouver demain midi à la cantine du chantier.

Léonie réfléchissait. Si les étudiants disaient la vérité, Ingrid avait été heureuse. Heureuse de vivre au hameau, heureuse de sa grossesse. Pourquoi avait-elle disparu alors ? Une énième manœuvre d'autosabotage pour se prouver que la vie est merdique ? Il fallait absolument qu'ils trouvent cet homme, l'Ancien.

Dans la sono, Catherine Lara et son violon venaient de laisser la place aux notes d'un synthétiseur. Léonie se figea soudain, foudroyée. Elle reconnut la chanson dès les premières notes.

Graver l'écorce
Jusqu'à saigner
Clouer les portes
S'emprisonner[1]

Ce titre de Goldman datait d'avant sa naissance, quelque part au début des années 80. Ingrid le mettait en boucle pendant la maladie de leur père, c'était devenu la bande-son de l'enfer. L'oncologue en charge du traitement de Jean-Marc Damanne

1. *Pas toi*, Jean-Jacques Goldman, 1986.

avait appelé au domicile familial quelques semaines plus tôt. C'est Ingrid qui avait décroché et le médecin lui avait balancé le pronostic fatal à brève échéance en la chargeant de transmettre l'information à son père « dans la mesure de ce qu'il pouvait entendre ». Il ne s'était pas demandé ce qu'elle pouvait entendre, cette gamine de dix-sept ans, et avait raccroché sans demander son reste. Ingrid fut l'oiseau de mauvais augure qui dut annoncer à sa mère qu'elle allait devenir veuve et à sa sœur qu'elles seraient bientôt orphelines de père. Laurence interdit catégoriquement à ses filles d'en parler à qui que ce soit, et surtout pas au premier intéressé, les plaçant dans un inextricable conflit de fidélité. Leur papa allait mourir, et la seule personne vers qui elles auraient pu se tourner pour affronter ce drame leur devenait inaccessible par oukase maternel.

Malgré sa faiblesse, Jean-Marc avait remarqué que ses filles allaient mal et s'inquiétait pour elles. Comble de l'ironie, elles ne pouvaient pas le soulager de cette inquiétude-là parce que Laurence leur avait interdit de parler. Laurence, qui assurait avec brio son rôle d'épouse aimante et faisait comme si de rien n'était. Mais pour ses filles, c'était l'horreur. Dès qu'elles rentraient du collège ou du lycée, elles devaient se forcer à sourire, faire semblant pour leur papa, alors que ça hurlait de peur et de rage à l'intérieur de leurs carcasses d'adolescentes. C'était… fou.

Pour supporter tout ça, Ingrid avait instauré un rituel. Les deux sœurs dormaient ensemble dans son grand lit et écoutaient *Pas toi* en mode « repeat » une bonne partie de la nuit, blotties l'une contre l'autre. Au fil des nuits, la chanson en était venue à incarner à la fois l'agonie paternelle et la fusion sororale. Le poison et son antidote.

Léonie n'avait jamais réentendu ce titre depuis 2002. Pour être honnête, elle se refusait à l'entendre, ce qui n'était pas très difficile. Goldman n'était pas un chanteur de sa génération et sa génération n'écoutait plus la radio. Il avait fallu qu'elle se retrouve dans cet hôtel improbable face à ce mec improbable. Tout remontait d'un coup et la submergeait comme à quatorze ans. La terreur de la mort prochaine de son père, le besoin physique du corps d'Ingrid contre le sien. Tout ça et autre chose de moins palpable qui affluait au rythme des paroles de Goldman…

Quelque chose de dur. Une colère. Une colère inouïe contre sa mère. Pas la colère outragée d'une ado mais celle, effrayante, qu'on peut ressentir enfant. Une colère que Léonie avait enfouie au plus profond d'elle-même depuis des décennies. Les visages de sa mère et de sa sœur se juxtaposaient dans son esprit. Ingrid et maman. Ingrid contre maman. Ingrid par terre qui protégeait son visage pour échapper aux coups de maman. Maman tirait les nattes d'Ingrid, elle giflait, griffait, et Léonie du haut de ses quatre ans hurlait pour qu'elle s'arrête.

Léonie se leva, livide, tendit une main devant elle pour interdire à Merle toute question et monta dans sa chambre. Il était là, ce souvenir traumatique qui la hantait depuis la mort d'Ingrid. Dévoilé dans toute sa crudité par l'intermédiaire de deux chansons différentes, celle de Goldman et *La Marelle* de Nazaré Pereira. C'était un mercredi après-midi. Ingrid avait dessiné une marelle à la craie sur le parquet et en apprenait les règles à Léonie. Les fillettes étaient concentrées sur leur jeu, elles n'avaient pas entendu leur mère entrer. Laurence était restée sur le seuil, immobile. Son visage s'était fermé, ses yeux s'étaient voilés et elle avait… disjoncté. Si Léonie n'avait pas hurlé, qui sait si Laurence n'aurait pas fini par tuer Ingrid de ses propres mains ? Léonie se souvenait maintenant. Elle revoyait chaque image au ralenti dans une netteté insoutenable. Ingrid recroquevillée par terre, Laurence qui frappe sans pouvoir s'arrêter, elle qui hurle à s'en faire claquer les cordes vocales.

Mais le pire, ce n'étaient pas les coups. Léonie frissonna, elle se sentait physiquement dans sa chambre d'enfant. Le pire, c'était le silence d'Ingrid. La scène avait duré peut-être deux minutes en tout. Cent vingt secondes. Ingrid n'avait pas émis le moindre son. Elle était restée muette. Comme si, à sept ans, elle savait qu'elle *méritait* tout ça.

8

Le hameau

Marguerite s'était portée volontaire pour ramasser du bois de chauffage. Personne n'aimait s'abîmer le dos et les jambes dans les sous-bois, ce travail était considéré comme une corvée. Mais en contrepartie, il offrait la possibilité d'être un peu seul. En la voyant partir ce matin, Guillaume avait réclamé de l'accompagner. Il allait sur ses quatre ans et ne manquait aucune occasion de sortir du hameau pour aller « faire de l'aventure ». C'était une belle journée d'été, chaude, lumineuse. Marguerite savourait le calme de la forêt et la compagnie de son fils. Ils entassaient le bois mort en petits fagots qu'ils allaient ensuite déposer au pied du mur d'enceinte, côté extérieur du hameau. Après une heure, Guillaume commença à montrer des signes d'impatience, mais il ne voulait pas rejoindre ses camarades ni faire de sieste parce que : « Je suis grand maintenant. »

– Et une marelle ? lui proposa sa mère.

– C'est quoi une marelle ?

Marguerite attira son fils à l'ombre du haut mur d'enceinte, près du tas de fagots. À l'aide d'un bâton elle traça une marelle dans la terre meuble, ramassa un caillou assez gros pour faire l'affaire et lui expliqua les règles du jeu. On se met sur la case « terre ». On lance le caillou sur la première case, on saute à cloche-pied directement sur la deuxième, puis sur chacune des autres jusqu'à la case « ciel ». Ensuite, demi-tour, toujours à cloche-pied on tente de revenir sur la case « terre » sans trébucher et en ramassant le caillou au passage. Puis on recommence en lançant cette fois le caillou sur la deuxième case. Ravi, Guillaume s'empara du caillou et commença à jouer. Marguerite hésitait à le laisser, mais plusieurs compagnons travaillaient sur le mur d'enceinte juste à côté. Ils profitaient du temps sec pour renforcer le mortier et combler certaines parties plus basses que les autres. Pierre était parmi eux, il avait envoyé un baiser discret à Marguerite pendant qu'elle traçait la marelle sur le sol. Elle laissa une gourde pleine d'eau et deux belles prunes rouges à son fils, et retourna dans le sous-bois.

Elle en était à son troisième aller-retour, six nouveaux fagots s'étaient ajoutés à ceux du matin. Guillaume était concentré sur sa marelle. Lancer le caillou, sauter, compter, faire demi-tour. Marguerite sourit à ce spectacle et s'apprêtait à repartir quand une clameur s'éleva au-dessus de leurs têtes. Un chargement de pavés mal réceptionné au sommet du mur d'enceinte était en train de provoquer un éboulement. Tout se passa en un éclair.

Un échafaudage de bois se brisa, les hommes se jetèrent dans le vide en hurlant. Les pierres qui n'avaient pas encore été saisies dans le mortier s'ajoutèrent à celles qui s'étaient éboulées. Il pleuvait des pavés. Une avalanche de pavés qui tombaient dans un fracas assourdissant. Guidée par son instinct, Marguerite se jeta sur Guillaume et le plaqua à terre, protégeant son petit corps par le sien.

Au fracas succéda le silence d'après les catastrophes, chargé d'angoisse et de sidération. L'air était saturé d'une poussière âcre. Les premiers gémissements des blessés se firent entendre.

Les premières têtes se relevèrent, timides. Marguerite ouvrit les yeux et fut prise d'une violente quinte de toux. Elle s'appuya sur ses coudes pour se relever et caressa les cheveux de Guillaume.

– Ça va mon chat ?

Pas de réponse.

– Guillaume ?

Marguerite le secoua. L'enfant gisait face contre terre. Immobile.

– Guillaume !

Elle retourna son petit corps. Un hurlement de bête sortit de ses poumons. Le visage de Guillaume était noir de terre. Dans ses narines, de la terre. Dans sa bouche, de la terre. Dans ses yeux, ses oreilles, la terre grasse du hameau. Et autour du petit corps, pas un pavé.

Ils étaient tous tombés à l'intérieur du mur d'enceinte.

Ce n'était pas le premier accident au hameau. En dix ans, la communauté avait affronté jambes cassées, piqûres venimeuses, brûlures diverses et variées. Il y avait eu deux morts aussi, deux Néerlandais qui étaient arrivés déjà malades et que Jeanne n'avait pas réussi à soigner. Mauvaise association de drogues sans doute, et comment savoir ce qu'ils avaient consommé avant de venir ? Jeanne s'était occupée de leur toilette mortuaire, les compagnons les avaient enterrés à l'extérieur du mur d'enceinte. Mais la mort d'un enfant, non, jamais ils n'avaient eu à affronter ça.

Pierre et Marguerite s'enfoncèrent dans une dépression dont personne n'osait les sortir. On ne mentionna pas la malédiction proférée par Jeanne un an plus tôt, pourtant elle était dans toutes les têtes, planant sur la communauté comme un nuage toxique. Alice et les compagnons les plus motivés déployaient d'énormes efforts pour « faire tourner la baraque », mais la dynamique était rompue. Comme si le drame soudain avait dégrisé tout le monde.

Les paysans du coin avaient prévenu les gendarmes, qui diligentèrent une enquête. Le caractère accidentel de la mort de Guillaume fut rapidement établi, cependant les services sociaux succédèrent aux gendarmes et constatèrent, ébahis, l'existence d'une quinzaine d'enfants non déclarés à l'état civil. La société avait changé en dix ans, les expérimentations joyeuses et débridées tolérées dans les années 70 étaient vues sous un jour moins favorable à présent. Aux yeux de l'opinion, vivre en marge du monde n'évoquait plus l'innocence de *L'Enfant sauvage* mais le fanatisme des derniers retranchés dans la jungle d'*Apocalypse Now*. La fête était finie.

Jeanne apprit le drame dans un entrefilet de la presse locale. Le glaive de la justice divine lui transperça le cœur. Ce petit garçon était mort à cause de sa malédiction, de sa main presque. Elle comprit qu'elle n'aurait pas assez de toute sa vie pour expier sa faute.

Au hameau, la communauté se désagrégea sans bruit. Certains s'en allèrent à quatre ou cinq, d'autres seuls. Les mères reprirent leurs enfants. Le couple de Pierre et Marguerite ne résista pas à la perte de Guillaume. Un matin, il constata qu'elle avait disparu. Elle était partie sans un mot, le laissant seul avec son deuil et ses regrets.

Marguerite avait quitté le hameau comme on entame un chemin de croix. Dans un dénuement et une solitude complets. C'est en tout cas ce qu'elle croyait, et son corps l'entretint dans cette chimère. Pendant neuf mois et jusqu'au jour de son accouchement, jamais elle n'eut le moindre indice qu'elle avait fui en portant un dernier fruit de son amour pour Pierre.

ZAC de Cap Moulon

Seule dans sa chambre d'hôtel, Léonie était dans un scaphandre au beau milieu des profondeurs. Elle sentait son cœur battre dans sa poitrine. Elle sentait l'air emplir ses poumons, les pulsations de son pouls dans ses veines. Maintenant que ses yeux s'étaient dessillés, tous ses sens lui paraissaient décuplés. Comme une automate, elle prit son portable, fit défiler les derniers appels et cliqua sur la petite icône verte de son écran tactile.

– Fennetaux, j'écoute.

– C'est Léonie Damanne.

– Léonie. Bonjour. C'est urgent ?

– Je… oui. Enfin je crois.

– Dites-moi.

Silence au bout du fil.

– Allô ? Qu'est-ce qui se passe lapin, vous allez bien ?

– C'est ma mère…

– Quoi votre mère ? Vous êtes où là ?

– En Ardèche.

– Je vous demande pardon ? Qu'est-ce que vous foutez en Ardèche ?

– J'ai fait la route avec Jordan Merle.

– Quoi ?!

Nouveau silence. Fennetaux était sur le point de s'étrangler.

– Le connard… le petit connard, j'en étais sûre. Vous êtes où exactement ? Vous allez m'envoyer votre adresse. Le capitaine Sissoko est sur la route, votre sœur a passé du temps dans cette région. Qu'est-ce que vous faites là-bas ? Et avec Merle en plus ? Je ne sais pas ce qu'il vous a baratiné mais vous ne restez pas seule avec lui. Je me suis bien fait comprendre ?

– …

– Léonie, vous m'entendez ?

– Oui. C'est bon, j'ai compris. Mais c'est pas lui le problème, c'est ma mère.

– Je vous écoute, dites-moi tout.

– C'est pas lié directement à l'enquête, je ne veux pas vous faire perdre du temps mais je… je me suis souvenue de quelque chose et je ne peux pas garder ça pour moi.

– Ça n'a pas l'air d'aller fort, effectivement, je l'entends à votre voix. Allez mon petit, crachez votre Valda et vous bilez pas, je sais faire la part des choses.

– Elle la détestait. Elle détestait Ingrid. Depuis toute petite. Il y a toujours eu quelque chose entre elles. C'est peut-être lié à cet endroit, le hameau. Ma mère y a vécu dans les années 70.

– Comment vous savez ça ? l'interrompit Fennetaux sur le qui-vive.

– Elle me l'a dit hier. C'est pour ça que j'y suis. Ingrid y était aussi. Ça ne peut pas être un hasard non ? Le même endroit, exactement.

– Peut-être, mais vous ne bougez pas un orteil avant l'arrivée de Sissoko, ma jolie.

– Mais…

– Y a pas de mais. Ce Merle, je le sens pas. Vous êtes où ? Dans un hôtel ?

– Oui.

– Parfait. Vous vous faites livrer du room service, vous regardez la télé, vous faites ce que vous voulez, mais vous attendez Sissoko, compris ?

– Compris.

– Une dernière chose. Halaïde, ça vous dit quelque chose ?

– Halaïde ? Non… c'est qui ?

– Pour vous la faire courte, c'est le nom d'une sorcière, une légende en Ardèche. On a des raisons de penser que le meurtre de votre sœur est lié à cette histoire, mais on n'a pas encore toutes les pièces du puzzle. Vous n'avez entendu personne prononcer ce nom aujourd'hui ?

Dans sa chambre d'hôtel Léonie secoua la tête comme si Fennetaux pouvait la voir.

– Allô ?

– Non. Pardon. Non, je n'en ai pas entendu parler.

– Je vous laisse, on a du pain sur la planche ici.

– Attendez !

Léonie retint sa respiration. Ses sens toujours en alerte, elle se sentait au bord du vide.

– Oui ?

– Le bébé… vous avez des nouvelles ?

– Je suis désolée, j'ai pas eu une minute à moi ces derniers temps. Appelez la pouponnière, ils seront ravis de vous en donner.

– …

La commandante sentit la détresse de Léonie au bout du fil. Son cœur se serra en pensant à ce bébé, à toute cette famille qui volait en éclats.

– Vous inquiétez pas, c'est comme les forfaits Internet, c'est sans engagement.

ZAC de Cap Moulon

Léonie avait attaqué le minibar de sa chambre, la tête lui tournait un peu. Elle franchit les portes vitrées de l'hôtel et s'assit sur un muret bordé de géraniums dopés au KB. Sans engagement, tu parles ! C'est pas Fennetaux qui allait se retrouver dans un mauvais remake du *Choix de Sophie* à devoir trancher entre sa vie personnelle et la vie de sa nièce.

L'air frais lui fit du bien. Inspirer. Expirer. Inspirer. Exxxxx-pirer. *Expirer*, comme dans *mourir*, putain ! Elle s'alluma une clope. Inspirer la nicotine. Expirer la nicotine. Ça allait tout de suite mieux. Elle fixait son smartphone entre ses mains. Évidemment que c'était un engagement. Passer ce coup de fil, c'était se déclarer officiellement dans la course. Poser sa candidature. Faire sa profession de foi. Comment elle avait pu se retrouver dans cette situation ? Putain d'Ingrid, putain de Laurence, putain de famille de merde merde merde !

– Tu disais ?

Jordan Merle la toisait de son petit air narquois. Il fumait lui aussi, un peu en retrait de l'hôtel, Léonie ne l'avait pas remarqué en sortant.

– Quoi ?

– Tu étais en train d'insulter quelqu'un. Je dois le prendre personnellement ?

Léonie soupira.

– T'es perchée quand même. C'est tous les psys, ou juste toi ?

– Excuse-moi, j'ai un coup de fil à passer…

Léonie glissa son portable dans son sac en bandoulière et décolla ses fesses du muret pour prendre le large.

– J'y crois pas que vous étiez sœurs.

– Pardon ?

– Ingrid et toi. Y en a une de vous deux qui s'est fait adopter, obligé.

– C'est mon côté mannequin suédois qui t'échappe ?

Léonie se détourna brusquement de Merle, rouge de honte. Qu'est-ce qui lui avait pris de sortir une énormité pareille ? Qu'avait-elle à faire du jugement de ce con sur sa personne ou sur son corps ?

Une brusque traction la força à se retourner. Le visage de Merle n'était plus qu'à quelques centimètres du sien. Elle pouvait sentir la chaleur de son haleine, l'intensité de son regard. Dans ses yeux bleu nuit, le sarcasme habituel avait totalement disparu, remplacé par un mélange d'admiration et de désir. En apesanteur, Léonie se rapprocha encore. Leurs bouches se rencontrèrent, leurs langues. L'instant d'après, il la portait sans effort et la plaquait contre le mur arrière de l'hôtel. Un désir animal envahit la jeune femme tout entière. Elle voulait toucher son corps avec ses mains, sa langue, elle voulait que lui la touche partout en même temps. Plus rien n'existait en dehors de ses sensations, du désir qui l'emplissait et du plaisir qu'elle sentait poindre, mais pas tout de suite, non pas tout de suite.

Elle haletait, elle pleurait. Il glissa sa main dans sa culotte, introduisit ses doigts en elle et étouffa son cri d'un baiser. Elle allait mourir de plaisir, elle allait défaillir elle allait… La sonnerie de son portable retentit juste avant l'orgasme. Benjamin avait un sixième sens.

Jeudi 11 avril

Bastion, Paris 17e

Tizi avait passé la nuit dans les arborescences d'Internet et exhumé un numéro spécial du magazine *Actuel* de 1970 titré « Les communautés contre la famille ». La lecture lui avait permis de mieux comprendre l'esprit de l'époque. Les seules sources officielles faisant état du hameau étaient un P-V de la gendarmerie et un rapport de la DASS d'Aubenas en juillet 1984. En arrivant au service, Fennetaux et Janvier les trouvèrent sur leur bureau. Tizi avait pris soin d'en souligner les passages essentiels.

– Et mon croissant ? le taquina Océane en s'emparant des documents. T'as une tête de cul, si je peux me permettre.

– Lis, tu feras moins la maligne.

À 9 heures les trois enquêteurs étaient dans le bureau de Fennetaux. Océane était perplexe.

– Je croyais que les hippies élevaient des chèvres et fumaient des joints, avoua-t-elle. Je voyais pas ça comme ça.

– Toutes les communautés avaient leur spécialité, se souvint

Fennetaux. J'avoue que là ils ont fait fort. Quatorze enfants sans existence légale. Aucune reconnaissance de paternité. Heureusement que ça n'a pas duré trop longtemps, avec l'amour libre je vous laisse imaginer le taux de consanguinité en trois générations.

– C'est sûr, c'est pas très Manif pour tous.

Océane se mit à scander « Un papa, une maman ! » en brandissant une pancarte imaginaire.

Fennetaux la fusilla du regard et se tourna vers son chouchou.

– Tu as cogité là-dessus toute la nuit, qu'est-ce que ça nous apprend qu'on ne savait pas déjà ?

– Y a la mort de ce petit garçon, Guillaume Winckler. Winckler, c'est le nom de jeune fille de Laurence Damanne. Un accident. Le gamin est mort étouffé par le poids de sa mère qui voulait le protéger d'une chute de pierres.

– Laurence était membre du hameau, enchaîna Fennetaux. Elle l'a dit à Léonie, et Ingrid l'a écrit dans son journal intime. Zoé Sicard accuse une certaine Jeanne du meurtre d'Ingrid. Elle m'a dit que cette Jeanne avait déjà, je cite, « tué son enfant ». Donc la question que je me pose, c'est : est-il possible que Laurence Damanne soit cette Jeanne ? On sait que les membres du hameau prenaient un prénom médiéval en intégrant la communauté.

Océane était perdue.

– Je comprends pas. Depuis quand Zoé Sicard faisait partie de la communauté ? C'est comme ça que Victor et Ingrid se sont connus, parce que leurs mères faisaient du macramé ensemble dans les années 70 ?

– Non, ils se sont rencontrés sur le tournage de *Succube*, rappela Tizi.

– Donc, chelou. Et puis, en quoi le fait d'avoir tué accidentellement son fils aurait amené Laurence Damanne à faire assassiner sa fille trente-cinq ans plus tard ? Et par Éric Lebec en plus. Lui aussi faisait partie de la communauté ? Ils étaient combien là dedans ? On a tous vu la cabane de Lebec, le type est pas accro au fric, pourquoi il aurait accepté de faire un truc aussi dégueulasse ?

– J'en sais rien, protesta Tizi. Pourquoi c'est toujours toi qui fais l'avocat du diable ?

– Tu serais pas crédible dans le rôle, répliqua-t-elle.

– Évidemment qu'on n'a pas toutes les réponses, trancha Fennetaux. Comment le meurtre de Malika Bel'hadj s'insère là-dedans par exemple ? Et la tentative de meurtre sur Victor ? On ne comprend pas tout, mais on avance. Tout est lié dans cette affaire, je le sens. Ingrid jetée aux bêtes dans la forêt de Marly, c'est le dernier acte d'une histoire qui a commencé en Ardèche il y a quarante ans. On a une grosse pelote pleine de nœuds à démêler, mes canards.

– Vous avez un plan cheffe ?

– Je vous ai tous les deux. Tizi, envoie un message à Sissoko. Tu le préviens que Léonie Damanne est sur place, qu'il ne monte pas sur ses grands chevaux on aura peut-être besoin d'elle. Après tu fais tes trucs de magicien avec ton ordi, je veux savoir si les noms Sicard, Winckler et Lebec apparaissent ensemble quelque part. N'importe où, n'importe quand. Océane, tu as le contact avec Laurence Damanne. Retourne la voir et fais-la parler sur ses années là-bas. Si elle fait de l'obstruction, on demandera à la juge de la convoquer en tant que témoin assisté. Je retourne à l'hôpital voir Zoé Sicard. Clairement, elle ne m'a pas tout raconté, j'espère juste qu'elle n'est pas trop shootée aux antidouleurs. On se retrouve à midi et on fait le point. Zou !

ZAC de Cap Moulon

Poussée par la faim, Léonie descendit au restaurant de l'hôtel en rasant les murs. Elle avait les yeux collés et la bouche pâteuse.

L'appel de Benjamin la veille l'avait dégrisée d'un coup. Réfugiée dans sa chambre, elle s'était imposé une douche punitive (une eau de plus en plus froide, un jet de plus en plus puissant) avant d'envoyer ce SMS pitoyable : « Épuisée. Je t'appelle demain. Je t'm. »

Toute la nuit, elle avait démonté les rouages de son couple, imaginant la réaction de Benjamin si elle lui avouait ce qu'elle venait de faire. Elle s'interrogeait sur ses propres motivations aussi. Se jeter sur Jordan Merle était clairement un passage à l'acte. Un acte apparemment irréfléchi, poussé par l'inconscient pour provoquer une réaction. Exactement comme Marion Gardette quand elle s'était tranché les veines dans sa baignoire.

Plus elle y pensait, plus Léonie se disait que la tentative de suicide de sa patiente traduisait un besoin d'atteindre son mari plutôt qu'une réelle volonté de mourir. Entre deux séances d'autoflagellation à cause de son infidélité, la psychologue avait pris le temps de relire le dossier envoyé par la greffière du juge Mirmont. Un détail la chiffonnait. Depuis le début de la procédure, Marion refusait d'admettre son alcoolisme. C'était ce déni plus que l'incendie lui-même que le juge reprochait à Marion. Quelques heures avant sa tentative de suicide, elle avait été contrainte par une injonction de se soumettre à une analyse de sang pour évaluer son alcoolémie. Léonie s'attendait à ce que l'analyse soit accablante pour sa patiente, ce qui aurait pu en partie expliquer sa tentative de suicide. Or il n'en était rien. Le taux d'alcool de Marion n'était que de 0,5 gramme par litre de sang. Tout juste de quoi provoquer une légère griserie, surtout sur un sujet habitué à en ingérer quotidiennement. Marion avait-elle essayé de se sevrer sans aide médicale ? Sa tentative de suicide était-elle la conséquence d'efforts surhumains qu'elle aurait déployés en secret pour pouvoir récupérer la garde de ses enfants ? C'était cohérent avec le profil déterminé de la jeune femme. Mais pourquoi agir ainsi ? Léonie tournait ces questions dans sa tête sans parvenir à y trouver un sens, ce qui lui avait au moins permis d'arrêter de penser à Jordan Merle.

Transgressant les ordres de Fennetaux, elle franchit les portes vitrées de l'hôtel et se retrouva sur le parking. La voiture de Merle n'y était plus. Tant mieux, Léonie n'aurait pas à affronter son regard. Elle ne voulait affronter le regard de personne d'ailleurs. Tout ce qu'elle voulait c'était un café bien fort, un croissant et une ciga…

– Léonie Damanne ?

Elle sursauta. Le capitaine Sissoko la toisait de toute sa hauteur.

Le hameau

Ils firent route vers le hameau au rythme du *Nisi Dominus* de Vivaldi. À leur arrivée, un grand chauve au regard d'aigle les attendait. Interlocuteur officiel des universités et des mécènes contribuant au financement de l'aventure, Xavier Témime dirigeait le hameau avec passion depuis huit ans. Rien de ce qui s'y passait ne lui était étranger. Surtout pas la descente d'un flic parisien dans le cadre d'une enquête pour meurtre. Il les reçut dans une salle voûtée aux murs couverts de tapisseries faites main où d'anachroniques ordinateurs trônaient sur de simples tréteaux en bois. Les présentations faites, il entra dans le vif du sujet sans préliminaires inutiles.

– Après votre appel d'hier, j'ai recueilli le maximum de témoignages sur le séjour d'Ingrid Sicard chez nous. Je me souviens bien d'elle. Notre première volontaire enceinte. Elle est restée six mois avec nous, de septembre à fin février. À ma connaissance, elle n'a jamais été en conflit avec personne. Au contraire même. Elle était très appréciée.

– Vous savez où elle logeait exactement ?

– Pas sur place, c'est réservé aux enseignants et aux chercheurs. Elle devait louer ou sous-louer quelque chose dans un village pas loin.

– On n'a retrouvé aucun bail à son nom.

– Vous savez, ça marche encore beaucoup à la poignée de main dans le coin.

– Et l'Ancien ? intervint Léonie.

– Quoi l'Ancien ?

– J'ai cru comprendre qu'ils étaient proches ma sœur et lui.

– Qui est l'Ancien ? demanda Sissoko.

– Il s'appelle Pierre. C'est un peu notre mascotte, même si c'est pas le roi des interactions sociales. En 1989, quand le professeur Delbarre a découvert le site, il vivait tout seul ici, et depuis pas mal d'années apparemment.

– Il faisait partie de la communauté des années 70 ?

Témime acquiesça.

– Je n'ai pas le souvenir de l'avoir vu beaucoup avec Ingrid, mais vous pouvez l'interroger. Il occupe une petite maison à l'extérieur du mur d'enceinte, côté opposé au parking. Je peux vous montrer.

– Merci, on devrait trouver.

Léonie refit le même trajet que la veille, observant Sissoko s'imprégner des lieux. Elle voyait ses réflexions traverser ses yeux profonds, mais il ne jugea pas utile de les partager avec elle. Ils passèrent un lavoir, un four à pain et plusieurs bâtisses en torchis avant de franchir le mur d'enceinte côté nord-est. À moins de cinquante mètres, une maison isolée était adossée à un massif de saules pleureurs centenaires. L'image même de la solitude. En approchant, ils constatèrent que la porte était ouverte.

– Vous restez derrière moi, l'avertit Sissoko. Il y a quelqu'un ?

Il poussa la porte en restant sur le seuil, dévoilant une pièce plongée dans l'obscurité.

– Pierre ? Capitaine Sissoko, police. Je peux entrer ?

– Monsieur Pierre, tenta Léonie, je suis la sœur d'Ingrid...

Sissoko lui lança un regard noir, mais elle était trop occupée à le contourner pour s'en apercevoir.

– Qu'est-ce que vous faites ?! Vous ne pouvez pas entrer chez les gens sans autorisation judiciaire.

– VOUS ne pouvez pas. Moi je m'en fous.

Elle sortit son portable de son sac, ouvrit l'appli lampe torche et pénétra à l'intérieur.

La pièce était plus vaste qu'elle ne l'aurait imaginé. Plus sombre aussi. Faisant courir sa lampe le long des murs, Léonie vit qu'elle était divisée en plusieurs espaces par des tentures tombant du plafond. La torche de Sissoko vint s'ajouter à la sienne, ensemble elles faisaient danser des milliers de particules de poussière en suspension dans l'air. Les lieux étaient dépouillés et méticuleusement rangés. Tout était organisé autour d'un foyer central. Deux petits bancs se faisaient face de part et d'autre de l'âtre éteint. Quelques outils rudimentaires étaient cloués au mur à sa droite avec en dessous un coffre en bois de bonne taille. À gauche du foyer, derrière une tenture, se trouvait une paillasse à même le sol, recouverte d'une couverture. Sissoko souleva la couverture, libérant l'odeur lourde d'une chambre au petit matin. L'Ancien avait dormi chez lui cette nuit. Où était-il ?

Léonie ouvrit le coffre en bois. Sissoko soupira.

– Mettez ça au moins, lui dit-il en lui tendant une paire de gants en latex.

Elle les enfila et commença à fouiller le contenu du coffre. Du linge essentiellement, dont elle ne comprenait pas trop comment il se portait, ça ressemblait à de longues chemises de nuit. Une paire de sabots qu'elle aurait pu enfiler. L'Ancien avait-il de si petits pieds ? Sous les sabots se trouvait une pièce de lin beige pliée et attachée par un bout de corde. Le tout faisait la taille d'une grosse boîte d'allumettes. Intriguée, elle dénoua la corde et déplia le tissu.

Sissoko passait en revue le contenu de plusieurs pots en terre réunis sur une étagère murale quand il entendit un bruit de chute. Il se tourna immédiatement vers Léonie, braquant sa torche sur elle.

– Ça va ?

– Baissez ça, je ne vois plus rien.

Elle se couvrait le visage d'une main, aveuglée. De l'autre elle massait sa fesse endolorie. Sissoko la rejoignit.

– Qu'est-ce qui se passe ?

– Rien j'ai eu peur, j'ai perdu l'équilibre.

– Qu'est-ce qui vous a fait peur ?

– Un truc. Un truc tout sec. Je ne sais pas ce que c'était, mais je ne m'attendais pas à voir ça.

Elle balaya le sol de sa lampe.

– Là. C'était dans ce morceau de tissu.

Sissoko attrapa l'objet en question de sa main gantée. Un petit bout de corde d'une couleur lie-de-vin. Une corde entortillée qui semblait bizarrement organique. Son corps se raidit. Il porta l'objet à ses narines, le renifla avant de brusquement l'éloigner. Il le fixait dans sa main tendue à bonne distance du visage. Léonie eut froid d'un coup.

– Quoi ? Qu'est-ce que c'est ?

– Un cordon.

– Un cordon ?

– Un cordon ombilical.

Pris d'une impulsion, Sissoko se précipita sur la paillasse. Il saisit le drap et le secoua violemment, dévoilant la paille du couchage. Un nuage de poussière et de résidus végétaux envahit l'espace. Léonie le rejoignit et braqua sa lampe sur le sol.

Éparpillée dans le coin nuit, la paille était couverte d'une croûte épaisse de sang séché.

Hôpital Saint-Antoine, Paris 12e

En voyant Fennetaux sortir de l'ascenseur, l'infirmière d'accueil du service oncologie sauta sur son standard téléphonique.

– Docteur, c'est Lydie. Elle est revenue, la policière. Oui, celle pour Mme Sicard… Très bien.

Fennetaux sentit qu'il y avait anguille sous roche mais présenta tout de même sa plaque.

– Commandante Fennetaux. Je viens voir Zoé Sicard.

– Le docteur Ollivier arrive tout de suite, madame.

Un instant plus tard, le chef de service la priait de l'accompagner dans son bureau et lui annonçait de but en blanc :

– Mme Sicard a quitté l'hôpital ce matin.

– Je vous demande pardon ?

– Elle a signé un formulaire de décharge, il n'y avait pas moyen de s'y opposer. Je ne sais pas pourquoi elle a fait ça.

– Le pourquoi ça me regarde, si ça ne vous ennuie pas. Je veux bien que vous m'expliquiez le comment en revanche. Hier elle était subclaquante. Quelqu'un est venu la chercher ?

– Personne.

– Alors expliquez-moi. Comment une femme qui n'avait même pas la force de tenir sa tête hier a pu se lever, s'habiller et se commander un Uber ? Sérieusement.

Le médecin poussa un long soupir qui fit monter la moutarde au nez de la commandante.

– Ne commencez pas avec votre secret professionnel. Vous êtes inquiet pour elle, je le vois bien, alors plus vite je la retrouve, plus vite je vous la ramène.

– Mme Sicard nous a été adressée par les urgences il y a deux jours, c'est une patiente que nous découvrons ici. Le cancer s'est tellement propagé qu'on ne sait pas… avec mon équipe on ne comprend pas qu'elle soit encore en vie. On a fait des analyses plus poussées et…

– Et ?

– Les analyses ont révélé la présence de datura dans son organisme. En grande quantité. C'est un psychotrope puissant qui a notamment des vertus anabolisantes.

La sonnerie du portable de Fennetaux l'empêcha de poser les questions qui se bousculaient dans sa tête.

– Excusez-moi docteur. Océane, tu tombes bien, tu ne vas pas me croire.

– Moi d'abord, répliqua la jeune flic.

– Quoi ?

– Je suis à la fac. Damanne n'est pas chez elle et elle ne s'est pas présentée à ses cours ce matin.

Fennetaux écarta le portable de son oreille. Ses yeux passaient de l'appareil au médecin. En son for intérieur, un gyrophare deux tons hurlait « danger ».

Paris

Le taxi traversait Paris avec une fluidité exceptionnelle malgré la densité de la circulation. Le chauffeur avait compris d'instinct que la dame très digne assise à l'arrière était du genre mutique. Elle regardait défiler les rues en silence. Son visage ne trahissait aucune expression. Un masque de cire.

Derrière ce masque, Jeanne était bombardée d'émotions pourtant. Violentes, poignantes. Comme à chacune de ses sorties, elle se prenait la détresse de la ville en plein cœur, elle n'avait jamais pu s'y habituer. Les clochards à moitié fous qui parlaient tout seuls, les jeunes Chinoises qui attendaient devant des salons de massage promettant une relaxation « jusqu'au bout ». Toute cette misère quand on dépensait des milliards pour explorer la planète Mars… Jamais ses contemporains ne lui avaient paru si insensés. Jeanne ne se sentait plus rattachée au XIIIe siècle qu'elle avait recréé pour Pierre. Elle n'éprouvait aucune nostalgie pour les années 70 où ils avaient fait tant de mal en pensant bien faire, aucune adhésion non plus à l'individualisme effréné de l'époque actuelle. Elle flottait sans désir, hors du temps, s'acquittant de ses devoirs alors qu'au fond elle n'attendait plus rien du monde.

En quittant le hameau, elle avait beaucoup perdu. Pierre bien sûr, mais aussi ses compagnons, la force du lien qui les unissait tous. Après la mort de Guillaume, rongée par la culpabilité, elle avait aussi abjuré Halaïde. Patiemment, elle s'était construit une nouvelle existence loin de l'influence délétère de Marguerite. Pas une grande vie mais une bonne vie, elle le devait à son enfant. Pierre le lui avait laissé, mais se souvenait-il seulement qu'il en était le père ? Jeanne s'était efforcée de devenir mère. Elle avait fait de son mieux. Certes le résultat n'était pas brillant, mais cela donnait-il le droit à Marguerite de tout saccager une nouvelle fois ? Combien de générations leur guerre allait-elle sacrifier ?

Marguerite lui avait pris son homme. Jeanne avait maudit sa descendance et Guillaume était mort. Elles étaient quittes en quelque sorte. Mais il avait fallu que Marguerite revienne à la charge. Trente ans après, elle avait rouvert les hostilités de la façon la plus sournoise qui soit. Jeanne ferma les yeux.

Le chauffeur de taxi jetait des coups d'œil réguliers à sa cliente dans le rétroviseur et remarqua que son visage se tordait d'un rictus de douleur.

– Tout va bien madame ?

Jeanne ne répondit pas. Elle se contenta d'ouvrir les yeux et de fixer le rétroviseur. Le chauffeur sentit un frisson d'effroi lui parcourir l'échine. Ce n'était pas de la douleur qui habitait le regard de la vieille dame, c'était de la haine. Confus, il se reconcentra sur la conduite.

Jeanne baissa les yeux vers ses mains tavelées qui pétrissaient une petite bourse en cuir. Elle s'était juré de ne jamais l'utiliser, mais les circonstances en avaient décidé autrement. Le petit carré de cuir contenait sa dernière munition. Une arme de destruction massive capable de mettre un terme définitif à la guerre qui l'opposait à Marguerite.

Le hameau

Xavier Témime eut du mal à admettre que l'Ancien soit considéré comme un danger par les forces de l'ordre, mais Sissoko finit par le convaincre. Il réunit l'ensemble de ses troupes. Dans l'attente des renforts de la gendarmerie, la petite armée d'historiens effectuait une battue autour du domaine sous les ordres du capitaine. Pierre connaissait parfaitement le terrain et personne ne l'avait vu depuis la veille. S'il avait décidé de disparaître, les chances de le retrouver seraient faibles.

Léonie s'était réfugiée à l'ombre d'un châtaignier et faisait défiler les rares photos d'Ingrid dans son téléphone. Sissoko avait refusé qu'elle participe aux recherches. Trop impliquée, disait-il.

D'Ingrid, Léonie avait façonné l'image d'une lâcheuse. Elle l'avait polie avec délectation pendant quinze ans, ignorant délibérément les drames que sa sœur traversait. Une relation désastreuse avec sa mère. La mort injuste d'un père adoré. Un mariage houleux et stérile avant un nouveau départ, une libération croyait-elle, qui n'avait été qu'une illusion. Ingrid n'avait pas pu abandonner le hameau de son plein gré. Sa disparition du jour au lendemain impliquait que l'Ancien l'avait détenue dans sa cabane contre son gré. Elle avait fini sa grossesse enfermée chez un vieux malade. Elle avait accouché dans la peur et la solitude. Rien de tout cela n'avait entamé sa combativité pourtant. Ingrid avait trouvé la force de fuir. D'une façon ou d'une autre, elle était rentrée à Paris avec sa fille. Elle avait envoyé ce SMS à Léonie, elle lui avait donné rendez-vous aux Batignolles. Que se serait-il passé si les deux sœurs avaient pu se retrouver ? Auraient-elles pu ensemble conjurer l'inévitable ?

L'esprit de Léonie, sa formation, ses convictions profondes l'empêchaient de croire au destin. La psychologie est la science du refus de la fatalité. Mais comment appeler l'enchaînement d'injustices et de malheurs qui avaient ponctué la vie d'Ingrid avant son rendez-vous avec la mort à l'âge de trente-quatre ans ?

Léonie contracta ses abdominaux bien planqués sous la graisse et se leva d'un bond. Ça suffisait, les jérémiades. Elle n'avait rien pu faire du vivant d'Ingrid, mais quoi qu'en pense Sissoko, il était temps qu'elle retrouve l'enfoiré qui s'était permis de la séquestrer.

Pas assez d'hommes, aucun réseau, Sissoko rongeait son frein. Il avait déployé son régiment d'historiens en cercle depuis le centre du hameau en direction des bois. Après trois heures de battue il décida d'arrêter les frais et d'attendre les renforts. Témime fit passer à ses troupes le message de se regrouper « rive sud ». Le terme rappela au capitaine la baraque de Lebec sur l'étang de la Galiotte.

– Rive sud ?

– Oui. On a une rivière. Pas de vie sans eau au XIIIe siècle, imaginez un peu !

– On est sur quelle rive là ?

– On est rive sud, répondit Témime en le regardant de travers. (Comment aurait-il pu en être autrement alors qu'ils n'avaient pas traversé ?)

– Et il y a quoi de l'autre côté ?

– Pas grand-chose. Le moulin, et l'ancienne tannerie des hippies plus loin en aval. On ne s'est pas occupés de ces bâtiments, on fonctionne essentiellement sur des fonds publics, on doit prioriser.

Une lumière s'alluma dans l'esprit de Sissoko.

– Elle est où cette tannerie ?

Témime sortit un calepin de la poche arrière de son pantalon, l'ouvrit et griffonna rapidement un croquis.

– Là, dit-il en pointant le schéma d'un bâtiment grossièrement esquissé. Et nous sommes par là.

– Prévenez la gendarmerie que je suis là-bas, s'ils arrivent avant mon retour.

Devant la rivière, Sissoko ne vit aucun pont à l'horizon. La tannerie se situait à environ deux kilomètres à l'ouest de l'autre côté du cours d'eau. Il le longea jusqu'à tomber sur un pont flottant visiblement en réfection. Son objectif était pile en face. Le capitaine prit le temps d'observer les lieux avant d'intervenir. Face à un ennemi qui jouait à domicile, la surprise serait son seul avantage. L'Ancien avait été prévenu qu'on posait des questions sur Ingrid Sicard, il avait mis les voiles. Mais où aurait-il pu se cacher en dehors du domaine qui constituait son univers depuis près de cinquante ans ? C'est le calcul qu'avait fait Sissoko, et c'est ce qu'il se répétait en évaluant le terrain. Pour plus de discrétion il décida de traverser à la nage.

La tannerie était une grande bâtisse rectangulaire semi-ouverte. Pas idéal comme cachette. Ignorant le froid qui l'enveloppait, Sissoko se rapprocha et aperçut de hautes portes battantes fermant plusieurs pièces au fond du bâtiment. Se rapprochant encore, il découvrit ce qui restait du matériel des hippies quand ils utilisaient les lieux. De grands châssis en bois équipés de cordages pour tendre le cuir, plusieurs baquets destinés aux différents bains de pigments, et toute une série d'outils servant à racler les peaux. Des sortes de hachettes incurvées dont il préférait éviter le tranchant.

Il sortit son arme et la braqua devant lui en avançant prudemment. Un hurlement le saisit par surprise et lui glaça les os. Il se précipita vers la porte d'où était venu le bruit et la défonça d'un pied arme au poing.

– Police !

Pris sur le fait, Jordan Merle leva lentement les mains. Le vieil homme qu'il venait de lâcher s'affala sur le sol.

9

Le hameau

Pierre creusait, indifférent au froid et à la fatigue. Ses mains heurtèrent une surface dure. Le cercueil. Dans un dernier effort il parvint à le hisser sur le sol. Il allait enfin savoir. Ne pas penser au sacrilège. Vite rattraper la bêche, l'insérer dans la fente. Vite donner un coup de pied pour faire sauter les clous. Son cœur battait la chamade mais il fallait qu'il tienne, qu'il sache. Le couvercle céda dans un craquement sinistre. Une vapeur s'échappa du cercueil, il la vit très nettement et son cœur s'emballa. Il eut peur soudain. Il s'avança vers la petite boîte en bois. L'image s'imprima sur sa rétine, brûlante. Le squelette d'un enfant.

Comment avait-il pu ? Il s'était… fourvoyé ? Mais alors… Pierre s'affala sur le sol, manquant de glisser dans la tombe. Un rayon de lune tomba sur les ossements. Ils étaient si petits… L'estomac de Pierre se souleva. Il eut à peine le temps de tourner la tête et fut pris de hoquets. Ses yeux pleuraient, son nez coulait. Sa bouche régurgitait son maigre dîner. Un barrage avait cédé, son corps se vidait. Et dans le vide ainsi créé un sentiment s'insinuait, une vieille connaissance que Pierre fréquentait depuis longtemps déjà. La culpabilité.

Il remit son fils en terre et resta un long moment près de lui. Son petit garçon qui aurait trois ans « et demi » pour l'éternité. Mais s'il n'était pas en train de renaître dans le ventre de sa mère, qui était cette femme ? Qui était-elle, si elle n'était pas Marguerite ? Alourdi du poids de ses espoirs déçus, Pierre reprit le chemin de sa maison. Il arriva juste avant que les minots commencent leurs activités au hameau et barricada sa porte. La femme dormait encore malgré ses entraves, elle gémissait dans son sommeil.

– Papa… papa…

Elle appelait son père toutes les nuits, rêvant sans doute qu'il vienne la sauver de lui. Pierre frissonna. Il relança le feu et tenta de mettre de l'ordre dans ses idées en attendant le réveil de Margu… de la fille.

– J'ai… j'ai froid. S'il te plaît…

Pierre se tourna vers la paillasse. La couverture avait glissé sur le côté. Entravée par ses liens, la fille grelottait. Pierre alla libérer ses mains en laissant ses pieds attachés et remit la couverture sur elle. Dans ses yeux où hier encore il cherchait à détecter les signes de fourberie, il ne vit plus que la peur.

– Tu n'es pas Marguerite, finit-il par reconnaître.

La fille le regardait en coin : était-ce une nouvelle tactique pour la coincer ?

– Tu n'es pas mon aimée.

Elle secoua la tête et reprit d'une voix faible la litanie qu'elle répétait depuis une semaine.

– Je suis Ingrid. Mon père s'appelait Jean-Marc. Ma sœur s'appelle Léonie. Ma mère Laurence.

– Ingrid…

Pierre faisait rouler les syllabes dans sa bouche, éprouvait leur goût et leur sonorité. C'était la première fois qu'il utilisait son prénom. Il l'avait appelée Marguerite dès son arrivée au hameau huit mois plus tôt. Les chercheurs avaient expliqué à la jeune femme la coutume de l'ancienne communauté : prendre un prénom médiéval comme signe d'appartenance au groupe et à ses valeurs. Il ne faisait ça qu'avec elle, ça l'avait flattée. C'était comme un petit jeu entre eux, elle était sa Marguerite.

Ingrid regardait le vieil homme assis devant l'âtre. De grosses larmes perlaient sur ses paupières. Il les laissait couler, indifférent. Se pourrait-il qu'il ait compris ? Elle n'osait pas y croire et se taisait, tapie sous la couverture. Surtout ne pas le contrarier, ne prendre aucun risque pour le bébé. Une vive douleur dans le dos lui arracha un cri de surprise. Elle sentit un liquide chaud se répandre sous elle et imbiber la paillasse. Elle venait de perdre les eaux. Une peur panique la submergea. Le bébé... Pas ici. Pas maintenant. Pas comme ça.

Bastion, Paris 17e

Tizi déboula dans le bureau de Fennetaux sans frapper.

– Commandante ! Commandante j'ai trouvé ! J'ai le lien entre Lebec et Zoé Sicard. Enfin j'ai *un* lien entre Zoé et la famille Lebec.

Il s'affala sur le fauteuil invité.

– Respire lapin, respire. Remets tout dans l'ordre. Je t'écoute.

– Franchement c'est un énorme coup de chance. Je ne sais pas comment je suis tombé dessus. Je vous explique. Le nom de naissance de Zoé est Krychowiak. Ses grands-parents ont émigré de Pologne dans les années 1920.

– Tu comptes me faire tout l'arbre généalogique ?

– Non cheffe, aucune info inutile, promis. Les grands-parents s'installent dans la région d'Aubenas, mais après la guerre leur fils monte à Paris. Le père de Zoé donc. Il était cordonnier.

Arrive Zoé et c'est un génie en mathématiques. Elle remporte le Concours général, c'est la première de toute la famille à faire des études supérieures. On est fin des années 60, elle s'intéresse aux débuts de l'informatique.

– OK, Zoé est une pionnière.

– Exactement. Grosse ascension sociale par l'école en plein milieu des Trente Glorieuses, la fille a un boulevard devant elle.

– Sauf que... J'imagine qu'il y a un « sauf que » si tu as commencé comme ça.

– Sauf qu'elle se marie avec un étudiant en histoire à la Sorbonne, Jérôme Sicard, un fils de famille bourgeoise. Ils ont un fils en 1970, c'est Victor. Les parents Sicard entretiennent le jeune couple jusqu'à la fin de leurs études, et après j'ai un trou de onze ans dans sa bio. Zoé n'a aucune existence administrative entre 1973 et 1984.

– Le hameau ?

– Je pense aussi.

– Ça veut dire que Victor a grandi là-dedans, réalisa la commandante.

Tizi acquiesça.

– Intéressant. Je ne vois pas le lien avec Lebec mais...

– J'y arrive, la coupa Tizi. On retrouve Zoé fin 1984. Près d'Aubenas, dans la région de ses grands-parents. Ils sont morts, elle n'a plus de famille sur place. Pas de boulot, probablement pas d'argent. Et en septembre, il faut qu'elle inscrive son fils à l'école. Pour ça il lui faut une adresse. Devinez où elle le domicilie.

– Ou alors tu me le dis tout de suite et on gagne du temps.

– Boucherie Lebec, boulevard Gambetta.

– Non !

– Et c'est pas fini. J'imagine que les familles Lebec et Krychowiak se connaissent depuis longtemps. En tout cas Zoé est très proche d'une fille de son âge, Carole. La boucherie est à ses parents. Ils ont eu des jumeaux, les parents. Carole et...

– Éric.

– Bingo. Avant que vous me demandiez, Carole vit à Paris. Je l'ai convoquée, elle ne devrait pas tarder.

Fennetaux sourit au jeune lieutenant. Dans ses yeux, l'excitation de la chasse se mêlait à une fierté toute maternelle.

Le hameau

Sissoko avait accompagné l'Ancien à l'hôpital. Il voulait recueillir son témoignage au plus vite, n'accordant aucun crédit aux déclarations de Merle. Le flic infiltré avait échappé à l'infamie des menottes, mais restait sous la garde de deux gendarmes jusqu'à nouvel ordre. Ça n'avait pas l'air de le contrarier, il était certain qu'en deux coups de fil Tramu le sortirait de ce mauvais pas. En attendant, Léonie avait obtenu de lui parler en tête à tête. Ils se trouvaient dans un coin du réfectoire, les gendarmes gardaient Merle à l'œil mais ils étaient hors de portée d'oreilles.

– Y a aucune chance que le vieux ait fait l'aller-retour jusqu'à Paris pour buter ta sœur, assurait-il. Il est perché, il croit vraiment qu'on est au XIIIe siècle. Quand je lui ai montré mon flingue, il a crié : « Sorcellerie ! »

– La folie n'a jamais empêché le passage à l'acte meurtrier, objecta Léonie.

– Impossible je te dis. Il aurait pris un train ? Une caisse ? Le type est persuadé qu'on se déplace qu'à cheval.

– Pourquoi Ingrid a accouché dans sa maison ? Pourquoi elle a disparu du jour au lendemain sans prévenir ses copains universitaires ?

– Il est confus. Je sais pas ce que Sissoko va en tirer, mais pas grand-chose à mon avis.

– On a fait ça pour rien, constata Léonie.

– Je suis pas d'accord. On sait où Ingrid a passé sa dernière année. On sait que l'Ancien a fini par la séquestrer et qu'elle a accouché chez lui. On sait qu'elle a réussi à s'enfuir avec son bébé. L'équipe de Fennetaux va pister son retour sur Paris. Elle a peut-être fait du stop, ou elle a pris le train sans billet vu qu'elle avait pas de fric, j'en sais rien. Mais une belle femme comme elle avec un nourrisson, ils vont forcément trouver des témoins. Ça nous laisse deux hypothèses : soit elle a croisé son meurtrier sur la route, soit il l'attendait à Paris.

– Génial.

– Tu croyais qu'on allait boucler l'enquête en trois jours ? Tu serais pas un peu mégalo ?

– Va te faire foutre !

La réponse avait fusé sans que Léonie la contrôle. Loin de s'en formaliser, Merle avait l'air ravi au contraire. Elle avait envie de les gifler, lui et son petit air railleur. Il redevint sérieux et l'observa un instant en silence. Son regard se fit plus grave puis il lâcha, de but en blanc :

– Tu seras une super mère.

La colère submergea Léonie, saturant d'un coup tous les récepteurs de son système nerveux. Elle devint rouge. Puis blême.

– Pour qui tu te prends ? Pour qui tu *me* prends ? Tu baises à droite à gauche, tu sèmes un gosse et tu le refiles à la première idiote qui a l'air un tout petit peu stable ?

– Exactement, répondit-il avec candeur.

Bouche bée, Léonie chercha une réplique qui ne vint pas. Merle enchaîna, insupportablement calme.

– Qu'est-ce qui est mieux pour le bébé franchement ?

– En quoi ça me concerne ? C'est *ta* fille merde !

– Écoute, personne a rien choisi dans l'histoire. Ni la gamine de naître, ni moi de la faire ni ta sœur de se faire tuer. On fait avec.

– Dit le mec qui refuse d'assumer ses responsabilités, non mais je rêve !

– Au contraire, j'ai jamais été aussi responsable qu'aujourd'hui.

Léonie resta sans voix.

Paris, périphérique extérieur

Quai d'Issy. Porte de Saint-Cloud. Laurence remontait le périph extérieur en pilote automatique. Son portable avait bipé dès qu'elle avait retrouvé du réseau en remontant de la cave. Deux messages émanant d'un numéro inconnu : une photo et une adresse. Elle s'était mise en route sans réfléchir. Sans même penser à prévenir la police. Quelqu'un avait actionné un sifflet émettant des ondes qu'elle seule pouvait entendre.

Elle n'avait pu se soustraire à cet appel, alors même que les messages étaient anonymes et n'avaient aucun sens à ses yeux. L'adresse était celle d'Ingrid et Victor à Boulogne. La photo montrait Ingrid en gros plan. Elle était en vie et serrait son bébé comme pour le protéger du photographe. Seul son meurtrier avait pu saisir ce sursaut d'instinct maternel, cet effroi dans les yeux d'Ingrid. Un esprit sadique qui prenait maintenant plaisir à exposer Laurence aux derniers instants de sa fille.

Porte Molitor. Plus Laurence se rapprochait de sa destination, moins elle comprenait ce qui l'attendait. Victor était toujours en garde à vue, qui d'autre pouvait lui fixer un rendez-vous dans sa baraque d'oligarque russe ? Laurence ne lui connaissait aucune famille. Un père mort, une mère provinciale avec laquelle il avait coupé les ponts depuis longtemps. Il était l'incarnation du loup solitaire qui a lâché sa meute pour aller plus loin, viser plus haut, bouffer tout le monde. Par quoi ou par qui avait-il été rattrapé ?

Ingrid avait-elle été tuée à cause de son passé à lui ? Confite dans sa supériorité morale et intellectuelle, Laurence avait tellement méprisé son gendre. Jamais elle n'aurait cru qu'il puisse représenter le moindre danger.

Bastion, Paris 17e

Dans son bureau, Fennetaux faisait face à une réplique massive et féminine d'Éric Lebec. Le même visage anguleux posé sur un corps trois fois plus volumineux. À soixante-huit ans, ses yeux semblaient vous mettre au défi de la déstabiliser. Sans provocation pourtant. C'était le regard d'une femme qui avait tout vu, tout vécu, et qui en était tranquillement revenue.

– C'est loin tout ça. Des fois je me demande si ça m'est vraiment arrivé.

– J'aurais imaginé que six enfants en onze ans, ça fait des souvenirs, objecta Fennetaux.

– Pensez ce que vous voulez. Tout est centré sur les gosses aujourd'hui, je suis pas certaine que ça leur rende service. Vous avez des enfants madame ?

– Commandante. C'est pas le sujet. Vous avez pris le nom de jeune fille de votre mère. Pourquoi ?

– Pour éviter ce genre de situation justement. Les Lebec c'est bon, j'en ai soupé. J'ai eu six gosses comme vous dites, et y en a pas un qui m'a causé autant de problèmes qu'Éric. Je l'ai porté à bout de bras pendant trente ans, paraît-il qu'entre jumeaux on doit se serrer les coudes. Y a un moment, la coupe est pleine. S'il vous a pas parlé de moi, ça prouve qu'il a retenu au moins une leçon dans sa vie : m'oublier.

– Il vivait avec vous au hameau pourtant.

– Ça va, y a prescription ! C'est un boulet, je vous dis. À la fin de la communauté, je pensais qu'il m'aiderait avec les gosses, mais zéro. Quand j'ai compris que je pourrais jamais compter sur lui, j'ai dit basta.

L'enquêtrice acquiesça sans commentaire.

– Qu'est-ce qu'il a fait encore ? reprit la femme après un instant de réflexion.

– Ça vous intéresse finalement ?

Elle fusilla la flic du regard et croisa ses bras sur sa forte poitrine. Fennetaux choisit de contourner l'obstacle.

– Parlez-moi du hameau. Comment ça se passait pour vous, pour lui ? C'était quoi vos noms d'ailleurs ?

– Alice. Alice et Antoine.

– Il y avait une Jeanne aussi ?

– Pourquoi vous me demandez ça ?

– D'abord vous répondez à mes questions et après je vous explique.

Carole poussa un long soupir. Elle semblait chercher ses mots.

– Jeanne était… c'était notre inspiratrice. On a eu l'idée de la communauté à trois au départ. Y avait elle, Pierre et moi. En vérité, c'est Jeanne qui a tout pensé. Elle était incroyable.

Fennetaux prit un Post-it et nota rapidement « Jeanne », « Alice » et « Pierre ». Elle repensa au dernier coup de fil de Sissoko et écrivit « l'Ancien ? » à côté de « Pierre ».

– Donc vous vous connaissiez avant le hameau. Vous vous souvenez du nom de Jeanne ?

La question arracha un sourire à la femme.

– Elle avait un nom imprononçable !

– Winckler… ça vous dit quelque chose ?

– Non c'était plus long que ça. Imprononçable, je vous dis. Un nom polonais je crois.

Fennetaux blêmit avant de prononcer :

– Krychowiak ?

– C'est ça. Zoé Krychowiak.

Prince-Marmottan, Boulogne-Billancourt

Jeanne retira ses chaussures et commença immédiatement à retrouver ses forces. Fouler le parquet de ses pieds nus était une première forme de connexion avec Mère-Terre. Au prix d'un effort surhumain, elle poussa la table basse contre le canapé et replia le tapis. Elle entailla une latte de parquet à l'aide d'un Opinel dont elle ne se séparait jamais et manœuvra le couteau jusqu'à creuser un trou de deux centimètres de large. L'adrénaline qu'elle sécrétait démultipliait les effets de sa dernière prise de datura. Personne à l'hôpital n'avait jugé utile de fouiller son sac à main. L'eût-on fait, personne n'aurait pu identifier la nature des différentes poudres et racines qu'il contenait. Et ça se pavanait dans sa blouse blanche, et ça se donnait des titres ronflants de docteur ou de professeur. Des amateurs !

Sans se presser, Jeanne alla chercher la bourse en cuir qu'elle avait laissée sur la table de la cuisine. Elle l'ouvrit avec d'infinies précautions et en sortit un gland de chêne lustré comme une pierre précieuse. Le dernier gland de l'arbre d'Halaïde. Elle s'agenouilla à terre, tenta d'éclaircir sa voix éraillée et commença à psalmodier doucement. Les incantations lui revenaient en mémoire avec une facilité déconcertante. Délicatement, elle déposa son précieux trésor dans le trou du parquet.

Ensuite, tout alla très vite. La pièce s'assombrit. Les premières racines crevaient déjà le parquet quand la grille du jardin grinça. Jeanne se leva sans effort ni douleur. Son corps ne souffrait plus, il ne pesait plus. Son esprit était désormais seul aux commandes.

*Bastion, Paris 17e*

Sur son Post-it, Fennetaux inscrivit « = Zoé » en face du prénom Jeanne. Elle fut tentée d'ajouter un point d'interrogation. Zoé avait directement accusé Jeanne du meurtre d'Ingrid. Elle s'était donc dénoncée elle-même ? Pourquoi ?

Fennetaux avait du mal à associer la septuagénaire agonisante à la brutalité du meurtre d'Ingrid. De plus, si Zoé voulait assumer un crime qu'elle avait effectivement commis, pourquoi ne pas le dire clairement ? Zoé avait aussi accusé Jeanne d'avoir tué son enfant, ça n'avait aucun sens. Elle n'avait donné naissance qu'à Victor, et aux dernières nouvelles, il était toujours bien vivant. Fennetaux tenta de se remémorer les termes exacts de la vieille femme.

– *Je le sais parce qu'elle a déjà tué et j'étais là.*

– *Qui ça ? Qui elle a tué, une autre femme ?*

– *Pas la femme non, ça aurait été trop doux. Jeanne était... je crois qu'elle était devenue folle. Elle a tué son enfant.*

Une étincelle s'alluma dans l'esprit de Fennetaux. Et si Zoé ne parlait pas de son propre enfant mais de l'enfant de « cette femme » ? Avait-elle tué l'enfant d'une autre ? Tellement de choses lui échappaient encore dans cette affaire. Pour ne rien arranger, une sensation d'urgence ne la lâchait pas depuis le matin, sans qu'elle puisse se l'expliquer. Il fallait qu'elle avance coûte que coûte. Malgré sa frustration, elle ouvrit un nouveau front dans l'interrogatoire de Carole Lebec.

– Votre frère et Jeanne, ils s'entendaient comment à l'époque ?

Carole leva les yeux au ciel.

– C'est pas compliqué, il la vénérait. On avait tous plus ou moins le même âge, mais Éric la voyait comme une mère. Une mère ou une instance supérieure en tout cas, on n'aimait pas la notion de chef. Une année qu'on asséchait un marais, il avait chopé une méchante fièvre. Un sale truc. Jeanne l'a soigné avec des plantes, elle l'a gardé dans son laboratoire plus d'une semaine, elle l'a surveillé jour et nuit comme le lait sur le feu. Après ça, il lui mangeait dans la main. À la fin je me suis demandé s'il s'était pas monté la tête avec toutes ces histoires de guérisseuse. Jeanne était fan d'une légende de la région, une histoire qu'on raconte aux enfants, elle arrêtait pas d'en parler. Elle disait qu'elle communiquait directement avec une sorcière…

– Halaïde ?

Carole écarquilla les yeux. Anticipant sa question, Fennetaux lui fit signe de continuer.

– La mesnie, Halaïde, la vie sans eau courante, tout ça faisait partie du délire. On voulait recréer le Moyen Âge, vous voyez le genre ? Jeanne avait quelques connaissances en médecine, du coup elle disait qu'elle était guérisseuse. Le truc, c'est qu'entre les champis et la fumette, y a des compagnons qui ont fini par y croire. Mon frère entre autres. Et pourquoi pas après tout, on faisait de mal à personne. Si y avait pas eu cet accident…

– La mort du petit garçon ?

Un voile de tristesse obscurcit le regard de Carole.

– Guillaume. Je peux vous dire, ça nous a dégrisés d'un coup.

– Zoé a l'air de se sentir responsable de cet accident, elle… elle s'accuse de plusieurs choses. Vous savez pourquoi ?

– Vous me croirez jamais.

– Au point où j'en suis…

– Encore une fois, faut remettre les choses dans leur contexte. Enfin bon, Jeanne avait quitté la communauté quand c'est arrivé. Mais avant de partir, elle a jeté une malédiction sur Marguerite, la mère de Guillaume. Elle l'a maudite elle et sa descendance, devant tout le monde. Alors quand le petit est mort, forcément…

Fennetaux n'en revenait pas. Les dernières pièces du puzzle

étaient en train de se mettre en place, dévoilant un tableau aux ramifications vertigineuses. Elle ouvrit un tiroir et sortit une photo d'Ingrid Sicard, la regarda quelques secondes puis la montra à Carole.

– Une dernière question. Dans vos souvenirs, est-ce que Marguerite ressemblait à cette femme ?

Carole prit la photo et s'écria :

– Vous rigolez ? C'est elle. C'est Marguerite !

Fennetaux ferma les yeux. Exactement ce qu'elle craignait. Elle n'était même pas sûre que tout le sang fût encore versé.

– On va devoir interrompre notre entretien.

– C'est vous qui voyez.

Carole haussa les épaules, elle n'était décidément pas contrariante. Fennetaux s'était déjà levée. Elle attrapa son fixe et appela Tizi.

– Préviens Océane, on décolle.

Prince-Marmottan, Boulogne-Billancourt

Laurence traversa le jardin et entra dans la cuisine. Toutes les portes avaient été laissées ouvertes. Elle se dirigeait vers le salon quand une voix venue du fond des âges la figea sur place.

– Tu es venue…

Le seul son de cette voix projeta Laurence quarante ans en arrière. Le manque physique de son fils la saisit par surprise et lui coupa le souffle. Ce fut aussi soudain qu'inattendu, elle s'était tellement blindée contre tout sentimentalisme. Une simple voix avait suffi à fissurer son armure. Une voix planant dans l'espace, qui n'était rattachée à aucun corps.

Le salon était plongé dans l'obscurité, son atmosphère saturée d'humidité. Une odeur d'humus et de putréfaction emplit les narines de Laurence. Elle tentait de comprendre la situation mais sentait qu'elle n'avait aucune prise sur rien. Tout juste parvenait-elle à percevoir une respiration hachée derrière son dos. Elle se retourna. Ses yeux commençaient à s'habituer à l'obscurité. Elle vit le contour d'une minuscule silhouette se rapprocher d'elle à pas lents. Un haut-le-cœur la saisit quand elle la reconnut. Ce corps décharné, ce quasi-squelette, c'était Jeanne. Une Jeanne chauve aux yeux fous et au sourire mauvais. La sorcière de vos pires cauchemars.

Jeanne sentait la protection du chêne immense qui occupait tout l'espace du salon derrière elle et elle savourait son pouvoir. Elle perçut l'horreur que son apparence provoquait chez Marguerite. Elle s'en délecta.

– Tu es restée très belle, Marguerite. Mais ta fille… ta fille était éblouissante. Pierre aurait été fier. Je suis curieuse : est-ce qu'il était au courant de son existence ?

La question était de pure forme. Laurence était trop abasourdie pour répondre, horrifiée par ce qu'elle était en train de comprendre. Jeanne avait tué sa fille. Jeanne lui avait donné rendez-vous dans la maison de son gendre. Elle connaissait Victor… Comment ?

– Comme tu le vois, le temps a été moins clément avec moi, poursuivit Jeanne en désignant son visage émacié. Je n'en ai plus pour très longtemps. Mère-Terre m'attend. (Elle se retourna pour montrer l'arbre majestueux dont les branches fissuraient maintenant le plafond.) Ça aurait été égoïste d'en profiter toute seule, tu ne trouves pas ? On a partagé tellement de choses toi et moi. Pierre bien sûr, mais pas seulement. Pas que lui.

Le cerveau de Laurence moulinait à toute vitesse, que cherchait à lui dire cette vieille folle ?

– Tu te rappelles Roland ?

– Roland… ton fils ?

– Le petit Roland, le cobaye du hameau. On a tout testé sur lui, pauvre gamin, c'était le premier qu'on avait sous la main.

– Pourquoi tu me parles de lui ? C'est quoi le rapport avec moi ? Avec Ingrid ?

– C'est Pierre qui a choisi de l'appeler Roland, pour faire médiéval. La *Chanson de Roland*, tu vois le lien ? Le petit avait un an, il n'a rien compris. Il ne s'appelait pas comme ça avant...

Un frisson glacé parcourut le dos de Laurence.

– Ça y est, ça te monte au cerveau ?

– Non...

Laurence secouait la tête.

– Si. Depuis toute petite, je m'étais dit que si un jour j'avais un fils il s'appellerait Victor.

Laurence étouffa un cri d'horreur.

– Ils étaient...

– Frère et sœur. Victor et ta fille. Ils avaient le même père. Je te rassure, je n'étais pas au courant quand ils se sont rencontrés. J'avais rayé Victor de ma vie, je pensais ne plus jamais le revoir. Le petit ingrat était parti de la maison en volant tous mes trésors sur Halaïde. Pour en faire quoi en plus ? J'ai toujours refusé de voir sa série pornographique mais on m'a raconté. *Succube* ! Antoine l'a vue, lui. Il ne lui a jamais pardonné. J'ai eu toutes les peines du monde à l'empêcher de tuer Victor.

– Antoine... ?

– Ne me dis pas que tu as oublié Antoine ! Le camé qui s'est rangé de votre côté le jour même où j'ai sauvé la vie de sa sœur. Mais j'ai pardonné. J'ai pris sur moi. C'est fou ce que tu peux obtenir de quelqu'un en jouant sur sa culpabilité...

Malgré la joie mauvaise qui brillait dans ses yeux, Jeanne commençait à fatiguer. Le débit de ses phrases ralentissait. Laurence le sentit et se secoua.

– Je me fous d'Antoine, de Victor, je me fous de tes obsessions, espèce de vieille folle ! Qu'est-ce que tu as fait à ma fille ?

– « Ma » fille… tu es restée très petite-bourgeoise. Je ne l'avais jamais vue de ma vie, « ta » fille. Je savais juste que Victor était marié depuis des années et que sa femme l'avait quitté. Elle a débarqué ici la semaine dernière, avec son morveux sous le bras. Elle avait gardé une clé de la maison. Imagine ma surprise… J'attends que Victor soit au boulot pour venir tranquillement fureter chez lui, et je me retrouve nez à nez avec elle. Ton portrait craché. J'ai compris tout de suite.

– Elle est revenue… elle est revenue ici ?

Jeanne partit d'un rire amer qui se transforma en quinte de toux.

– Soi-disant pour récupérer ses journaux intimes. Comme si j'allais tomber dans un piège aussi gros ! Ses journaux intimes… J'ai bien compris son petit manège. C'est Victor qu'elle voulait. Elle voulait lui imposer leur enfant monstrueux !

– Non ! hurla Laurence. Ce n'est pas son enfant ! Ce n'est pas l'enfant de Victor, tu ne comprends pas…

Jeanne parut déstabilisée par sa virulence, mais elle se reprit et brandit son Opinel. En un pas, elle était contre Marguerite.

– Tais-toi, serpent. Aucune vérité ne peut sortir de ta bouche. Assez parlé. Avance !

Elle appuya le couteau sur le cou de Laurence et la força à avancer vers l'immense chêne. La circonférence du tronc dépassait maintenant les deux mètres. Une cavité s'était creusée, assez grande pour que les deux femmes s'y glissent en se serrant.

– Tu ne mérites même pas l'honneur que je te fais en t'embarquant avec moi. Entre. Entre, je te dis !

Affolée, Laurence avança de quelques pas.

Jeanne sentit le sol vibrer avant même de voir les premières lianes se déployer. Naturellement, les battements de son cœur se mirent au diapason des pulsations de l'arbre. Elle calait sa respiration sur celle de Mère-Terre, elle fusionnait avec la nature. Jeanne poussa Marguerite au fond de la cavité et admira, captivée, les lianes enserrer son ennemie de toujours. Marguerite fut ingérée en quelques secondes. Puis ce fut à son tour. Elle se pressa contre les lianes encore mouvantes et ferma les yeux.

Rien.

Il ne se passa rien. Jeanne rouvrit les yeux, palpa les lianes. Elle se plaqua plus fortement contre la cavité. Au lieu de l'enlacer, les lianes séchaient au contact de son vieux corps malade. Incrédule, elle sentit l'humidité s'évaporer. Elle vit les feuilles se détacher des branches et se répandre sur le sol. La cavité craquait maintenant, s'effritait et semblait tomber en poussière. Mère-Terre avait accepté Marguerite mais ne voulait pas d'elle. Un grondement sourd s'éleva du sol. Un horrible bruit de bois mort. Jeanne sentit le sol trembler. Elle rassembla ses dernières forces pour hurler sa rage à la face du monde, puis ce fut le trou noir.

Fennetaux avait confié le volant à Océane. Toutes sirènes hurlantes, la flic avala les dix kilomètres séparant le Bastion de Boulogne en moins de huit minutes. Les deux policières se précipitèrent dans l'hôtel particulier, armes au poing. Trop tard.

Les corps de Laurence Damanne et Zoé Sicard gisaient dans une mare de sang.

Épilogue

Quelques jours plus tard

Hôpital américain, Neuilly-sur-Seine

Les yeux dans le vague, Léonie se laissait bercer par les bips réguliers des machines reliées au corps de sa mère. Laurence l'avait échappé belle. Les secours étaient intervenus juste à temps pour juguler l'hémorragie consécutive aux coups de couteau portés par Zoé. Transfusée puis stabilisée, elle se remettait doucement des multiples chocs accumulés en quelques jours. Son cou était enserré d'un large bandage blanc qui rehaussait la pureté de son teint. À soixante-dix ans et sans maquillage, Laurence était toujours d'une beauté stupéfiante. Sur le plan médical, elle était tirée d'affaire. En revanche, les soignants ne s'expliquaient pas pourquoi elle n'avait toujours pas prononcé un mot. Ses cordes vocales étaient intactes, physiologiquement rien ne justifiait ce mutisme. Léonie avait bien une petite idée mais elle préférait garder ses théories psychologiques pour elle. Honte ? Chagrin ? Regrets ? L'inconscient de Laurence ne manquait pas de raisons de lui imposer le silence. Il ne manquait pas d'ironie non plus. Comment mieux punir celle qui avait tant aimé transmettre son savoir dans les amphis bondés de l'université ? Immobile dans son lit, Laurence fixait Léonie avec une douceur un peu lointaine que sa fille ne lui avait jamais vue dans les yeux.

Léonie sourit à sa mère. Elle se leva, caressa délicatement sa main en guise d'au revoir et quitta la chambre.

Léonie marchait vers la station de métro Louise-Michel. Le trajet jusqu'à son prochain rendez-vous était truffé de changements toutes les deux stations. Elle décida de s'y rendre à pied et lança l'application GPS de son portable. L'historique de sa dernière recherche indiquait la rue Bernard-Buffet, aux Batignolles. C'était à peine deux semaines plus tôt. Depuis, elle avait perdu sa sœur, appris l'existence et la mort d'un demi-frère et entrouvert la boîte de Pandore du passé de sa mère. Sans oublier une nièce âgée de six semaines dont elle se demandait comment l'élever alors qu'elle venait de tromper Benjamin pour la première fois de leur histoire.

Le retour d'Ardèche vers Paris dans la voiture du capitaine Sissoko avait été un véritable calvaire pour Léonie. Sept heures de musique classique sans échanger une parole, et la même question qu'elle ressassait dans sa tête : devait-elle tout avouer à Benjamin ?

La facilité et l'habitude la poussaient à le faire. Si elle avouait, il pardonnerait, magnanime, lui prouvant une fois encore sa supériorité morale et la chance qu'elle avait d'être avec lui. Elle flanchait, il assurait. C'était une danse qu'ils maîtrisaient tous les deux à la perfection, sauf que Léonie n'avait plus envie de danser. Jordan Merle lui avait ouvert les yeux sur une réalité qu'elle n'avait pas envisagée depuis cinq ans : elle pouvait plaire à d'autres hommes. Son corps petit et tout en rondeurs pouvait susciter le désir. Cette constatation avait engendré une seconde révélation bien plus perturbante. Léonie avait compris que, sans se l'avouer, elle se sentait redevable envers Benjamin de l'amour qu'il lui faisait, et par extension de l'amour qu'il lui portait. Comme si elle ne le méritait pas. Trop petite, trop grosse, pas assez juive, et malgré tout il l'aimait. Pouvait-elle poursuivre une relation fondée sur un tel déséquilibre ?

Porte de Clichy, Paris 18ᵉ

Fennetaux touillait son thé depuis cinq minutes à la terrasse d'un restaurant turc quand elle vit débarquer Léonie au petit trot. Elle avait accepté de confier à la jeune psy les derniers éléments de l'enquête concernant sa sœur. À son grand soulagement, Léonie semblait accepter que les meurtriers échappent à la justice. Zoé Sicard avait succombé à une crise cardiaque. Les secours appelés par Fennetaux n'avaient pas été en mesure de la réanimer. Quant à Éric Lebec, coupable a minima de complicité puisque le sang d'Ingrid avait été retrouvé dans sa voiture, il ne serait jamais reconnu responsable de ses actes. Pour Léonie, le délire psychotique dans lequel il était enfermé était pire que la plus répressive des prisons. Il lui importait moins de voir les coupables punis que de comprendre comment les événements s'étaient enchaînés. Fennetaux avait accepté de bonne grâce de lui fournir des réponses, celles dont elle disposait en tout cas.

– Éric Lebec n'a pas participé au meurtre. Il s'est contenté d'emmener le corps d'Ingrid en forêt à la demande de Zoé. Elle savait qu'il la prenait toujours pour une sorcière. Il aurait fait tout ce qu'elle voulait de toute façon.

– C'est elle qui lui avait demandé de tuer la distributrice de *Succube* ?

Fennetaux secoua la tête.

– C'était une initiative personnelle. Comme d'essayer d'écraser Victor. Lebec n'a pas supporté qu'il salisse l'image d'Halaïde avec sa série.

– Assassiner au nom d'une légende qui remonte à l'Antiquité. C'est… vertigineux.

– Il faut croire qu'on n'est pas beaucoup plus évolué qu'à l'époque.

Léonie acquiesça.

– Il y a quelque chose que je ne comprends pas.

– Je n'ai pas toutes les réponses, mais dites toujours.

– Pourquoi Zoé a tué Ingrid mais pas son bébé ? Elle pensait que c'était le fruit de l'inceste, elle aurait dû vouloir débarrasser son fils d'un enfant monstrueux.

– Ça, c'est plus de votre ressort que du mien, vous ne trouvez pas ? Tout ce qu'on a pu reconstituer, c'est la façon dont elle vous l'a confié. On a retrouvé le téléphone portable d'Ingrid dans sa chambre au Lutetia. On suppose qu'elle a utilisé le pouce de votre sœur après sa mort pour consulter ses messages.

– Ingrid m'avait envoyé un SMS avec l'adresse aux Batignolles.

Fennetaux acquiesça.

– Les clés des Batignolles étaient dans le sac d'Ingrid. Zoé a déposé le bébé là-bas pour que vous le récupériez. Sa folie avait des limites apparemment.

La commandante sourit à Léonie et annonça avec une joie un peu forcée :

– Il va falloir que j'y aille, ça va être l'heure du grand procès de Moscou.

– Votre commission disciplinaire ?

– C'est dans une heure.

– Jordan Merle sera là ?

– Non. Il a disparu des radars. Même son divisionnaire ne sait pas où il est.

– Ça ne m'étonne pas. Vous avez lu *Sapiens* ?

Fennetaux sourit, quelle drôle de question.

– Non, pourquoi ?

– Lisez-le, si vous voulez comprendre la bête. Il y a un passage qui lui correspond bien, je trouve. Quand le monde est devenu sédentaire, la quasi-totalité des chasseurs-cueilleurs a été éradiquée de la planète. On s'est mis à les considérer comme des nuisibles, des glaneurs qui pillent les récoltes des autres sans se donner la peine de travailler. Mais quelques inadaptés n'ont pas réussi à se poser. On peut les considérer comme des profiteurs. On peut aussi se dire que ce sont les derniers hommes vraiment libres sur terre.

Fennetaux leva les yeux au ciel.

– Vaut mieux entendre ça que d'être sourde. Un chasseur-cueilleur…

Les deux femmes se levèrent. Sur une impulsion, Fennetaux serra Léonie dans ses bras puis, gênée, s'éloigna sans prononcer un mot. Quelle drôle de femme, se dit Léonie avec tendresse en l'observant. Fennetaux, de son côté, se faisait la même réflexion sur la psy.

Le hameau

Victor gara son SUV sur le parking, sortit du véhicule et étira son corps endolori par plusieurs heures de route. Il n'était pas passé par Aubenas. Sa mère avait vécu en quasi-autarcie les dernières années de sa vie, il n'avait personne à prévenir de son décès. De ses premières années de vie en communauté, Victor ne gardait aucun souvenir conscient. Il s'était demandé avec curiosité si le fait de revenir au hameau lui donnerait accès à son enfance refoulée, mais non. Il ne reconnaissait rien.

Il attrapa sa canne sur le siège passager et sortit son portable de la poche intérieure de sa veste. Il texta « Je suis arrivé » à l'intention de Xavier Témime et franchit le mur d'enceinte du hameau. Un instant, il repensa aux portes de sa cellule de garde à vue et ne put réprimer un frisson. Malgré la demande toujours immense des diffuseurs pour les séries policières, il se demandait s'il serait un jour capable d'en produire à nouveau. De toute façon, il finirait par vendre sa boîte tôt ou tard. Pour faire quoi ensuite ? L'homme qui arrivait à sa rencontre détenait peut-être une partie de la réponse.

– Xavier Témime, se présenta-t-il en tendant une poignée de main franche à Victor. Bienvenue au hameau.

– Victor, enchanté.

– Vous savez, j'ai un peu l'impression d'être Champollion déchiffrant la pierre de Rosette.

– Ah bon ? Pourquoi ?

– Ça fait huit ans que je suis ici. Ni moi ni mes prédécesseurs depuis 1989 n'avons pu percer le secret de l'identité de notre Ancien. Si vous ne nous aviez pas contactés, je crois bien qu'on n'aurait jamais su qui il est. Jérôme Sicard… Incroyable !

– Vous ne lui avez pas parlé de moi ? demanda Victor sans parvenir à cacher l'inquiétude de sa voix.

– Du tout. Il ne sait même pas que vous êtes là.

– Merci. Je préfère lui dire moi-même.

– Bien sûr, bien sûr. Il est chez lui en ce moment, je vais vous indiquer le chemin.

Victor traversa le hameau sans se presser, observant les bâtisses, le puits, le moulin et la rivière au loin. Au détour d'un bosquet, il aperçut la maison à demi cachée sous les saules pleureurs. Un vieil homme installé sur un banc profitait des derniers rayons du soleil qui filtraient à travers les branches. Le cœur de Victor battit plus fort. Il prit une profonde inspiration et alla à sa rencontre.

En se rapprochant, il vit que l'homme avait les yeux fermés. Celui-ci ne sembla pas l'entendre, ou n'éprouva pas le besoin d'observer son visiteur, si bien que Victor put le détailler à loisir. Il ne décela rien de particulier sur ce visage, aucune ressemblance avec lui en tout cas, jusqu'à ce que l'homme ouvre les yeux. Victor reçut un coup au cœur. Au milieu du visage ridé, le regard d'Ingrid transperça le sien. Déstabilisé, il ne sut plus comment entamer la conversation. Le vieux lui lança un sourire cordial.

– Salut mon gars ! Qu'est-ce que tu fais par ici, t'es perdu ?

– Non je suis venu vous… je suis venu te voir.

– Me voir, moi ? Qu'est-ce que je peux faire pour toi ?

Victor se rapprocha et s'accroupit pour être à la hauteur du vieil homme.

– Tu me reconnais pas ?

L'Ancien sembla chercher dans sa mémoire et secoua la tête.

– Faut pas te vexer tu sais, j'en vois tellement passer des minots ici. On n'a pas beaucoup de boiteux remarque, surtout des jeunes comme toi, mais non, je vois pas…

Du ton le plus détaché qu'il put, Victor avoua :

– Je suis ton fils.

Une lueur d'inquiétude traversa le regard azuréen de l'Ancien.

– Dis pas de bêtise !

– C'est vrai. C'est moi, c'est… Roland.

L'inquiétude se transforma en colère. L'homme se releva péniblement, forçant Victor à faire de même.

– Ça t'amuse de venir faire la misère à un vieux, c'est ça ?

Victor chancela et dut se retenir sur sa canne. Il savait en venant que Pierre n'avait plus toute sa tête, mais il ne s'attendait pas à un rejet aussi violent.

– Papa…

– T'avise pas de m'appeler comme ça ! J'ai jamais eu qu'un fils et il s'appelait Guillaume. Dégage d'ici. Je ne suis plus bien fort, mais je sais encore me défendre !

D'un geste vif, il se saisit de la canne de Victor et la brandit au-dessus de sa tête.

– Dégage, je te dis !

Folie-Méricourt, Paris 11e

– Comment vous avez deviné ?

Le feu aux joues, Marion Gardette détourna les yeux pour fuir le regard de Léonie. Elle avait pu quitter l'hôpital la veille et se retrouvait dans le cabinet de la psy pour la première fois depuis sa tentative de suicide.

– C'est important ?

– Ça l'est pour moi.

Léonie acquiesça et se pencha en avant vers sa patiente.

– Ça a commencé avec les chocolats que je vous ai apportés à l'hôpital. Ils contenaient de l'alcool, je m'en suis rendu compte après coup. Votre main n'a pas tremblé quand vous avez ouvert la boîte. Vous les avez mis de côté et vous êtes passée à autre chose. Ça m'a mis la puce à l'oreille.

Marion acquiesça doucement sans ajouter un mot. Léonie poursuivit.

– Il y avait le comportement de Franck aussi, son agressivité.

– Il n'est pas mauvais, tenta de plaider Marion.

– Il avait peur que je découvre quelque chose... J'ai demandé votre dossier judiciaire. Les analyses de sang le jour de votre suicide ont confirmé mon intuition. Vous n'êtes pas alcoolique et vous ne l'avez jamais été.

– S'il vous plaît..., tenta de plaider Marion comme pour empêcher la vérité d'être dite.

Mais Léonie poursuivit.

– Pourquoi mentir, au risque de perdre la garde de vos enfants ? Pourquoi vous accuser d'avoir failli les tuer ? Pour couvrir autre chose, forcément. Alors j'ai cherché. Il se trouve que j'ai fréquenté pas mal de policiers ces derniers jours. J'ai posé quelques questions. Et j'ai appris que vous aviez embauché six nounous en trois ans. Aucune n'est restée plus de cinq mois…

Léonie ne poussa pas plus loin son avantage. Elle observait sa patiente avec compassion. Ce qu'elle éprouvait pour Marion allait au-delà de la bienveillance qu'elle lui devait en tant que psychologue. Pour rien au monde, elle n'aurait voulu vivre le terrible dilemme que les Gardette traversaient. Mais elle savait que leur seule issue était de déposer leur fardeau. Tout avouer pour recevoir l'aide dont ils avaient besoin. Par la seule force de son regard, Léonie exhortait Marion à parler. Si les quelques séances qu'elles avaient eues ensemble devaient porter leurs fruits, c'était maintenant ou jamais.

Des larmes perlèrent sur les paupières de Marion. Au prix d'un immense effort elle finit par murmurer :

– Ce n'est pas sa faute…

Derrière son air impassible Léonie remercia intérieurement le ciel, Freud et Dolto de tout son cœur. Elle répondit calmement, pesant chacun de ses mots :

– Je sais. Mais en vous sacrifiant comme vous le faites, c'est son avenir que vous hypothéquez.

– Qu'est-ce que vous voulez que je fasse ? Je ne vais pas dénoncer ma propre fille…

– Pour commencer, j'aimerais que vous me racontiez tout avec vos propres mots. À quel âge les premiers troubles du comportement ont commencé, comment ils se sont manifestés.

Marion poussa un long soupir, toujours tiraillée. En dépit du protocole, Léonie prit doucement ses mains dans les siennes.

– Romy est née une demi-heure après son frère. Elle faisait à peine un kilo huit alors que lui pesait près de trois kilos. On a dû la séparer de son frère et la mettre en couveuse. On a eu très peur pour elle.

– J'imagine, l'encouragea Léonie.

– En grandissant, elle se développait moins vite qu'Achille. Elle dormait mal, elle était souvent irritable. Avec Franck, on faisait tout ce qu'on pouvait pour essayer de compenser leurs différences. Elle a dormi avec nous plus longtemps, on cédait plus facilement à ses caprices. Ça s'est fait sans qu'on s'en rende compte. Mes beaux-parents ont essayé de nous prévenir, mais on n'a rien voulu entendre. Les nounous ont commencé à nous lâcher les unes après les autres, mais c'est quand les jumeaux sont entrés en maternelle qu'on a compris qu'il y avait un problème. Romy ne supportait pas la frustration. Dès qu'on lui refusait quelque chose, elle devenait incontrôlable.

– C'est l'apprentissage le plus difficile pour tous les enfants. Vous avez voulu bien faire, j'en suis certaine…

– On l'aime, je vous jure qu'on l'aime. J'aime ma fille, mais elle est tellement… méchante.

Marion se couvrit le visage de ses mains, honteuse de ses propres mots. Doucement, Léonie lui reprit les mains et accrocha son regard.

– Romy n'est pas méchante Marion, ça ne veut rien dire à cinq ans. Elle souffre d'une intolérance à la frustration qu'elle manifeste par la violence. Croyez-moi, c'est elle la première victime de cette violence. Elle est traversée par des pulsions qui la dépassent et qui doivent générer une angoisse immense en elle. Elle avait déjà touché aux allumettes avant de mettre le feu à l'appartement ?

Marion acquiesça.

– J'étais sûre de les avoir mises hors de sa portée, mais quand elle veut quelque chose…

– Elle a déjà été violente envers d'autres personnes que les nounous ? Vous ?

Nouveau hochement de tête de Marion.

– Son frère ?

– Jamais ! Elle n'a jamais levé la main sur lui.

– Elle finira par le faire. Si vous n'affrontez pas son problème de face, elle finira par s'en prendre à lui aussi.

– On essaie, on… Franck a rencontré cette sophrologue la semaine dernière…

– Oui je sais, je déjeunais dans le même bistro qu'eux à deux rues d'ici. Je vous avoue que je me suis demandé si ce n'était pas sa maîtresse.

– Je rêverais qu'on ait ce genre de problème !

Léonie réfléchit un instant, évaluant la capacité de sa patiente à encaisser ce qu'elle voulait lui dire.

– Je peux vous parler franchement ?

Marion répondit « oui » avec ses yeux.

– Romy n'a pas besoin d'une sophrologue. Surtout, elle n'a pas besoin que vous assumiez ses fautes à sa place. En ce moment, elle pense que vous allez partir en prison à cause d'elle. Croyez-moi, c'est la pire des punitions que vous puissiez lui infliger. Bien pire que de lui faire assumer l'incendie.

– Qu'est-ce que je peux faire alors ? Dites-moi…

Léonie sourit.

– Vous venez exactement de faire ce qu'il faut. Si avec Franck vous êtes prêts à tout raconter, je vais prévenir le juge Mirmont. On va se mettre en lien avec la justice des mineurs, on va trouver une prise en charge adaptée pour Romy.

En larmes, Marion n'osait pas encore y croire.

– Ça veut dire qu'elle peut changer ?

Léonie serra les mains de sa patiente dans les siennes.

– Vous pensiez qu'elle allait devenir serial killer ? Évidemment qu'elle peut changer ! À quoi serviraient les psys, sinon ?

Saint-Blaise, Paris 20e

Casque Bluetooth vissé sur les oreilles, Benjamin entra chez lui en pilotage automatique. Accrocher sa veste au portemanteau, poser ses clés et son portable sur le guéridon, basculer la musique de son casque sur les enceintes du salon. Earth, Wind and Fire se mit à résonner dans tout l'appartement. Ce n'est qu'en retirant son casque qu'il prit conscience du tsunami qui avait ravagé la cuisine. La moitié de la vaisselle était sortie des placards, empilée façon tour de Pise. Des coquilles d'œuf et de la farine jonchaient le comptoir, et maintenant qu'il y pensait une odeur de brûlé persistait malgré la fenêtre grande ouverte dans le salon.

La porte de la salle de bains claqua. Benjamin consulta l'heure sur son portable, Léonie ne rentrait jamais avant 19 heures. Surtout, elle ne franchissait *jamais* le comptoir de la cuisine…

Il se retourna et fut une nouvelle fois saisi par sa beauté. En legging et T-shirt ample, elle avait les cheveux remontés à la va-vite sur sa tête. De la farine était incrustée sur son front et une balafre de chocolat courait de sa tempe gauche à son menton. Elle le fixait d'un air sérieux.

– Qu'est-ce qui se passe ? demanda-t-il inquiet.

– J'ai fait brûler le chocolat au micro-ondes.

– Mais… évidemment que le chocolat brûle au micro-ondes, ça se cuit au bain-marie !

– C'est quoi le bain-marie ?

Benjamin allait répondre, mais Léonie haussa les épaules.

– Laisse tomber. Tu veux une bière ? J'ai pris un certain nombre de résolutions, ce serait bien qu'on en parle.

Léonie poussa Benjamin sur le canapé, lui colla une bouteille de Corona dans la main et s'assit dans le fauteuil en face. Il la regardait faire avec des yeux ronds, se demandant ce qui allait lui tomber dessus.

– Premièrement, commença Léonie, je me suis inscrite à l'auto-école porte de Montreuil. C'est ton dernier été pour faire ton beau gosse sur les routes, à partir de l'année prochaine, on partage le volant.

– OK…

– Deuxièmement, j'ai décidé d'arrêter les régimes.

– Hein ?

– Fini, terminé. Plus jamais. Si je n'arrive pas à m'accepter à trente ans, je n'y arriverai jamais.

– Mazel Tov !

Elle leva la main pour l'interrompre, elle était sur sa lancée.

– D'autant que j'ai une nouvelle excuse pour mes kilos. Ce qui m'amène à mon troisième point. Qu'est-ce que tu dirais si on avait un enfant ?

– Tu… Quoi ?! Tu es…

– Enceinte ? Dieu merci non, quelle horreur !

– Tu veux dire… tu parles de la fille d'Ingrid ?

– Il faut que j'arrête de me voiler la face, je n'assumerais jamais de l'abandonner.

– Tu en as parlé avec ta mère ?

– Les conversations sont limitées avec elle en ce moment, je te rappelle. Et non, j'en parle avec toi.

Benjamin posa sa bière sur la table basse. Il se releva, puis se rassit. Il n'avait plus de mot. Cette conversation, il la désirait autant qu'il la redoutait depuis des semaines, mais dans son esprit c'était lui qui en prenait l'initiative. Comme c'était lui qui conduisait, lui qui cuisinait. C'était toujours lui qui s'inquiétait de la pollution de l'air et de l'état du monde. Lui qui assumait en somme.

Léonie lui proposait de fonder une famille. Elle lui offrait de réaliser son rêve le plus grand. Pourtant en mettant elle-même le marché sur la table, ne le dépossédait-elle pas d'une partie de ses prérogatives ? Mais le fait de se poser la question ne faisait-il pas de lui un macho rétrograde ? Et comment pouvait-elle être aussi calme alors qu'il était sur le point de s'évanouir ?

Derrière son calme apparent Léonie était au supplice. Elle avait fini par comprendre que le maillon faible de son couple n'était pas elle, c'était l'image qu'elle se faisait d'elle-même. D'autres hommes pouvaient la désirer, elle en avait été flattée, mais c'est avec Benjamin qu'elle voulait être. C'est lui qu'elle avait choisi. Pas seulement parce que lui voulait bien d'elle, mais parce qu'elle l'aimait sincèrement. Et si elle était pétrifiée à l'idée d'adopter sa nièce – tellement de mères se plantaient de tellement de façons depuis la nuit des temps, il fallait être fou pour devenir parent volontairement –, avec Benjamin à ses côtés, elle se sentait capable d'essayer. Qu'est-ce qu'il fichait sur le canapé à la regarder sans rien dire ?

Les nerfs à vif, Léonie et Benjamin se levèrent d'un même bond. Benjamin attira Léonie contre lui et plongea ses grands yeux sombres dans les siens.

– Comment on va l'appeler ?

Remerciements

Plusieurs personnes ont concouru à l'écriture de ce roman. Je tiens ici à les remercier.

Fanny Robert d'abord, ma sœur de plume. Notre compagnonnage scénaristique reste une grande source de joie.

La garde rapprochée de mes premiers lecteurs qui m'ont permis d'avancer : Fanny (encore toi), Séverine, Clothilde, Paul et Isabel.

Les bonnes fées du secteur de l'édition qui ont bien voulu accompagner, transmettre et recevoir ce texte : Vincent Ravalec, Denis Gombert et Caroline Ripoll.

Enfin et surtout, Stéphane, Mina et Esther sans qui rien de tout ça n'aurait le moindre sens.

Composition : Nord Compo
Impression : Imprimerie Floch, août 2022
Éditions Albin Michel
22, rue Huyghens, 75014 Paris
www.albin-michel.fr
ISBN : 978-2-226-47029-4
N° d'édition : 24801/01 – N° d'impression : 100929
Dépôt légal : octobre 2022
Imprimé en France